El jardín colgante

Jurado del Premio Biblioteca Breve 2012

José Manuel Caballero Bonald

Alicia Giménez-Bartlett

Pere Gimferrer

Elena Ramírez

Gonzalo Suárez

Seix Barral Premio Biblioteca Breve 2012

Javier Calvo
El jardín colgante

Diseño original de la colección:
Josep Bagà Associats

Primera edición: febrero 2012

© Javier Calvo, 2012

Derechos exclusivos de edición en español
reservados para todo el mundo:
© EDITORIAL SEIX BARRAL, S. A., 2012
Avda. Diagonal, 662-664 - 08034 Barcelona
www.planetadelibros.es
www.seix-barral.es

ISBN: 978-84-322-0958-1
Depósito legal: B. 4.520 - 2012
Impreso en España
Cayfosa (Impresia Ibérica), S. L., Barcelona
Preimpresión: La Nueva Edimac, S. L., Barcelona

Los hechos narrados en esta novela son enteramente ficticios.
Cualquier parecido con la realidad es pura coincidencia.

También disponible en e-book

Seix Barral agradece a **renfe**
su atenta colaboración en la celebración del Premio Biblioteca Breve

El papel utilizado para la impresión de este libro
es cien por cien libre de cloro
y está calificado como **papel ecológico**.

No se permite la reproducción total o parcial de este libro,
ni su incorporación a un sistema informático, ni su transmisión
en cualquier forma o por cualquier medio, sea este electrónico,
mecánico, por fotocopia, por grabación u otros métodos,
sin el permiso previo y por escrito del editor.
La infracción de los derechos mencionados
puede ser constitutiva de delito contra la propiedad intelectual
(Art. 270 y siguientes del Código Penal).
Diríjase a CEDRO (Centro Español de Derechos Reprográficos)
si necesita fotocopiar o escanear algún fragmento de esta obra.
Puede contactar con CEDRO a través de la web www.conlicencia.com
o por teléfono en el 91 702 19 70 / 93 272 04 47.

In the hanging garden please don't speak

Primera parte
METEORITO

1

NO HAY PROTOCOLO

La posición en que la secretaria del capitán de artillería Ponce Oms encuentra a Arístides Lao, alias *Sirio*, en un rincón del suelo de su despacho es esa postura genuflexionada y con el cuerpo muy echado hacia delante que uno asocia con musulmanes a la hora del rezo o bien con gente que ha perdido una lentilla. La secretaria mira a Lao y a continuación levanta la vista hacia las paredes. Lao se incorpora hasta quedarse de rodillas, sosteniendo la espátula con la que está enmasillando la parte baja de la pared, y vuelve su cabecita pelirroja y alopécica hacia ella.

—Puedo explicarle esto —dice con su voz sin inflexiones—. Si quiere, hasta puedo rellenarle un informe de incidencia. Usted sólo lo tiene que firmar.

La secretaria vuelve a mirar las paredes. Lao parece haberse dedicado a alisar con masilla todas las imperfecciones del yeso.

—Me molesta que las cosas no sean *completamente* lisas. —Lao la mira con los ojos alternativamente dilatados y empequeñecidos por los cristales de esas gafas extrañas que lleva—. No me deja trabajar bien.

La secretaria del capitán Oms siente una repulsión por Arístides Lao que va más allá de lo puramente físico. Lao es bajito y rechoncho, parece ser al mismo tiempo pelirrojo y calvo, y lleva unas gafas absurdamente gruesas que le distorsionan los ojos, agrandándoselos o bien reduciéndoselos, según el ángulo con que uno mire. En general todos los empleados de la Delegación Regional del SECED detestan al agente Lao, pero es entre el personal femenino donde se concentran las mayores proporciones de asco. Hay algo en su cuerpecillo blando y lechoso que le da aspecto de alimaña extraída de su caparazón y expuesta a los elementos. De versión inflada y pelirroja de un polluelo blanquecino que se ha caído del nido. Pero es la expresión de su cara lo que realmente le revuelve a uno las tripas. Una expresión neutra, tan carente de emociones visibles o de reacciones familiares que produce un rechazo inmediato. Esa cara repugnante de ciertos autistas adultos. Por no hablar de la cuestión de los puzles, claro.

—El capitán Oms lo necesita en su despacho —dice—. Ahora mismo.

Mientras se van cruzando por los pasillos con distintos miembros del personal de la Delegación Regional, que la saludan cordialmente a ella pero no a él, Arístides Lao se dedica a contar los pasos de la secretaria y a calcular simultáneamente su altura exacta haciendo una proporción entre el número de pasos de ella y los de él y derivando de ahí la longitud de su cadera. Para cuando la secretaria le abre la puerta del despacho del capitán y se hace a un lado para dejarlo pasar con una mueca de aprensión, Lao ya ha confeccionado una hoja de datos mental especulativa sobre la edad de la secretaria, su grado de ejercicio físico y su capacidad pulmonar probable. No se trata de algo que haga conscientemente. De hecho, es más bien la clase de cosa que le pasa por la cabeza cuando intenta poner la mente en blanco o bien cuando lo está distrayendo un asunto más urgente.

—Siéntese, agente Sirio —dice el capitán Oms, sin levantar la vista del expediente que tiene abierto encima de la mesa.

El agente Lao se sienta entre los títulos enmarcados de academias militares. También hay una bandera española muy grande y un retrato del rey. Como suele pasar entre los oficiales militares, el capitán Ponce Oms es apuesto de la misma manera en que lo eran los galanes del cine de hace tres o cuatro décadas. El pelo engominado con la misma raya oblicua que le cruzaba la cabeza en diagonal a Carlos Gardel; la mandíbula reluciente de loción perfumada y un bigote a lo Douglas Fairbanks que en 1977 resulta simplemente incomprensible, una especie de desafío desairado a todos los estilos de vello facial que se han sucedido desde entonces.

—Sé que no me ha llamado usted por lo de las paredes de mi despacho —Lao se recoloca ligeramente las gafas sobre la nariz—. Estoy prácticamente seguro de que nadie me ha visto entrar esta mañana con las herramientas.

—No se preocupe por las paredes —dice Oms—. Ese ya no es su despacho.

Lao se queda mirando al delegado regional.

—¿Es por lo de los puzles? —dice—. A algunos de mis compañeros les molesta.

El capitán Oms suspira. Cierra el expediente y mira por fin al agente Lao, de esa manera en que acostumbra a mirarlo: como si el mero hecho de posar sus ojos sobre él le resultara doloroso.

—Olvídese de los puzles —le dice—. Dígame, agente Sirio. ¿Por qué cree usted que está aquí?

Lao lo piensa un momento.

—Es posible que alguien se haya vuelto a quejar de mí —dice—. Aunque también puede ser que simplemente vayan a aprovechar la remodelación para quitarme de en medio.

El capitán Oms se reclina hacia atrás en su asiento.

—No me refiero a por qué lo he mandado venir al despacho —dice—. Quiero decir si sabe usted por qué está en el Servicio. Por qué lo tenemos trabajando para nosotros.

El agente Sirio vuelve a dedicar un momento infinitesimal a pensar la respuesta.

—Sospecho que soy el principal experto en criptología y criptoanálisis del SECED —dice—. No lo puedo saber, claro, por el protocolo de información interno. Fui el primero de mi promoción en los cursos de la escuela de criptografía del SID en Roma y en Tel Aviv en el 74. Tengo artículos en las principales publicaciones especializadas del mundo. Soy miembro peticionario de la Academia de Ciencias Exactas. Doctor en Matemáticas por la Universidad de Barcelona, aunque también se hizo una lectura pública extraordinaria de mi tesis en la Complutense. En los exámenes de ingreso en el Servicio, obtuve la puntuación máxima en las pruebas de memoria, atención, observación, análisis visual y fisionomía. No es que tuviera la puntuación máxima, sino que mis puntuaciones fueron perfectas. Nunca me equivoco. Supongo que eso compensó las bajas puntuaciones que obtuve en otros campos.

—Un expediente magnífico para un académico —dice el capitán—. Pero aquí no nos dedicamos al trabajo teórico, ¿verdad?

Lao no contesta.

—Estando asignado a Gestión de Ficheros, presentó usted... —El capitán vuelve a abrir el expediente que tiene sobre la mesa y lo mira con el ceño fruncido—... sesenta y tres solicitudes de remodelación del sistema de gestión de ficheros.

—Todas las solicitudes estaban orientadas a aumentar la eficacia del sistema —dice Lao.

—Sesenta y tres solicitudes en *cuatro meses* —dice el capitán—. Que equivale a una solicitud cada dos días, si no me equivoco.

El agente Lao vuelve a guardar silencio.

—Y en la actualidad —continúa el capitán— ha admitido usted en varias ocasiones que dedica la mayor parte de su tiempo al estudio de los puzles.

—Solamente trabajo con los puzles cuando he terminado todas mis tareas de la jornada. —En los rasgos del agente no aparece nada parecido a la justificación ni la súplica—. Me han aumentado el volumen de trabajo varias veces, pero siempre acabo antes de la una.

El capitán Oms vuelve a clavar en su subordinado esa mirada de propietario de perro obligado a recoger los excrementos de la acera. Reclina el cuerpo hacia atrás en su asiento y emite uno de esos suspiros que parecen diseñados para recargar el organismo de paciencia.

—Sabrá usted —dice por fin—, que el Servicio está entrando en una remodelación completa. La más importante desde que existimos. Pasamos al Ministerio de Defensa y la fusión con los demás cuerpos de información va a cambiar el organigrama entero. Muchos operativos serán reasignados a la Secretaría Técnica, a Economía y Tecnología, a Seguridad o a Personal y Administración. Los que queden serán los que yo pueda mantener para la Inteligencia Interior.

Lao asiente ligeramente, como hace uno cuando acaba de descubrir la solución de un problema técnico.

—No hay protocolo —dice.

—¿Cómo?

—Por eso estoy trabajando aquí —dice Lao—. La respuesta a su pregunta de antes. Al personal militar lo pueden reasignar a otras unidades porque se les presupone lealtad a sus cuerpos. Las secretarias y telefonistas no son problema porque nunca llegan a manejar información relevante. Se los puede despedir sin más. Lo mismo pasa con la mayoría del personal administrativo auxiliar y técnico. El problema son los agentes civiles como yo. —El agente Sirio se quita las gafas para limpiarlas con un pañuelo, generando esa metamorfosis desconcertante de la gente con gafas que distorsionan profundamente su fisionomía. No solamente da la impresión de que acaba de convertirse en otra persona: sin gafas, su cara parece desaparecer por completo, como si acabara de quitarse los ojos—. A los agentes civiles como yo no los pueden reasignar. No los pueden degradar más que dentro del propio Servicio, y a mí ya no me pueden degradar más porque estoy en la base misma del organigrama. Y tampoco me pueden echar porque conozco la mecánica interna del Servicio y la red de información. Y además, yo nunca me olvido de nada. Me tendrían que matar para librarse de mí. —La idea parece desconcertarlo un momento—. No me van a matar, ¿verdad?

El capitán Ponce Oms se queda mirando cómo Lao

termina de limpiarse las gafas y se las vuelve a poner en su carita de gastrópodo sin concha.

—Créame que no puedo —dice por fin. A continuación saca de su pila de documentos un expediente voluminoso, encuadernado con anillas, y lo empuja por encima de la mesa en dirección a su interlocutor. Lao se lo queda mirando—. Coja esto, agente Sirio.

Lao abre el expediente y examina la primera página.

—«Unidad de Apoyo Especial» —dice por fin—. ¿Qué significa esto?

—*Nada*. —El capitán niega con la cabeza—. Nada de lo que pone ahí significa *nada de nada*. Mis asesores se han pasado seis meses redactando ese documento. Lo considero una verdadera obra de arte. No encontrará ni una sola frase que signifique nada. —Señala el dosier que Lao tiene en las manos—. Hasta el nombre es el fruto de meses de esfuerzo.

—Me está reasignando —dice Lao, sin darle ninguna inflexión interrogativa a su voz—. A una unidad recién constituida y sin parámetros operativos.

—Ni un solo parámetro.

Lao guarda silencio. Su fisionomía parece estar luchando con el hecho extremadamente infrecuente de tener delante un dato ininteligible.

—Le estoy dando el *mando* de una unidad —dice por fin el capitán—. No espere a los operativos más brillantes de la Delegación: hasta yo tengo mis límites. Persónese en la sala 12 del primer piso. —Se mira el reloj de pulsera—. Sus subordinados ya lo están esperando. No se preocupe por sus puzles, ya haré que alguien se los baje. Y llévese ese documento, es el acta de constitución.

Lao mira la puerta como si hubiera algo al otro lado arañándola con sus zarpas.

—¿Y qué les digo? —dice—. A mis subordinados.

—De momento limítese a conocerlos. Y tenga esto. —Le da una pila de expedientes—. Expedientes de información. Dice usted siempre que le molesta la información inexacta, ¿no es verdad?

—La falta de eficacia de los sistemas de información.

—Lo que usted diga. Estos son expedientes ineficaces. Operativos poco fiables, desaparecidos o sospechosos de ser agentes dobles. Pistas que no llevan a ninguna parte. Informes que nos parecen poco veraces. Léalos. Busque esas cosas que lo molestan. El sesenta por ciento de nuestros expedientes de información están bloqueados por una razón u otra. Y ahora salga de aquí. —El capitán señala la puerta con la cabeza—. No me dé las gracias. Y no haga esperar a sus hombres.

El agente Arístides Lao se detiene frente a la puerta y mira por encima del hombro.

—¿Por qué yo? —dice.

—Aquí no se hacen preguntas. —El capitán ya ha vuelto a agachar la cabeza sobre su trabajo—. Somos el Servicio Secreto, ¿recuerda?

2

COMISIÓN DE FIESTAS

Una nota mecanografiada en el vestíbulo del Centro Parroquial del Carmen, perdida en un maremagno de notas mecanografiadas y carteles ciclostilados, anuncia para las diez de la noche del 7 de noviembre de 1977 una reunión de la Comisión de Fiestas Populares. En el orden del día, dice la nota, está el presupuesto de la iluminación navideña de las calles del barrio. La nota la firma «La Comisión». La creatividad con que camuflan sus reuniones es uno de los rasgos más notorios de la Comisión de Propaganda del SEDA. La mayoría de reuniones de la Comisión de Fiestas y de la Comisión de Limpieza del Centro Parroquial del Carmen, por ejemplo, son encuentros de Propaganda. También las sesiones de la Asociación de Amigos de la Astronomía y cierto encuentro de algo llamado la Sociedad Geodésica del Distrito Primero. Cualquiera que conozca la comisión puede relacionar el humor de algunas de estas denominaciones con Teo Barbosa. El problema obvio de elegir nombres de grupos demasiado descriptivos es lo que

Barbosa denomina los *espontáneos*: gente que aparece en el centro parroquial porque *realmente* les interesa la astronomía o quieren conocer los detalles geodésicos del Distrito Primero.

En circunstancias normales, desde las ventanas del aula del primer piso del Centro Parroquial donde celebra sus reuniones la Comisión de Propaganda se ve la calle de San Antonio. Las aceras demasiado estrechas para que circule más de una persona y los balcones diminutos de hierro forjado. Esta noche, sin embargo, no se ve nada. La ceniza del meteorito ha cubierto todas las ventanas de la ciudad de una película negra que, por mucho que uno se esfuerce en limpiarla, vuelve a aparecer al cabo de una hora. Sentado en su pupitre habitual junto a la ventana, Teo Barbosa pasa un dedo muy largo por el cristal y se lo queda mirando con cara pensativa, como si hubiera esperado que la mugre estuviera por el lado de dentro. La voz nasal de Chino Torregrasa lo devuelve a la realidad.

—Tal vez el camarada Barbosa tenga la amabilidad de explicarnos ciertos comentarios humorísticos que me he encontrado en su informe semanal de actividades —dice el secretario de la comisión, desde su pupitre situado junto a la pizarra.

Barbosa oye el susurro de los cuerpos de los miembros de la comisión reacomodándose en sus pupitres para mirarlo. Por fin se limpia el dedo en la camiseta y levanta la vista. Contando a Barbosa, la Comisión de Propaganda la integran once miembros. Todos los presentes tienen ese aspecto vagamente ridículo que les queda siempre a los adultos cuando se sientan en pupitres infantiles, pero en el caso de Barbosa, que les saca dos o tres palmos de altura a los demás, la impresión es especialmente dramática. Con los brazos y las piernas larguísimos sobresaliendo grotescamente del pupitre, Barbosa tiene aspecto de haber quedado atrapado a la altura de la cintura por alguna clase de cepo de diseño experimental.

—Camarada Barbosa —dice Torregrasa—, ¿te parece que la campaña de concienciación sobre los presos políticos de la universidad es un asunto para tomárselo a broma? ¿Te hacen gracia tus compañeros de facultad que están en la cárcel?

Barbosa frunce el ceño.

—¿Qué clase de pregunta es esa? —dice—. La duda ofende.

—¿De verdad? —Torregrasa hace una mueca—. Entonces supongo que no te importará que lea unas líneas de tu informe de actividades. —Saca un par de folios grapados de entre sus papeles—. Aquí. «El reparto de octavillas informativas sobre la situación de los presos universitarios ha sido un éxito rotundo. Se han repartido con éxito trece octavillas de las trescientas que tenía este afiliado. Esto garantiza las existencias de octavillas durante las próximas semanas.»

Se oyen un par de soplidos de burla. Torregrasa sigue leyendo:

—«Los trece destinatarios finales de la campaña de propaganda se distribuyen de la manera siguiente: tres alumnos distintos de Letras que han entablado conversación con este afiliado, manifestando su interés apriorístico por nuestra organización, pero que se han marchado después de escuchar mis explicaciones. Este afiliado opina que se trataba de alumnos ociosos con tiempo libre entre clases. Un alumno de letras acompañado de su novia que presumiblemente ha cogido las octavillas para impresionarla. Un grupo de cuatro miembros notorios de la JCC, que han cogido las octavillas y se han reído de nuestro material informativo y de nuestra organización. Un profesor provecto de geografía de notorias inclinaciones católicas. Dos individuos que claramente eran miembros de los servicios de información de la policía o del gobierno...»

—Creo que ya nos hacemos una idea, camarada —dice un comisionado con la cara picada de viruelas que no para de morder su bolígrafo.

—Un momento —Torregrasa levanta una mano—, ahora viene lo mejor. «Al éxito de la campaña de concienciación se le suma el efecto devastador que nuestro material informativo va a tener tanto en el estamento católico como en el espionaje fascista. Las octavillas socavarán la moral del enemigo de clase y sin duda provocarán múltiples cambios de filas.» —Hace una pausa y mira a Barbosa—. Muy gracioso todo. ¿Qué se supone que tenemos que hacer con este informe?

—Eso no me corresponde decidirlo a mí, camarada —dice Barbosa, recomponiendo sus rasgos aniñados en forma de cara de inocencia—. Mis tareas son organizar las reuniones, establecer las contraseñas telefónicas y repartir octavillas.

Torregrasa cruza los brazos gordezuelos sobre la superficie del pupitre y dice:

—Deduzco que estás en desacuerdo con nuestra estrategia de campañas informativas.

—¿Qué te hace pensar eso? —Barbosa parpadea.

Torregrasa rebusca entre sus papeles hasta sacar más páginas grapadas.

—Tengo aquí el artículo que mandaste al boletín de la Federación. —Carraspea—. «Guerra Popular Prolongada en la Gran Vía.» ¿Es esto lo que te gustaría que hiciéramos en vez de repartir octavillas? ¿Juntar pupitres y pegarles fuego para hacer barricadas?

—Algo tenemos que hacer para distinguirnos del resto de sindicatos de estudiantes, digo yo. Ellos tienen cincuenta veces más afiliados que nosotros. ¿Cómo podemos hacernos notar?

—Ya somos distintos de los demás sindicatos —dice una comisionada—. Tenemos nuestro propio modelo.

—¿Qué modelo? —Barbosa pone cara de perplejidad teatral—. Todos los demás sindicatos cobran de los partidos, tienen sedes como Dios manda, están representados en el consejo universitario... —Deja de contar con los dedos—. ¿Dónde estábamos cuando se repartió el pastel?

—¿Te crees que nos estás descubriendo las virtudes de la resistencia armada? —El comisionado de las viruelas golpea nerviosamente el pupitre con su bolígrafo mordido—. Todos hemos leído a Fanon, a Mao, al Che. Algunos más que tú.

Barbosa hace un gesto de mofa.

—¿Y cómo pensáis que va a llegar la revolución? —dice—. ¿Pegando a la gente en la cabeza con octavillas? ¿Cómo vais a crear las condiciones subjetivas? ¿Matando de aburrimiento al enemigo de clase?

—Cuidado, camarada —lo avisa Torregrasa.

—¿Por qué no nos vendemos ya, igual que todos los demás? —dice Barbosa—. Si nos damos prisa, igual nos dan un despacho como Dios manda.

Torregrasa se echa hacia atrás en su asiento, exasperado.

—Esto no lo tenemos por qué aguantar —dice.

Aunque no es mayor que Barbosa, la alopecia prematura de Chino Torregrasa y su sobrepeso ya le han conferido ese aspecto cronológicamente indefinido de los varones de entre treinta y cinco y cincuenta. Salvo por una alumna de Bellas Artes que lleva una chaqueta de cuero negra, la indumentaria preponderante en la Comisión de Propaganda son los jerseys de lana o bien de fibras artificiales, complementados con fulares y collares en el caso de las mujeres y pantalones de pana para ambos sexos. Teo Barbosa no sólo es inverosímilmente alto, sino que tiene una cara de niño muy ancha y unos ojos azul pálido que transmiten extrañas impresiones paralelas de pureza espiritual y de encontrarse delante de un adolescente aquejado de alguna patología que le ha alargado grotescamente los huesos. Su envergadura, además, lo obliga a extender las piernas hacia delante en su pupitre de tal manera que siempre parece más horizontal o repanchingado de lo que está en realidad.

—Esto ya no es un problema político. —Barbosa barre la sala con la mirada—. Mirad todo lo que está pasando en España, en Europa. Las oportunidades perdidas. Vivimos en una sociedad castrada. ¿Sabéis que el ochenta y siete por ciento de las sociedades tribales hacían la guerra al menos una vez por año?

—Somos un *sindicato estudiantil* —dice una de las chicas con collares y fulares—. Míranos. —Hace un gesto en dirección a los presentes—. ¿Tenemos pinta de hacer la guerra una vez por año?

—Al camarada secretario no le iría mal —dice Barbosa—. Así perdería un poco de peso.

—Tu actitud es lo más reaccionario que hay —dice el comisionado de las viruelas—. Siempre burlándote y despotricando. Pero nunca pones nada factible encima de la mesa. ¿Cuál es tu contribución a esta comisión?

—¿Mi contribución? —Esta vez Barbosa se repanchinga *de verdad*, colocando los pies enormes sobre el pupitre vacío que tiene delante—. Decir lo que nadie quiere oír. Que es lo que hicieron todos los revolucionarios genuinos. Desde Jesucristo hasta Lenin.

Se oye otro soplido generalizado. Torregrasa se frota la frente con gesto exasperado.

—Muy bien. —Asiente con la cabeza—. Acabemos con esto ya. Propongo una votación. —Sostiene en alto el artículo de Barbosa—. ¿Quién vota para que cancelemos las campañas informativas y discutamos un modelo de acción armada?

El comisionado a cargo de redactar las actas levanta la vista de sus papeles. Carraspea.

—Consta en acta —anuncia— que el camarada secretario de la comisión ha propuesto una votación para cancelar las campañas informativas y pasar a la acción armada.

Silencio. Nadie levanta la mano.

—¿Nadie? —A Torregrasa se le hacen un par de hoyuelos de regocijo en los carrillos gordinflones—. ¿Ni siquiera tú, Teo? ¿Has cambiado de opinión?

Barbosa se encoge de hombros.

—Me someto al dictamen de la mayoría. —Pone su sonrisa de querubín—. Ya me conocéis. Soy el Príncipe de la Democracia.

—Muy bien. —Torregrasa asiente lentamente con la cabeza—. Propongo otra votación. ¿Quién vota por expulsar del sindicato con efecto inmediato y de forma permanente al camarada Teo Barbosa?

Esta vez ni siquiera el encargado del acta levanta la vista. El silencio tiene esa condición marcadamente eléctrica que le da el zumbido inaudible de los fluorescentes del aula. Ronroneos de motocicletas en la calle San Antonio. Los primeros en levantar la mano son Torregrasa y el comisionado de las cicatrices de viruela, este último sosteniendo su bolígrafo mordido en alto. Las tres manos que se les unen, lentamente y de una en una, pertenecen a alumnos de derecho, cercanos a la persona del camarada secretario. Hay movimientos nerviosos de pies y tamborileos de dedos sobre los pupitres. De los cinco que no han levantado la mano, cuatro son alumnos de letras y conocidos de Barbosa. Lo cual deja a la estudiante de Bellas Artes. Barbosa ha tenido ocasión de fijarse en ella durante las últimas reuniones de la comisión. De hecho, tiene una cara de mejillas hundidas y ojos enormes que obliga a hacer un esfuerzo más o menos continuo para no quedársela mirando. Además de la chaqueta de cuero, lleva cantidades absurdas de sombra de ojos de color violeta que le dan a su cara un aspecto extraño de máscara estrigiforme. La mayor parte de las reuniones se las pasa liando a mano con parsimonia unos cigarrillos asombrosamente finos que luego se fuma sin prisas, a menudo dejando que se apaguen para volver a encenderlos, en contraste con la velocidad furiosa con la que el resto de miembros de la comisión fuma sus Ducados y sus Coronas. Barbosa la ha sorprendido a menudo admirando su propio reflejo en las ventanas de la sala. En general nadie le presta demasiada atención. En este preciso momento, sin embargo, diez pares de ojos expectantes se clavan en ella.

La estudiante de Bellas Artes descruza las piernas delgadas y se reacomoda en su pupitre infantil. Levanta una mirada coqueta hacia las caras que la están mirando.

3

TRANSISTOR CROMADO Y TIGRE RAMPANTE

La puerta de la sala 12 del primer piso de la Delegación Regional del SECED no tiene ninguna indicación de que al otro lado estén las dependencias de la recién creada Unidad de Apoyo Especial. El interior tiene ese aire inconfundible de los lugares que solamente llevan unas horas ocupados. Tubos fluorescentes en el techo. Ceniceros vacíos en las mesa. Los únicos dos objetos personales a la vista son un transistor cromado sobre una de las mesas y un encendedor voluminoso en forma de tigre rampante.

Con el montón de expedientes de información debajo del brazo, Arístides Lao cierra la puerta a su espalda y se gira para mirar a los dos ocupantes de la sala: una mujercita de unos sesenta años, sentada recatadamente a su escritorio, y un joven pequeño y enjuto con el trasero desafiantemente apoyado encima del tablero de la mesa. Lao deja los expedientes de Información en la mesa libre, al lado de un segundo montón pulcro de expedientes con el sello de Personal, y se sienta. Abre las carpetas de color amarillo claro y examina sumariamente las plantillas rellenas de datos biográficos de sus nuevos subordinados. Los distintos patrones de incidencia en las teclas de la máquina de escribir indican que los expedientes los han mecanografiado por lo menos cuatro personas distintas, una de ellas con conocimientos de mecanografía muy inferiores al resto. Uno de los cuatro mecanógrafos es un hombre a juzgar por la fuerza con que golpea las teclas. La uña de Lao encuentra una ligerísima imperfección en la superficie de la mesa, una muesca causada tal vez por la caída accidental de un objeto, y en su mente se desencadena una serie nueva de mecanismos imparables.

—Me llamo Arístides Lao —dice por fin, volviéndose hacia los ocupantes de la sala—. Supongo que ya lo saben. Llevo seis años trabajando en esta delegación. Soy agente de rango 4. Nombre en clave, Sirio.

El hombre y la mujer lo miran con caras inexpresivas.

—Eso no nos lo tiene que contar —dice la secretaria—. Por el protocolo de información interno. No lo tenemos que saber.

—¿Es que no conoce los protocolos? —dice el joven enjuto, con incredulidad teatral. Su expediente lo identifica como Melitón Muria, 24 años, operativo de campo. Lleva camisa blanca con corbata estrecha y remangada por encima de los codos. Tiene unos ojos azules y diminutos y un tupé grasiento y asimétrico que hace pensar en Carl Perkins después de peinarse en la oscuridad y sin espejo. La secretaria, Adela Sabajanes, tiene el pelo teñido y recogido en un moño recatado, gafas de concha y varias capas de prendas de lana con bultos en las mangas allí donde se guarda los pañuelos.

—Estoy seguro de que encontrarán mis credenciales más que satisfactorias —dice el agente Lao—. Fui el primero de mi promoción en la escuelas de criptografía de Roma y Tel Aviv. Soy miembro peticionario de la Academia de Ciencias Exactas...

—Ya sabía yo que venir aquí era un castigo —murmura Melitón Muria, cruzándose de brazos.

La forma en que Arístides Lao no da indicación alguna de estar captando el desagrado de sus interlocutores se parece a esa forma en que las víctimas de ostracismos extremos fingen que no sienten las burlas de las que son objeto. Una especie de mecanismo de defensa. En el caso de Lao, sin embargo, parece haber algo más. Casi como si viera las puyas pero se limitara a almacenarlas como simple información, sin registrar el dolor que buscan infligirle.

—¿Tendremos que hacer puzles? —dice Muria en tono sarcástico.

—Nadie tendrá que hacer puzles. —Lao sostiene en alto los expedientes de Personal—. Estos son los expedientes internos de ustedes. No los que tiene la secretaria de personal, que se pueden consultar con una solicitud normal aprobada por un agente de rango 3. Estos son los que requieren autorización de rango 1. El resultado de la investigación a fondo que el Servicio hace de todos sus empleados. De meses de vigilancia. Y sin embargo, por mucha información que recopilen, no nos dicen lo *importante* de una persona. No nos dan los datos que realmente necesitamos para aplicar un expediente de información. Esos datos no se averiguan pinchando teléfonos ni poniendo vigilancia.

—¿Qué está diciendo? —Muria se enciende un cigarrillo con su encendedor en forma de tigre rampante.

—Usted, señor Muria —continúa Lao, impertérrito.

—¿Qué pasa conmigo?

—Lo que su expediente *no dice*, por ejemplo, es la razón verdadera por la que pidió su traslado al Servicio. Odiaba usted el ejército. Nunca se pudo adaptar a la vida del cuartel. Sus compañeros abusaban de usted y hasta le pegaban.

A Muria se le cae el cigarrillo al suelo.

—Usted, señorita Sabajanes. —Lao se vuelve hacia la secretaria—. Hasta alguien como usted tiene secretos. Fuma a escondidas, pero eso es obvio, claro. Y está usted enamorada, salta a la vista. Me temo que de su sacerdote.

La secretaria se pone de pie, con la cara roja de furia.

—¿Cómo se *atreve*? —Su voz se ha vuelto dos octavas más aguda.

—Lo importante —concluye Lao— es que esas cosas no las dice el expediente. Las dicen *ustedes*.

Hay un silencio largo. Por fin Melitón Muria, el operativo de campo con la hoja de servicios más mediocre que Lao ha visto en su vida de agente del SECED, cierra la boca y la vuelve a abrir para hablar.

—¿P-pero cómo…? ¿Cómo sabe usted…?

—Usted no viste como los militares cuando van de civil —contesta Lao—. Solamente hay que ver al resto de personal militar de aquí. Usted busca distinguirse, tener un estilo individual. Eso es un rasgo de personalidad que choca con el ejército. Se lo ve a usted ufano, casi ansioso por no llevar uniforme. Para usted este destino es un alivio, por mucho que no le guste el trabajo. Y luego tiene esa cicatriz, ahí en el costado de la cabeza. —Señala vagamente—. Es reciente, pero no demasiado.

Debe de tener tres o cuatro años. Y acabo de ver en el expediente que usted estuvo entre el 73 y el 76 en el cuerpo de artilleros. No entró en combate, eso es obvio. No se metió usted en ninguna pelea ni tampoco tuvo un accidente, porque eso constaría en su expediente. Así que lo más probable es que alguien le pegara y usted no lo delatara. En los cuarteles se suelen esconder los malos tratos. —Se vuelve hacia la secretaria—. En cuanto a usted. Que fuma es obvio por la coloración de sus falanges, pero está claro que una mujer de su edad no confesaría ese hábito. El perfume que lleva podría estar orientado a disimular el olor. Que está usted enamorada salta a la vista: la forma en que va vestida y arreglada no se corresponde con su edad ni con su estilo de vida. Algunas prendas que lleva parecen compradas en los últimos meses, y otras son de corte antiguo pero no están gastadas. Eso quiere decir que las ha recuperado hace poco. Todo su vestuario ha sido remodelado en los últimos tres meses para agradar a un hombre. Pero *no hay* hombres en su vida. El expediente lo deja claro. Soltera y sin más familia que una hermana que también es soltera. El único hombre en su vida es su confesor. Va usted a misa a diario, algunos días dos veces. Forma parte de un círculo estrecho de feligresas que ayudan en la sacristía. Estoy seguro de que si preguntamos en su parroquia veremos que han cambiado al párroco en los últimos tres o cuatro meses.

Los dos empleados de la recién instaurada Unidad de Apoyo Especial continúan en sus sitios respectivos, sin hablar, sin mirarse entre ellos y sin moverse para nada, cuando ya hace un minuto largo que Arístides Lao se ha puesto a trabajar.

4

TEXAS EN LA MENTE

La estudiante de Bellas Artes de la chaqueta de cuero y los ojos estrambóticamente sombreados está sentada en la entrada del Centro Parroquial del Carmen, con las rodillas huesudas muy juntas, liándose uno de sus cigarrillos parsimoniosos, cuando Teo Barbosa sale por la puerta. Las farolas tiñen la escena de un color ocre sucio, a la vez resplandeciente y mate. Un borracho que duerme en los escalones de la iglesia. Gitanos que tocan una guitarra en un portal cercano. La mole de ladrillo rojo de la parroquia del Carmen, parecida a un castillo de cuento de hadas. Barbosa ha esperado a que se marchara el resto de la Comisión de Propaganda para salir: una costumbre que presenta la ventaja de evitar situaciones incómodas derivadas del cisma que lo aísla del grupo. Se detiene al lado de la chica. Ella levanta la vista del cigarrillo que está liando y recorre con la mirada primero las piernas larguísimas de él y por fin su torso interminable.

—¿Cómo puedo darle las gracias al ángel que ha salvado mi militancia? —Barbosa sonríe con dos hileras perfectas de dientes—. Te pagaría con mi primer hijo, pero no sé si encontraría a una madre dispuesta.

—No estoy segura de haberte hecho un favor. —Ella hace una pausa para lamer el adhesivo del papel de liar. Niega con la cabeza—. La verdad, no parece que el sindicato sea el sitio más indicado para alguien como tú. No te lo tomes mal.

Barbosa hace un gesto con la mano como quitándole importancia al asunto.

—Todos los sitios son igual de malos —dice—. Además, no quiero darle a Torregrasa la alegría de marcharme. La cara de cabreo que se le pone cuando aparezco es lo que me hace venir todas las semanas.

La chica se enciende el cigarrillo con una mano mientras lo protege del aire con la otra, con ese fruncimiento de la cara entera con que la gente se enciende los cigarrillos a la intemperie. Por fin da una calada larga y expulsa el humo. Extiende una mano para que Barbosa la ayude a levantarse y él le da un tirón gentil de la mano delgada. Ella se sacude con gesto ausente el trasero de la falda.

—Déjame por lo menos que te invite a una copa. —Barbosa hace un gesto vago en la dirección general de la Rambla—. No sé cómo te llamas.

—Sara Arta —dice ella.

—Yo soy Teo Barbosa.

—Todo el mundo sabe quién eres, Teo Barbosa. Es imposible no saberlo, por mucho que uno se esfuerce.

Diez minutos más tarde están los dos sentados en una mesa de mármol al fondo del salón del Café de la Ópera, junto a un grupo numeroso de homosexuales que beben café con anís en dos mesas arrimadas y flanqueadas de espejos. El humo de tabaco que llena el salón es tan denso que los camareros uniformados emergen como policías victorianos de la niebla, cargados con sus bandejas llenas, indistintos hasta que uno los tiene prácticamente encima. Barbosa está bebiendo una cerveza y Sara Arta un gin tonic. Los homosexuales de la mesa de al lado hablan muy alto, compitiendo entre ellos por hacerse oír, y de vez en cuando sueltan risotadas colectivas. Barbosa señala uno de los espejos labrados en el que Sara se está mirando de reojo.

—Ya te he visto mirarte varias veces. Hasta en las reuniones de la comisión lo haces. —Sonríe—. ¿He descubierto alguna pequeña debilidad por ahí?

Sara Arta da un sorbo de su gin tonic.

—Y yo te he visto despatarrarte en cada reunión de propaganda y estirar esas piernas de jugador de baloncesto que tienes y hacerte el fanfarrón y burlarte de todo lo que dice el camarada secretario, y cuando alguien se queja, te dedicas a hacerte el inocente y a pensar que tu carita de ángel te va a sacar de todos los aprietos. —Ella levanta una ceja—. ¿Qué te parece? ¿Te he descubierto alguna pequeña debilidad?

Barbosa levanta las manos en un gesto de admisión de culpabilidad.

—Me has cazado —dice, sonriente—. No es culpa mía. Soy el número seis de ocho hermanos. Crecí desesperado porque me prestaran atención. Mi madre se murió después del último parto. Ni siquiera se pudo morir pariéndome *a mí*. —Niega con la cabeza mientras da una calada con los ojos entrecerrados—. Y claro, me he traído ese ansia a mi vida adulta. Por eso tengo una conducta tan atroz.

Sara Arta frunce el ceño.

—¿Esa historia es verdad?

—¡No! —Barbosa se ríe—. Soy hijo único. ¿Es que no lo has notado?

A ella se le escapa la sonrisa. Se ha quitado la chaqueta de cuero al entrar, y ahora el efecto hipnótico de su aspecto se ve intensificado por la desnudez de su cuello y sus hombros, que son muy delgados y pálidos y están llenos de riscos y de hondonadas imposiblemente armoniosas que funcionan como equivalente torácico a sus mejillas elegantemente hundidas. Sin ser conscientes, los dos han adoptado las posturas corporales clásicas de la seducción en torno a una mesa: ella ligeramente echada hacia atrás, apoyando en la mesa el codo de la mano que fuma y cogiéndose el brazo con la otra para formar una especie de parapeto de antebrazos. Él apoyado en la pared de espejos con gesto estudiadamente indolente, medio girado de costado para fingir que tiene cosas más interesantes que mirar que la cara de ella.

—¿Qué haces tú en el sindicato? —Ella frunce los ojos—. Con esos ojazos y esa jeta que tienes. Tendrías que ser actor. Has conseguido engañar a esa pobre gente de la Comisión de Propaganda para que crean que te importa un pimiento lo que hacen.

Ahora es a él a quien se le escapa la sonrisa.

—¿Y tú? —responde—. ¿Qué haces tú en un sindicato maoísta?

Sara Arta se termina el gin tonic de un trago.

—Se me ocurrió que estaría bien hacer la revolución —dice.

—¿Y qué tal va?

—Bien, supongo. —Ella se encoge de hombros—. La quema del palacio va despacio.

Barbosa detiene a un camarero que acaba de emerger del humo de tabaco.

—Mi amiga necesita otro gin tonic, por favor —le dice.

El camarero murmura algo inaudible y desaparece otra vez en la niebla.

—¿Eres artista? —pregunta Barbosa.

Ella lo piensa un momento.

—Supongo que sí —contesta—. Aunque la clase de arte que hago no es del gusto de casi nadie. Digamos que no distingo muy bien entre arte y revolución.

—¿Siempre bebes tanto? No estoy seguro de poder seguirte, y eso que mido metro noventa y tres.

A ella se le vuelve a escapar la misma cara de coquetería de la reunión. Lo único que la distingue de su cara normal es un ligerísimo mohín de los labios, pero ese detalle cambia por completo el efecto general de su expresión. De repente su pintura de ojos estrambótica, la ropa negra y todos lo demás se convierten en un disfraz vagamente infantil. El efecto es lo bastante fugaz como para parecer un simple producto de la imaginación.

—Me gusta beber. —Sara Arta se encoge de hombros—. Aunque no particularmente en este sitio.

Barbosa saca su paquete de cigarrillos rubios y, por primera vez en lo que va de noche, ella le acepta uno. Ahora uno de los homosexuales de la mesa de al lado está llorando a lágrima viva, y dos de sus amigos se dedican a consolarlo mientras un tercero hace aspavientos con una mano y se dedica a insultar al causante del llanto. Entre los insultos que Barbosa puede oír se repite varias veces la palabra «puta».

—¿Tienes algún otro sitio en mente? —Barbosa da una calada, evitando mirar a Sara Arta a los ojos.

—Tengo Texas en la mente.

Dos horas, seis copas y dos cápsulas de anfetamina más tarde, Teo Barbosa se cae de su taburete de la barra atestada del sótano del bar Texas de la calle Euras y se queda tumbado de espaldas en el suelo, notando cómo la humedad de la copa que tenía en la mano se le extiende por la pechera de la camisa; no exactamente registrando lo que acaba de pasar, ni tampoco resignándose a su nueva posición horizontal, sino un poco a medias entre ambas cosas. Bajo su espalda, el suelo está cubierto de un limo negruzco de bebidas derramadas y colillas. Al cabo de un momento acierta a ver los contornos de varias cabezas que se inclinan para mirarlo y a continuación un par de manos que le cogen las suyas para ayudarlo a levantarse. La música que llena el sótano son un par de guitarras chirriantes que suben y bajan al compás de una especie de tambor tribal y una voz en inglés que suelta graznidos inhumanos. Desde las paredes lo observan varias portadas de discos de The Who. *Sell Out* y *Who's Next* y el motorista fantasmagórico de *Quadrophenia*. La cara de Lou Reed en un póster, detrás de sus notorias gafas de sol. Una cara que hace pensar en seres humanos del futuro a los que les han extirpado las emociones o bien en androides que intentan replicar la fisionomía humana pero no acaban de hacerlo del todo bien. Por fin Barbosa se pone de pie tambaleándose, se agacha para recoger el taburete caído y lo vuelve a acercar a la barra. Sara Arta lo ayuda a encaramarse de nuevo.

—Nadie puede frecuentar este sitio y *al mismo tiempo* la Comisión de Propaganda del SEDA —dice él, acercándole mucho los labios al oído para hacerse oír por encima de la música—. Una de tus dos mitades debe de haberse vuelto loca. —La señala con un dedo sucio—. ¿Cuál será?

—Te olvidas de que la contradicción es el motor del cambio —dice Sara—. Sin lucha de opuestos no hay Historia. Nunca llegará la dictadura del proletariado.

—Marx también dice que son las contradicciones del sistema capitalista las que provocarán su hundimiento.

Sara Arta suelta un soplido de burla.

—¿Somos listos o qué? —dice, dando un sorbo a su gin tonic.

—La inteligencia es nuestra *cárcel*. —Barbosa levanta las manos en un gesto de impotencia y a punto está de volver a perder el equilibrio—. Es el estigma que nos expulsa de las filas de la humanidad y nos empuja el uno a los brazos del otro. —Le enseña su sonrisa perfecta de dientes blancos a Sara—. ¿No te sientes empujada?

—Es difícil no sentirse empujada en este local.

Barbosa se pone a agitar los brazos para llamar la atención del camarero.

—¿Qué demonios es esto? —Señala hacia arriba, en dirección a la atmósfera cargada de humo donde retumba una voz vagamente lúgubre.

—Esto, señor Prisionero de su Enorme Inteligencia —dice ella— es la señorita Patricia Lee Smith. Guarda silencio y escucha.

5

SOLDADO Y MONJE

Falta exactamente un minuto para que empiece el turno matinal de la Delegación Regional del SECED cuando llaman a la puerta del despacho personal del capitán Ponce Oms. La minúscula expresión de satisfacción que le aparece en la cara al capitán se queda sin testigos. Lo único que ve el agente Lao cuando abre la puerta es a su superior en la misma actitud que cada vez que lo visita: enfrascado en su trabajo, moviendo documentos de un lado a otro y garabateando notas. Hoy, excepcionalmente, Oms se digna a señalar vagamente el asiento del otro lado de la mesa.

—Adelante, agente Sirio —dice—. Siéntese, por favor. Me he tomado la libertad de pedir café y bollos para dos. Espero que no haya desayunado usted.

Arístides Lao se queda mirando el café y los bollos que hay sobre la mesa.

—No ponga usted esa cara. —El capitán Oms suspira—. Soy un oficial de la inteligencia. Mi trabajo es adivinar cosas. Además, no era tan difícil deducir que iba a venir usted a verme. —Vuelve a señalar la silla—. Y siéntese, le digo.

Lao cruza la sala enmoquetada hasta la silla que su superior le está indicando. Con el abrigo puesto y el maletín en la mano. La forma en que Oms mueve ociosamente sus papeles y toma notas cuando tiene visitas hace que uno se pregunte si los movimientos y las notas son realmente parte de su trabajo o bien simples elementos de una escenificación. De alguna manera, el delegado regional consigue transmitir la sensación de que la abundancia de diplomas y fotos con personalidades históricas que tiene colgadas en su despacho no son motivo de orgullo especial ni de jactancia por su parte. Casi como si no se hubiera fijado nunca en que están ahí. Por fin cierra la carpeta que tiene delante y levanta la vista hacia su visitante.

—¿Qué se le ofrece? —dice.

El agente Lao abre su maletín. Saca un expediente de los que el capitán le entregó el día anterior y lo pone encima de la mesa.

—Ah. —Oms asiente con la cabeza—. Un expediente interesante, sin duda. Teodoro Barbosa. Uno de nuestros operativos más excéntricos. Creo recordar que fue usted quien hizo los primeros contactos con él.

—Todo era para esto, ¿verdad? —dice el agente Lao, con el maletín sobre el regazo—. Lo del Grupo de Apoyo Especial y mi nuevo cargo y todo lo demás. Era para hacerme llegar este expediente. Éste no es como los demás. No hay *exactamente* deficiencias informativas. Todo lo demás es una simple tapadera para que este expediente vuelva a mí.

El capitán Oms enarca las cejas.

—Es una hipótesis de lo más curioso —dice—. Por supuesto, no se la puedo confirmar.

—No puede usted crear una unidad especial para sacar un expediente de su itinerario normal —dice Lao—. Tarde o temprano el Departamento de Información lo echará de menos. Y en todo caso, dudo de que sea legal.

El capitán Ponce Oms vuelve a suspirar. Reclina la espalda en su silla giratoria y la hace girar noventa grados en dirección a una de las paredes cubiertas de diplomas y fotos enmarcadas.

—Quítese el abrigo, agente Sirio —dice—. Y haga caso de un consejo: no se dedique a decirle a sus superiores lo que pueden hacer y lo que no. Yo tengo cierta debilidad por usted, pero la próxima vez puede que se encuentre con alguien menos comprensivo. Acuérdese de dónde estamos. Aquí lo que se puede hacer y lo que no se puede hacer son cosas que funcionan de modo distinto al mundo de fuera. Si he creado su unidad, eso quiere decir que la *puedo* crear, ¿no le parece?

Coge uno de los bollos de la mesa, lo parte y lo moja en su tazón de café con leche antes de llevárselo a la boca. Da un par de palmadas para sacudirse el azúcar del bollo de los dedos.

—Vayamos por partes —continúa—. Digamos que tengo un interés personal en Teo Barbosa. Y también en la forma en que usted le estuvo dando directrices desde el Departamento de Información. Por supuesto, muchos oficiales en mi posición pensarían que obró usted mal con ese expediente. Que sus directrices no tenían ningún sentido. Por eso fue usted degradado a los Ficheros. Pero ya le he dicho que yo tengo una debilidad.

—¿Qué quiere de mí?

—Estoy dispuesto a saltarme el protocolo —dice el capitán—. En realidad tengo más margen de maniobra del que parece. Es una parte crucial de mi trabajo: fingir que tengo menos margen de maniobra del que tengo en realidad. De hecho, es *casi todo* mi trabajo.

Lao piensa un momento.

—No sé quién es Teo Barbosa —dice por fin—. He tenido cuatro contactos telefónicos con él. Su expediente es muy vago. Faltan muchas páginas.

—Barbosa forma parte de una de nuestras operaciones centrales de información. Todo lo esencial se ha borrado de su expediente. Dígame, agente Sirio. —Se chupa un par de dedos—. ¿En qué consistieron sus contactos telefónicos con él?

En la cara de Lao son impensables cosas tan simples como la impaciencia o la contrariedad. Sin embargo, los pequeños movimientos con que ahora se reacomoda para contestar la pregunta podían ser interpretados como indicios.

—Como usted ha dicho —contesta por fin—, Barbosa no es como el resto de nuestros operativos. Si se ha formado en nuestras academias, no entiendo cómo consiguió pasar los tests de aptitud física. Mide metro noventa y tres y todos los informes describen su fisionomía como extremadamente poco común. Llamaría la atención en *cualquier* entorno de operaciones. No creo que sea un militar. No ha dado ninguna señal de lealtad ni de disciplina. Pero tampoco se ajusta a ninguno de los perfiles de nuestros informadores externos. El noventa por ciento de externos coopera con nosotros a cambio de favores o intercesiones. Barbosa nunca nos ha pedido nada. Sabemos que es uno de los alumnos más brillantes de su promoción de letras, pero también díscolo y rebelde. Tiene un coeficiente intelectual y también un nivel cultural muy por encima de la media de nuestros agentes. No se le conocen tendencias políticas. No nos consta que esté enfrentado con ningún grupo concreto. No le encontramos la envidia o el descontento que motiva a los informadores no retributivos. Así pues, ¿para qué usar los protocolos basados en perfiles existentes de informadores?

El capitán Oms parte otro bollo.

—Continúe —dice, apremiándolo con un gesto de la mano.

—Cuando me llegó por primera vez el expediente de Barbosa —dice Lao—, me dio la impresión de que era un operativo que podía llegar muy lejos.

—Explíquese.

—Necesitaría conocer motivaciones profundas, valores, niveles de resistencia. Pero está claro que tiene carisma. Se puede presumir que la gente quiere agradar a Teo Barbosa. Quieren contarle cosas. Y un hombre de su inteligencia puede llegar mucho más allá que los operativos normales.

El capitán Oms vuelve a inclinarse hacia delante para mojar otro bollo en su café con las puntas de los dedos.

—¿Y qué decisiones operativas tomó usted? —dice, llevándose el bollo a la boca.

—¿No ha leído el expediente?

—Quiero que me las cuente *usted*, agente Sirio. *Claro* que he leído el expediente.

—Le dije que intentara llamar toda la atención que pudiera hacia sí mismo. —Ahora Lao tiene las dos manos apoyadas en su maletín—. Que provocara enfrentamientos. Que fuera sarcástico.

—«Que fuera sarcástico.» —Oms asiente con la cabeza—. ¿Y qué protocolo es ése?

—Ninguno. En esencia, le vine a decir al agente Barbosa que no hiciera nada. Que fuera él mismo.

—¿Con qué propósitos operativos?

—¿Quién sospecharía de un bocazas como Barbosa?

El capitán Oms empuja a un lado la bandeja de los bollos y se pone de pie.

—¿Sabe? —Oms echa a andar por detrás de su mesa—. En nuestro trabajo nos guiamos muchas veces por la idea de *engañar* al enemigo. Pasarle información falsa, sacrificar cierta información para ocultar otra, transmitir una verdad incompleta en vez de una mentira. Engañar es un arte. Hay que ser completamente irregular, ya sabe. No se puede engañar dos veces de la misma manera. Hay que ser imprevisible. Y *siempre* dar por sentado que el enemigo te está engañando a ti. Esa es la dificultad y también la maravilla de nuestro trabajo. Que es como entablar una conversación en la que los dos mienten todo el tiempo.

Lao asiente con la cabeza.

—Lo mismo pasa en criptografía —dice—. El ideal del criptógrafo es no usar nunca la misma clave dos veces. Claves asimétricas. No ofrecer patrones. Que el otro no pueda aferrarse a ninguna regularidad. El ideal *verdadero* del criptógrafo, en términos abstractos, sería usar una clave que fuera tan larga y compleja como el propio texto a cifrar.

Oms deja de caminar. Se queda mirando a Lao, con las manos detrás de la espalda y las piernas marcialmente abiertas. Con la cabeza enmarcada por un halo de diplomas y retratos. Convertido en la *idea* misma del soldado aguerrido. Esa idea que coronó en el principio de la humanidad a los machos mejor dotados para la procreación, destinados a humillar para siempre a los Arístides Lao de la Historia.

—Quiero que retome usted ese expediente, agente Sirio —dice—. Que la Unidad de Apoyo Especial me informe solamente a mí. Quiero actualizaciones semanales o cada vez que se produzca una novedad. ¿Me entiende?

—Necesito el expediente completo de Barbosa.

—No.

—Necesito el expediente de la operación en que está metido Barbosa.

—No me haga reír.

Lao se quita las gafas y se pone a limpiarlas con su pañuelo.

—Me acaba de decir que puede usted hacer cosas que son imposibles en otras partes —dice, mirando a su superior con su cara vacía—. Y que dispone usted de más margen del que deja ver.

—No me provoque, agente. Tendrá usted que trabajar con lo que tiene.

—Entonces no lo haré.

—¿Cómo *dice*? —Oms levanta la voz.

—Renuncio al mando de la unidad. Prefiero volver a Gestión de Ficheros.

Las palabras de Lao no transmutan exactamente la escena. Simplemente agrandan sus elementos. Los subliman y los aíslan del universo que los rodea. A un lado el soldado preternatural, apuesto y cargado de energía cósmica en reposo, propenso a la cólera y a los estallidos letales. Al otro lado el monje; atrofiado y pálido, siempre a la sombra y siempre encorvado sobre sus papeles; incapaz de convertirse en esa masa temible de músculos que empala a las hembras con su pene y ensarta a los enemigos con su espada. En el instante eterno de la escena, el capitán se eleva sobre Lao, gigantesco y cargado de energía cósmica. El mentón fuerte y perfumado. La espalda ancha y coronada por charreteras. El arma reglamentaria al cinto. Lao parece aguardar su ejecución inminente en su silla. Y un momento más tarde, al capitán se le escapa la risa.

6

LUZ NEGRA

Ya es de día cuando Teo Barbosa se despierta junto al cuerpo desnudo de Sara Arta, en el sobreático diminuto de la calle Escudillers al que ella lo llevó al final de la noche. El polvo del meteorito que cubre los cristales le da un matiz plomizo a la luz ya de por sí fría de la mañana. Barbosa se frota los ojos. Como suele pasar con casi todas las camas, la de Sara es demasiado corta para él y provoca que los pies le cuelguen del borde. Sobre las sábanas rojas, la piel muy blanca de ella tiene una cualidad casi pictórica. Barbosa se permite un solo momento para admirar el cuerpo dormido que tiene al lado, delgado pero de proporciones exquisitas, a diferencia del de él, que es exageradamente alto y huesudo y tiene unas rodillas y unos codos enormes y un pene que se ve inevitablemente pequeño entre sus muslos interminables. Por fin comprueba que la joven sigue dormida y se incorpora lentamente, sin hacer ruido.

Afuera se oyen las gaviotas. Barbosa va directamente al recibidor donde recuerda que la noche anterior

Sara Arta dejó su chaqueta de cuero. Saca la cartera del bolsillo de la chaqueta y examina rápidamente toda la documentación, memorizando la información relevante. Por fin lo devuelve todo a su sitio, echando vistazos de vez en cuando por encima del hombro. A continuación se pone a abrir cajones y a registrar sus contenidos.

Cinco minutos más tarde, vuelve a entrar en el dormitorio y se inclina para besar el cuello de la dueña de la cama.

—Me voy antes de que llegue tu marido —dice Barbosa, poniéndose los calcetines y recogiendo del suelo el resto de su ropa.

Ella gira lentamente la cabeza sobre la cama deshecha y se lo queda mirando con los ojos inflados.

—¿Dónde están los hombres que hacen café antes de abandonar a la mujer a la que han deshonrado?

—Son rémoras del patriarcado. —Barbosa se pone los calzoncillos—. Sucumbirán bajo las ruedas de la Historia.

Barbosa baja con paso ligero los cinco pisos de escaleras y comprueba el nombre del buzón antes de salir a la calle. Está lloviendo sin demasiado aplomo y los regueros de la calle arrastran el agua sucia de ceniza cósmica y la recogen en forma de charcos negros. Siguiendo el protocolo, Barbosa da un par de vueltas a la manzana, baja por la calle Nueva de San Francisco y por fin se mete en un callejón a fumar un par de cigarrillos bajo la lluvia. Cuando está seguro de que nadie lo sigue, aplasta la colilla con el zapato y echa a andar con brío hacia la Rambla.

Antes de llegar a casa, Barbosa hace una parada para comprar una barra de pan y un paquete de jamón. En su portal de la calle Tallers, examina el interior a través de los cristales sucios antes de meter la llave en la cerradura. Sube las escaleras con el pan y el jamón debajo del brazo y se detiene justo antes de llegar a su rellano. Huele a humedad y a basura de hace dos o tres días. Vuelve a enroscar la bombilla del rellano que desenroscó ayer antes de salir y procede a examinar las paredes desconchadas. A continuación abre la puerta y, dejándola entornada, emprende el registro del interior. El proceso entero dura unos veinte minutos y hay que llevarlo a cabo cada vez que vuelve a casa. Los lugares idóneos para colocar un micrófono son el interior de las pantallas de las lámparas, las cajas de los enchufes, la parte de atrás de los muebles grandes, la parte de atrás de los cuadros y los espejos, el interior vaciado de los zócalos, el interior de jarrones, objetos decorativos y estatuillas y el interior de los conductos de ventilación y de las tapas de la instalación eléctrica. Por supuesto, todo depende también del tipo de micrófono que se quiera instalar y de su alcance y direccionalidad.

Terminado el registro, Barbosa deja el pan y el jamón en la mesa de la cocina y abre la nevera. Saca una botella de leche y se sirve un vaso. Enciende la estufa de butano. Va a orinar y mientras se está lavando las manos delante del espejo ve que tiene un par de huellas de mordiscos sexuales en el cuello. Por fin se sienta a desayunar. Es difícil no parecer un poco encorvado cuando uno es tan alto. La ventana del fondo de la cocina se ha quedado abierta toda la noche y ahora hay un amplio charco de agua negra debajo de ella. Barbosa se limita a mirar el charco de ceniza fangosa de asteroide mientras mastica. Ya hace cuatro días que la colisión con la Tierra del meteorito 41.50N 1.54E 4/11/1977 00:30 UTC+1, conocido como el Meteorito de Sallent por el lugar del impacto, dejó aturdido al país entero, por lo menos durante las primeras horas. Durante ese lapso, treinta millones de personas lo olvidaron todo. Como personajes de cuento de hadas tocados por una varita mágica. Hipnotizados por las imágenes que retransmitía en directo la televisión, en un bucle que se repetía sin cesar en los dos canales: los prados y las huertas en llamas y la columna colosal de humo que durante aquellas primeras cuarenta y ocho horas se pudo ver desde prácticamente toda la mitad norte de la península. El cielo de España se llenó de ceniza y de polvo meteórico y adoptó una especie de estado intermedio entre el día y la noche, un interludio de color gris opaco que varios medios de comunicación coincidieron en describir inexplicablemente como una «luz negra» que lo bañaba todo. Pero más extraño que el cambio de la atmósfera fue el cambio de la gente. Fue como si la irrupción del cuerpo celeste detuviera el orden terrenal de las cosas. Las convulsiones políticas, las intrigas, los atentados, los secuestros, todo quedó en suspenso. Un orden superior de cosas acababa de penetrar en el nuestro.

Barbosa tiene pegada con cinta adhesiva a uno de los armarios de la cocina la portada del ejemplar del día 5 de *La Vanguardia*, con la fotografía a gran tamaño del cráter en llamas y la columna de humo. De esa manera en que la gente cuelga las fotografías de prensa de los grandes acontecimientos de la Historia. En cierta manera, el impacto del meteorito fue una réplica invertida del atentado que había matado a Carrero Blanco, cuyo automóvil lanzado a las alturas ahora era contrarrestado por la trayectoria descendente de aquella roca de cuatro mil millones de edad y doscientos kilos de peso que había llegado a la Tierra envuelta en una bola gigante de fuego y había abierto una herida de dos kilómetros en la corteza terrestre. Los dos eventos generaron bucles de datos vagamente indescifrables que inundaron las ondas televisivas y radiofónicas como un ruido blanco de estática. Todos los receptores se llenaron de música clásica. La diferencia era que la muerte del presidente del gobierno había formado parte de un orden claro de acontecimientos: la lógica impecable de la retribución, del golpe y contragolpe, de la conspiración política y la mano negra de las potencias extranjeras. El meteorito, por su parte, inauguraba el des-orden de las cosas. La falta de sentido. Una piedra procedente del cinturón de asteroides que cae de repente y mata a cincuenta vacas y al hombre que las atiende. Debió de ser eso lo que dejó aturdida a la población, mucho más que si se hubieran abierto las nubes y Dios Todopoderoso hubiera disparado un rayo con la punta del dedo.

Por primera vez en años, los penosos asuntos de España desaparecieron de las portadas de la prensa: las elecciones, el nuevo gobierno de UCD, las manifestaciones, el restablecimiento de la Generalitat, la bomba del Papus y los atentados y secuestros de la izquierda y de la derecha. La suspensión de lo existente no duró más de cuarenta y ocho horas, hasta que la presión de la realidad terrenal hizo que las imágenes del fuego celestial saltaran de las portadas y los noticiarios. Durante esos dos días, sin embargo, un orden de cosas inescrutable había asomado la cara. Algo tan difícil de ver como el cielo mismo, porque ¿quién es consciente de que tiene el cielo encima de la cabeza?

Y sin embargo, del 4 al 6 de noviembre de 1977, en España, la gente recordó que existía el cielo.

7

TÍNITO

Arístides Lao abre la puerta del domicilio que comparte con su madre en una finca vetusta de la calle Gerona y es bienvenido por el olor familiar de todos los días. El olor de las casas de los ancianos. Que no es exactamente un olor a suciedad ni a indicios de podredumbre corporal, ni tampoco a los perfumes y ambientadores que lo camuflan. Es un tercer olor, una síntesis inefable de los dos primeros que evoca imágenes de la Muerte sentada con su guadaña junto a la cabecera de una cama.

La señora Eulalia Lao está en el mismo lugar y haciendo lo mismo que todas las tardes cuando su hijo llega del trabajo: sentada en su sillón, escuchando los pasodobles de la Carta de Ajuste en espera de que se reanude la programación. Con su cuerpo esférico no encajonado entre los brazos del sofá, sino directamente inextricable de la estructura mullida y cubierta de pañitos de encaje. Con los gigantescos tobillos hidropésicos apoyados en un reposapiés a juego con el sillón. Cosiendo y echando vistazos ocasionales a la carta de ajuste.

—Buenas tardes, madre —dice Lao cuando pasa a su lado, de camino a su habitación.

En su habitación, se sienta en la cama para quitarse los zapatos y ponerse las pantuflas que tiene alineadas junto a la pared. El suelo está cubierto de papeles de periódico pegados con cinta aislante para evitar las rayaduras que el tiempo provoca en las baldosas.

—¡Niño! —le grita su madre desde la sala de estar. Esto también forma parte de la rutina: su madre nunca responde a su saludo, sino que siempre espera a que él esté cambiándose los zapatos en su habitación para ponerse a llamarlo a gritos—. ¡¡Niño!!

El susurro de las pantuflas acompaña a Arístides Lao a la sala de estar, donde su madre se lo queda mirando con una mueca de asco iluminada por el resplandor pulsátil del televisor, donde la Carta de Ajuste ya está dando paso al avance informativo. El televisor es la principal fuente de luz de la sala desde que hace cinco días la señora Lao decidió cerrar todas las persianas de la casa para proteger su domicilio de las radiaciones del Meteorito de Sallent. En su edición de hace dos días, *El caso criminal* ya recogía la aparición de diversas mutaciones provocadas por las radiaciones cósmicas a lo largo de la comarca del Vallés: niños con dos cabezas, reses con tres cabezas y algo que aparecía fotografiado de forma poco nítida en la portada y que parecía ser un pez caminando sobre un par de piernecitas.

La señora Lao clava una mirada iracunda en su hijo por encima de las gafas de coser que lleva en la punta de la nariz. Su alopecia casi completa parece haber seguido el mismo patrón y encontrarse en el mismo punto de avance que la de su hijo.

—¿Qué horas son éstas de venir a casa? —le escupe—. Con tu pobre madre aquí muriéndose de hambre. ¿Tantas ganas tienes ya de que me muera?

Arístides Lao se mira el reloj de pulsera. Son las seis y cuarenta y nueve. Eso quiere decir que se ha retrasado exactamente ochenta segundos respecto a la hora media a la que llega a casa después del trabajo. Posiblemente como resultado de una combinación anómala de semáforos en rojo, provocada por una llamada telefónica de última hora en el despacho. Lao ayuda a su madre a levantarse del sofá, un proceso que requiere un par de minutos de tirones precisos, y a continuación la ayuda a bambolearse hasta el cuarto de baño. Allí la mujer se apoya en el brazo de su hijo para llevar a cabo su compleja serie de desplazamientos de faldas y enaguas que preceden a la micción, durante la cual Lao permanece impasible e inmóvil, con la mano hidropésica de su madre estrujándole el antebrazo. Por fin la lleva de regreso al sofá y espera a que se acomode.

—Ves a hacerme algo de merienda, anda, que estoy que me desmayo —dice la madre, sin mirarlo, nuevamente enfrascada en la combinación de costura y televisión que rellena los intervalos entre las siestas de su vida.

En la cocina, Lao calienta aceite en una sartén pequeña y casca un huevo. Espolvorea un poco de sal encima y lo echa en la sartén con cuidado de no romper la yema, una contingencia que obligaría a iniciar de nuevo el proceso. Luego se queda de pie delante del fogón, mirando cómo crepita el huevo. Tanto las encimeras de la cocina como la superficie superior de la nevera están llenas de cajas de comida que la señora Lao se ha hecho traer después de que cayera el meteorito, por lo que pueda pasar. *El caso criminal* alerta de la posibilidad de que el meteorito desencadene un invierno nuclear en España.

El huevo sigue crepitando en la sartén cuando Lao mira de reojo al otro lado de la puerta de la cocina, en dirección a la mesilla del recibidor, donde está su maletín del trabajo. La ventana de lamas pivotantes de la cocina es la única de la casa que no tiene persiana, de manera que los cristales están todos cubiertos de ceniza negra. Lao sale de la cocina. Abre su maletín y saca el expediente restringido de la Operación Cólera que le ha hecho llegar esta misma tarde el capitán Oms.

En el fogón, los rebordes del huevo frito se doran, se rizan y se oscurecen. La yema del huevo cuaja.

Lao abre el dossier. El expediente tiene unas doscientas páginas, de las cuales un centenar lo componen expedientes de información, procedentes de media docena de informadores. A continuación viene una docena de páginas de transcripciones y el resto del expediente son fotografías. El olor del huevo frito sumergido en el aceite hirviendo sale de la cocina y empieza a flotar por el recibidor. Por debajo del crepitar de la sartén se oye la sintonía del programa infantil *Un globo, dos globos, tres globos*, que viene justo después del avance informativo. Lao pasa páginas a toda prisa. La Operación Cólera se instaura en junio de 1976 con el seguimiento de las actividades del Partido Comunista Auténtico (PCA), creado en 1973 por un grupo de militantes del PCE que rechazaba la política de reconciliación nacional de Carrillo y el Eurocomunismo. Después de seguir durante tres años la línea del Partido Comunista de China, tras la muerte de Mao, el PCA toma como referencia al Partido del Trabajo de Albania.

En medio del aceite hirviendo, la membrana vitelina

y la albúmina de la clara empiezan a burbujear. La superficie entera del huevo adquiere esa textura de los depósitos de lava y de las representaciones tradicionales del infierno.

Para mediados de 1977, la red de informadores ya ha identificado un entramado de organizaciones relacionadas con el PCA y que al mismo tiempo le sirven para captar militantes y establecer contactos externos. Un mar de siglas. FPA (Federación Popular de Artistas), OST (Oposición Sindical de Trabajadores), SEDA (Sindicato de Estudiantes Democráticos), UMP (Unión de Mujeres Proletarias), UCR (Unión de Campesinos Revolucionarios) y media docena más. Todas las organizaciones han sido creadas por el PCA, que tiene miembros de control en ellas. La voz de su madre empieza a preguntar por «ese olor a quemado que viene de la cocina». A continuación se elige a tres operativos del Servicio para infiltrarlos en el entorno del PCA y se les da entrenamiento especial en una base del GSG-9 en Colonia. Sus nombres en clave son Barbosa, Albaiturralde y Dorcas.

Las partes exteriores del huevo se han chamuscado y se han contraído hasta ya no ser nada más que un ligero aro de albúmina licuescente alrededor de la yema cuajada. La clara entera se volatiliza mientras el aceite empieza a llenar de humo la cocina. Arístides Lao pasa páginas a toda velocidad. A finales del 75 la policía alerta de un posible contacto de militantes del PCA con elementos subversivos alemanes. Se establece un grupo de seguimiento permanente. La superficie entera del huevo se ennegrece, empezando por los bordes y yendo hacia el centro. Ya no se puede distinguir visualmente entre la yema y la clara.

En primavera del 76, el grupo de seguimiento consigue grabar dos conversaciones, que son las transcripciones que se incluyen en el expediente. Los lugares donde se graban las conversaciones son Colonia y Formentera. Col-era. Operación Cólera. Arístides Lao se permitiría una ligera sonrisa si fuera de la clase de personas que se permiten sonreír.

Los gritos de la señora Lao se vuelven frenéticos. La cocina se llena de humo mientras el aceite y el huevo frito, convertidos en un único limo negro y burbujeante, se empiezan a fundir con el revestimiento de la sartén. El humo también se ha vuelto negro.

Hacia junio de 1976 ya está claro que el PCA está preparando una serie de acciones terroristas a través de un brazo armado cuyo nombre en clave es Tropa de Oposición Directa (TOD). La policía inicia una operación permanente. El SECED activa la Operación Cólera en todo el territorio nacional. Se infiltra a los tres operativos de Colonia en el entorno del PCA. De acuerdo con las últimas páginas del dossier, Barbosa y Albaiturralde siguen infiltrados, pero Dorcas tiene una marca negra y un signo de interrogación en su expediente de información. Es decir, ha dejado de informar o bien sus últimos informes ya no se consideran de fiar.

Los gritos de la señora Lao han alertado a los vecinos, que ahora están llamando al timbre. Arístides Lao sigue de pie junto a la mesilla del recibidor, pasando páginas del expediente. Desde el sofá donde está encajonada, su madre grita y pide ayuda a Dios y a los bomberos y asegura que su hijo se ha vuelto loco y que la quiere matar. La cocina ya está completamente llena de humo negro para cuando la sartén empieza a fundirse.

Las dos transcripciones son muy fragmentarias,

pero en ellas hay indicios para pensar que la operación armada que prepara el PCA podría ser al menos de la misma magnitud que las del GRAPO o la ETA.

El humo llega al recibidor. El crepitar de lo que está sucediendo en los fogones, junto con el rumor de la programación infantil de la tele y los gritos histéricos de su madre, no penetran en el cráneo de Lao más que como un ruido blanco de electrodoméstico que no incide en los niveles superiores de la conciencia. Un rumor de tráfico lejano, un tínito en la madrugada.

8

EL FANTASMA EN EL RINCÓN

El individuo que se ha pasado toda la reunión semanal de la Comisión de Propaganda del SEDA sentado en el rincón de la sala, sin tomar notas y sin intervenir en la discusión, ha conseguido cohibir tanto a los presentes que la reunión toca a su fin sin haber alcanzado ninguna conclusión. Al otro lado de la ventana está lloviendo a mares. La ausencia total de rasgos memorables del individuo del rincón resulta temible: es esa ausencia de rasgos memorables de ciertos políticos y de gente cuya ocupación nunca se comenta en voz alta. La cara ni atractiva ni fea, ni alargada ni redonda, el pelo de un color indistinto bajo la luz fluorescente de la sala del centro parroquial. Camisa blanca sin corbata y unos pantalones grises que también podrían ser azules. El efecto de su presencia en la Comisión de Propaganda es el mismo que se vive en las sesiones de espiritismo después de que un fantasma se materialice en el rincón y el médium apremie a los presentes a que no le presten atención y sigan concentrados y cogiéndose las manos como si no estuviera. Los únicos comisionados que no han dado señales de nerviosismo son Chino Torregrasa, Teo Barbosa y Sara Arta.

—Parece que ya no queda nada más en el orden del día. —El camarada Torregrasa consigue imprimirles a sus palabras cierto tono de reproche. Suspira y cierra la carpeta que tiene sobre el pupitre—. Espero que no os mojéis mucho de camino a casa.

Los comisionados se ponen sus gabardinas e impermeables y recogen sus paraguas del cubo que hay junto a la puerta con una rapidez pasmosa. No se producen esos dos o tres minutos de conversaciones que suelen dilatar el tiempo de salida de todas las reuniones. Nadie mira a nadie. Es obvio que las conversaciones, si las hay, tendrán lugar fuera, en las escaleras o en el vestíbulo del centro parroquial, lejos de la mirada del Fantasma del Rincón.

—Tú no, camarada Barbosa —dice Torregrasa cuando solamente quedan en la sala Sara Arta y Barbosa, los dos poniéndose las chaquetas—. Me gustaría que te quedaras unos minutos, si no es molestia. Quiero presentarte a alguien.

Barbosa se encoge de hombros.

—Tengo un par de reuniones más con otros sindicatos, pero supongo que no pasa nada si llego un poco tarde —dice.

—Esa es la clase de bromas por la que te apreciamos, camarada —dice Torregrasa en tono frío.

Sara Arta termina de ponerse su chaqueta de cuero y se despide de los presentes con la mano. Antes de salir del cuarto, echa una breve mirada atrás para establecer contacto visual con Barbosa.

El tamborileo de la lluvia sobre los cristales arrecia cuando parecía que ya no podía arreciar. Es la primera noche de lluvia torrencial de lo que la televisión ha anunciado que van a ser varias semanas de lluvias y tiempo espantoso. Teo Barbosa no ha traído paraguas a la reunión, de manera que tiene el pelo mojado y va descalzo después de haberse quitado los zapatos y los calcetines empapados para ponerlos a secar encima de un radiador de la calefacción. El Centro Parroquial del Carmen es de esos lugares que rebozan el suelo y las escaleras de aserrín cada vez que llueve.

Barbosa se vuelve a encajar como puede en el pupitre infantil y se cruza de brazos.

—O sea que ha llegado mi hora —dice—. ¿Este es el verdugo?

—Teo —dice Torregrasa—, quiero presentarte a un buen amigo y colaborador mío. Trabaja sobre todo en Organización, pero también ayuda a otras comisiones y hoy ha tenido la amabilidad de venir aquí para tratar de tu problema...

—¿Mi problema? —Barbosa sonríe.

—Tu situación en el sindicato, si prefieres. Se llama Blanco...

Barbosa suelta una risita.

—No lo dudo.

Torregrasa se frota la cara rechoncha con una mano exasperada.

—¿Por qué tienes que ponerme esto *todavía* más difícil?

Barbosa hace una mueca de incredulidad.

—¿Quieres que te lo ponga más fácil? —dice—. ¿Qué hago, me vendo los ojos?

—Camarada, esto no es lo que piensas. —El hombre sin rasgos rompe su silencio por fin. Su tono es conciliador.

—Pienso demasiado, está claro. —Mira a Torregrasa—. ¿«Organización», camarada? *Por favor*. ¿Cómo puedes venirme con eso? Piénsalo bien. Las comisiones mixtas, los cursos de verano, las concentraciones... ¿Cuándo he visto yo a *este* sujeto con los camaradas de Organización? ¿Cuándo lo ha visto nadie? —Señala al hombre desconocido con una mano abierta—. Míralo: si tiene una pinta de comisario político que tira para atrás.

El hombre llamado Blanco no pierde la compostura.

—¿Por qué no empezamos otra vez? —dice—. Parece que tú y el camarada Torregrasa tenéis una relación viciada. Hablemos. Conmigo no tienes ningún problema, te lo aseguro.

—¿Por qué no me echáis sin más? —Barbosa niega con la cabeza.

—Escucha, camarada. —Blanco mira muy fijamente a Barbosa cuando habla, con voz grave—. ¿Crees que eres el único que ha perdido la fe en la militancia en los tiempos que corren? Con todo lo que ha pasado en el último año, lo extraño que es que sigamos adelante. Camarada, nos han *vendido*. —Levanta un poco la voz—. Han vendido el *país*. Esto se va al carajo, no hay duda.

—Caray, Chino, me has traído a uno de los míos. —Barbosa entrelaza las manos sobre la barriga para repanchingarse de nuevo; levanta los pies descalzos y los apoya en el pupitre vacío de delante—. Esto sí que no me lo esperaba.

—Ya no sabemos quién es el enemigo —continúa Blanco—. Carrillo, los socialistas... ¿Qué podemos decirles a nuestras familias, a nuestros camaradas? Cuando sentimos que nos han robado hasta el suelo que pisamos. Lo que quiero decir —hace un gesto con la mano para darse énfasis— es que *todos* estamos preocupados. El mundo está cambiando muy deprisa. Pero eso es precisamente lo que ellos están esperando: que capitulemos. Que nos sintamos solos. Cuando la verdad es que *no estamos* solos. Tenemos partidos que reflejan nuestro modo de pensar, tenemos muchas organizaciones hermanas. Y tenemos amigos en el extranjero. ¿Cuánto tiempo aguantarán Carrillo o los socialistas ahí arriba, durmiendo con el fascismo? Todo se desplomará, camarada. No podrán engañar eternamente al pueblo.

—No sé qué decirle, padre. —Barbosa pone una cara solemne—. Me ha conmovido.

—¿Padre?

—Lo siento. —Barbosa regresa a su cara de inocencia—. Me ha confundido. Habla exactamente igual que un sacerdote.

Blanco y Torregrasa intercambian una mirada. Las plantas de los pies de Barbosa están todas rebozadas del aserrín que echan en el suelo del centro parroquial. En los momentos de silencio del aula es cuando la tormenta revela toda su magnitud. El retumbar del agua que golpea la ventana. Los truenos que hacen parpadear el tubo fluorescente del techo. Blanco carraspea y se vuelve a dirigir a Barbosa.

—Escucha —dice—. Somos gente abierta al diálogo. Y aunque hayas tenido problemas con nosotros, estamos dispuestos a olvidarlo todo. Créeme, camarada: el sindicato necesita a hombres como tú. Hombres brillantes, rabiosos, hombres que lo cuestionan todo. Muchos de nuestros afiliados te admiran. Eres popular, particularmente entre los estudiantes de letras, me han dicho. Propaganda no es la única tarea que podemos asignarte. De hecho, entendemos que Propaganda pueda ser una labor complicada para alguien como tú. Uno puede tener la sensación de estar predicando en el desierto…

—¿La *sensación*? —lo interrumpe Barbosa.

El individuo levanta una mano para atajar la interrupción.

—Déjame terminar. Uno se siente solo ahí fuera, colgando carteles o repartiendo octavillas. Pero hay muchos otros sitios para tu intelecto en nuestro sindicato. Organización, por ejemplo...

—¿Organización? —Por primera vez la perplejidad de Barbosa no parece fingida—. ¿Me queréis poner a *mandar* en el sindicato? ¿A mí?

Blanco y Torregrasa se limitan a mirar cómo Barbosa se ríe en su pupitre.

9

LA DONCELLA DEL SEÑOR

Arístides Lao avanza bajo la lluvia torrencial, eludiendo las partes encharcadas de la calle Baños Viejos, que en este tramo parece tener más socavones inundados que calle en sí. La lluvia rebota en el suelo con tanta fuerza que genera una especie de lluvia doble ascendente y descendente que vuelve completamente fútil el hecho de llevar paraguas. Las calles están vacías y las pocas personas con que Lao se cruza van corriendo y llevan las cabezas cubiertas con las chaquetas. Todavía no se ha hecho oscuro, pero ya es oscuro.

El Seat 127 blanco de Melitón Muria es uno de los dos únicos coches que hay aparcados en un solar ruinoso entre Baños Nuevos y la calle del Riego, a un par de calles del objetivo de la misión de esta tarde. Lao avanza sorteando los charcos y eludiendo las pequeñas cascadas que caen de los balcones en dirección al 127, que, por culpa de la visibilidad casi nula, no deja de ser una mancha blanca borrosa hasta que Lao lo tiene lo bastante cerca como para tocarlo. En la luna trasera empañada hay un adhesivo con el escudo del R.C.D. Español, otro con la bandera de España y un tercero con el dibujo de un aragonés con traje tradicional de chaleco negro, faja roja, pañuelo para la cabeza y tambor que está diciendo: «AL VOLANTE VA UN ESPAÑOL.» Lao da la vuelta al coche por el lado del pasajero y se asoma a la ventanilla. Golpea el cristal con los nudillos y escruta el interior con los ojos guiñados. Es imposible ver nada de lo que hay dentro del coche por culpa de la nube impenetrable de humo de cigarrillos que lo llena por completo. Por fin la portezuela se abre, dejando escapar una vaharada enorme de humo. Arístides Lao cierra el paraguas, ocupa el asiento del pasajero y cierra la portezuela tras de sí.

—¿Lo ha traído usted todo? —pregunta.

En el asiento del conductor, con un cigarrillo Rex colgando de los labios, Muria abre la guantera para dejarle ver a Lao su pistola reglamentaria, dentro de su funda de cuero marrón. Lleva otro de sus trajes de corte ajustado, con corbata estrecha y botines de cuero. Se saca el Rex de los labios y lo usa para señalar a Lao.

—¿Sabe usted el lío en el que me puedo meter por esto? —Hace una mueca desagradable—. Llevar un arma a una operación de campo sin registrarla ni hacer el papeleo... Si me echan el guante, pienso echarle toda la culpa a usted.

—¿Y las ganzúas?

—Ah, las ganzúas. Se me olvidaban. Otra irregularidad. No está mal la cosa para llevar usted cuatro días en el cargo. Imagino que esta operación no está autorizada. ¿Alguien sabe que estamos aquí?

—Técnicamente, no estamos aquí.

Muria deja escapar un suspiro teatral y apoya la cabeza en el reposacabezas de su asiento.

—¿Quién es el tipo al que vamos a ver?

Lao saca el expediente de D.M. Dorcas de su maletín y se lo pasa a su subordinado. Muria se fija en la marca negra de la portada.

—Un expediente muerto —dice. Lo abre y lee la primera página—. Menudo facineroso. Un tiro no, pero una buena paliza yo se la daba. ¿Por qué estamos yendo a por él? Este tío dejó de informar para nosotros hace un año.

—El señor Dorcas fue uno de los tres infiltrados en una operación de gran calibre que me ha sido puesta como prioridad.

—¿Entonces por qué no estamos siguiendo el reglamento? —Muria expulsa una nueva bocanada de humo que crea remolinos en el seno de la nube ya existente—. Esto me da mala espina.

—Estoy siguiendo las directrices generales del delegado regional. Aunque me esté apartando del reglamento. El señor Dorcas abandonó su cooperación con nosotros de una manera que me parece sospechosa. Quiero averiguar más.

Muria vuelve a mirar el expediente.

—Yo no le veo nada sospechoso. —Da una calada a su Rex—. Muchos informadores externos tienen este perfil. Tipos marginales, indeseables. No le hacemos ascos a nadie. Los subversivos confían en la gente que es como ellos. —Echa otro vistazo al dossier—. Este asqueroso se metió en las drogas y en la bebida. Por lo que pone aquí, al final no nos servía de nada. Su último informe era una sarta de disparates.

—Puede ser. —Lao mira por la ventanilla—. Pero fíjese en las fechas. Algo no cuadra. El señor Dorcas siempre tuvo una vida irregular. Pero estuvo afiliado al

SEDA durante muchos meses y nos pasó buenos informes. Yo mismo era su enlace en el Servicio: me comunicaba con él por teléfono. Es verdad que le iban mal los estudios, pero seguía asistiendo a clase y a las reuniones del sindicato. Y de pronto mire. —Pasa una página del expediente que el otro tiene en el regazo y le enseña algo—. Todo se termina de golpe. La militancia, los estudios y sus informes para nosotros. Y está ese último informe, completamente ininteligible. Cuando todos los anteriores son normales.

—Muchos externos cortan la comunicación con nosotros cuando se ven amenazados. —Se encoge de hombros—. Cuando creen que los van a descubrir.

—Sí, pero Dorcas no cortó la comunicación. Nos mandó un último informe. Aunque no lo pudiéramos entender.

—¿Adónde quiere ir a parar?

—Creo que sé lo que le pasó al señor Dorcas —dice Lao, sin ninguna inflexión que sugiera que va a revelar lo que sabe o, por lo contrario, que desea ocultarlo—. ¿Está usted listo?

Los dos agentes caminan en dirección al piso de D. M. Dorcas, cada uno a su estilo: Muria con aplomo, arrancando ecos del pavimento con los tacones de sus botines, saltando de un lado a otro con sus piernas cortas y flacas para evitar los charcos y silbando por debajo de su tupé torcido. Lao con pasos rígidos, trazando extrañas maniobras en ángulos inverosímiles para encontrar adoquines secos y sosteniendo el paraguas muy alto por encima de su cabeza. El portal de la casa de Dorcas es una especie de nicho inmundo y lleno de porquería y cagadas de rata en la pared de un callejón inmundo lleno de basura y cagadas de perro.

—Qué asco, por Dios —dice Muria mientras suben por la escalera—. Putos cerdos. Drogadictos de mierda. Para que vivan así es mejor matarlos. Sería un servicio a la sociedad.

En el rellano de la segunda planta, los dos se quedan muy quietos, escuchando. De los pisos circundantes les llegan ladridos de perros, voces malhumoradas y el bramido de un televisor a todo volumen. Lao golpea con los nudillos la puerta del piso de Dorcas, espera un minuto y por fin le hace un gesto a su subordinado.

—Que quede bien claro. —Muria se saca las ganzúas del bolsillo y le dirige a Lao una mirada de advertencia—. No me pienso jugar el puesto de trabajo por usted. La pistola es solamente para un caso de vida o muerte.

La puerta del apartamento se abre con un chasquido después de medio minuto de manipularla con las ganzúas. Por imposible que parezca, el olor de dentro es todavía más rancio que el de fuera. Al otro lado de la puerta arranca un pasillo muy estrecho, con montones de libros amontonados contra las paredes que dificultan el paso. Muria entra primero y se dedica a abrir puertas y a inspeccionar el interior de las habitaciones hasta llegar al fondo del pasillo. Allí se queda plantado, mirando a su alrededor con una mueca de repugnancia.

—Fíjate —murmura—. Será tarado, el tío.

Al fondo del pasillo hay un estudio de pintura. Además de libros por todas partes, hay lienzos sin enmarcar apoyados contra las paredes y una pintura inacabada en su caballete junto a la ventana. Huele a humedad y a podrido. El suelo está tan abarrotado de pinceles, tubos de pintura al óleo, trapos y botellas de aguarrás que resulta casi imposible caminar por la sala. La única ventana de la sala es vieja y está deformada, y la pared y el suelo de debajo están empapados y podridos. El ocupante del piso ha intentado contener la entrada de agua amontonando trapos debajo de la ventana, pero éstos también han terminado por pudrirse.

Lao se abre paso entre las botellas y latas del suelo mientras Muria niega con la cabeza, asqueado. Coge varios libros de un montón y lee los títulos. La *Filosofía oculta* de Agripa. La *Clavícula de Salomón*. El *Libro de Enoc*. Una edición de Gallimard de las obras de Chretien de Troyes y los *Mythes, rêves et mystères* de Mircea Eliade. A continuación se agacha junto a los cuadros amontonados en la pared y enciende una lamparilla que hay en el suelo para examinarlos. Las paredes se llenan de sombras distorsionadas de pinceles y trapos. Debe de haber unos treinta lienzos acabados en la sala, apoyados los unos en los otros y ocupando prácticamente todas las paredes salvo la parte inundada de debajo de la ventana. Las pinturas son todas muy parecidas. Todas muestran a un ser fantástico con cuerpo de hombre, alas de ángel y cabeza de perro. Rodeado de un halo de luz blanca. En una de las pinturas, el ángel-perro le está anunciando a Noé la necesidad del Arca. En otra está ayudando a pescar a Tobías. En otra, adoctrinando a Moisés en el éxodo. Lao sigue pasando cuadros, apoyando cada uno en el anterior para examinar el siguiente. El ángel-perro revelándole a Juan el Libro del Apocalipsis. Las figuras son todas pequeñas y minuciosas, con unos cuerpos rígidos y unas caras inexpresivas que recuerdan a la pintura gótica. A las miniaturas persas. El ángel-perro entregándole su hacha al Parashúrama. Blandiendo el *trishula* del dios Shiva. En otra pintura se ve a la virgen María envuelta en su manto azul en compañía del ángel-perro. De la boca de la virgen salen tres palabras: ECCE ANCILLA DOMINI. Aquí está la doncella del Señor.

—Seguro que si nos ponemos a buscar encontramos bastante droga para encerrarlo de por vida —dice Muria.

Lao gira la lámpara para examinar el lienzo que está en el caballete. Hay algo en la pintura inacabada que le llama la atención. No es la figura del ángel-perro bajando del cielo con su espada llameante. Es algo que tiene que ver con el *fondo* del cuadro. Algo poderosamente familiar en las montañas y los campos. Coge la fotografía que hay sujeta con una pinza a la esquina del caballete y la mira de cerca. Es la fotografía de prensa que ha dado la vuelta al mundo en las últimas semanas: el Meteorito de Sallent recién estrellado, todavía en llamas, dentro de su cráter de dos kilómetros. El artista ha copiado la foto sustituyendo el meteorito por la criatura fabulosa.

—¿Y ahora qué hacemos? —dice Muria, con los brazos en jarras.

—Ahora esperamos a Dorcas. —Lao no aparta la vista del cuadro—. Necesito hablar con él.

La oscuridad de la tormenta da paso a la oscuridad total de la noche sin que la lluvia amaine para nada. Hace cuarenta y ocho horas que llueve con furia, sin parar ni un minuto, como si tras no haber podido fulminar a los españoles con su meteorito, a continuación el cielo hubiera decidido ahogarlos con un diluvio de proporciones bíblicas. Algunas zonas de la parte más baja de la ciudad, como los barrios de la Barceloneta y las Atarazanas, ya han sufrido inundaciones. Lao y Muria esperan en la sala de estar del antiguo informador D. M. Dorcas, en la oscuridad absoluta para no alertar de su presencia. De vez en cuando se oye la sirena de un camión de bomberos que surca la tormenta en dirección a alguna emergencia causada por el ataque de los elementos. Sentado en el suelo de la sala con la espalda apoyada en la pared, Lao oye a su subordinado soltar palabrotas por lo bajo, caminar de un lado a otro de la sala y darle alguna que otra patada malhumorada a los botes de pintura. Es medianoche cuando unos pasos en la escalera preceden por fin al ruido de una llave en la cerradura.

—Cabrón —masculla Melitón Muria—. Te voy a enseñar yo a hacerme esperar seis horas.

El recién llegado enciende la luz del pasillo y cierra la puerta tras de sí. Cuando vuelve a girarse, se encuentra de frente a los dos agentes. Muria ya ha desenfundado la pistola y lo está apuntando a la cara.

—Las manos arriba, maricón —dice.

Daniel María Dorcas levanta las manos lentamente. Aunque solamente ha pasado un año, ya no se parece a las fotografías de su expediente. La barba y el pelo le han crecido lo bastante y están lo bastante desaliñadas como para recordar a esas representaciones populares de los profetas del Antiguo Testamento y de la gente que se ha quedado varada en islas desiertas. Lleva una parka empapada y una bolsa de magdalenas en la mano.

10

BOMBAS ESPAÑOLAS

En el sobreático de la calle Escudillers donde terminan las noches después del bar Texas, Teo Barbosa está follando con Sara Arta en la cama de ella, en medio del estruendo de la lluvia sobre el tejado del apartamento, iluminados a intervalos irregulares por los destellos blancos de las centellas. El apartamento es un solo cuarto al que se entra por la azotea, y que Sara ha dividido en dos partes mediante una librería: lo que queda a un lado es el dormitorio y lo que hay al otro es la cocina. La letrina está fuera, en la otra punta de la azotea. Sara Arta está acostada de espaldas, con la pelvis levantada de la cama y las piernas completamente extendidas a los lados. Agarrándole los tobillos, Barbosa se dedica a embestirla con todas sus fuerzas, rechinando los dientes. Cuando se acercan sus orgasmos, ella le agarra por los hombros y tira de él hasta abrazarlo con los brazos y las piernas. Los dos alcanzan el clímax así, convertidos en un enredo de codos y rodillas y estructuras óseas torácicas expuestas bajo las pieles húmedas. Ella estira el cuello hasta pegar la cara al cuello de él, lame el sudor con sabor a humo de tabaco y a mugre y por fin hunde los dientes en la piel, fuerte, hasta notar el sabor de la sangre. Un momento más tarde los amantes se separan, jadeantes, y se desploman a los dos lados de la cama.

Con los pies colgando fuera del colchón, Barbosa se lleva una mano a la mordedura del cuello y se mira las yemas manchadas de un hilo de su propia sangre. Un trueno hace temblar la cama y las paredes.

—¿Qué te parece, pues? —Barbosa gira la cabeza para mirarla—. ¿Nos casamos?

Sara Arta frunce el ceño.

—¿Eso no lo debería decir yo? Estoy confundida.

—Dilo pues. —Él se encoge de hombros—. Pregúntame si nos casamos.

—Qué concepto tan alto tienes de ti mismo.

—Tenemos que aprovechar que me han echado del sindicato. —Barbosa se lame el dedo manchado de sangre—. Si hubiéramos hecho oficial nuestra relación estando los dos dentro, el camarada Torregrasa se habría presentado aquí y nos habría separado a escobazos.

A Sara se le escapa una sonrisa.

—Parece mentira que alguna vez fuerais amigos —dice.

—La amistad es una institución burguesa, parece.

Ella le pasa una mano por los riscos protuberantes del esternón y el vértice costal de las costillas falsas.

—Aunque bien pensado —dice—, alguien debería cuidar de ti. Mira qué pinta tienes. Parece que te vayas a caer a pedazos.

—Supongo que lo dices por todas estas dentelladas. —Barbosa se señala el cuello.

—Si nos casamos, te tendrás que acostumbrar a eso también.

—Eso lo dices ahora, pero al cabo de unos meses ya no me morderás nunca. Estarás pensando en la lista de la compra mientras follas.

Ella repta por la cama en dirección a la mesilla donde está el paquete de cigarrillos rubios de Barbosa. Saca uno y lo enciende. Se tumba boca arriba y se pone a fumar mirando con cara pensativa el póster de Patti Smith que hay en el techo de encima de la cama.

—Si quieres casarte conmigo, me tendrás que contar alguna cosa de ti.

—¿De mí? ¿Como qué?

Ella lo mira.

—Lo que sea —dice—. No sé nada de ti. Y no pongas esa cara de inocencia, que me entiendes perfectamente. —Se encoge de hombros—. Pero bueno. No hace falta que me cuentes nada si no quieres.

—No, mujer, te cuento lo que quieras. No tengo nada que esconder. ¿Qué quieres saber?

Ella lo piensa un momento.

—¿Eres hijo único?

Los dos se ríen.

—Me temo que sí —contesta él.

Ella vuelve a pensar. Da una calada al cigarrillo rubio y expulsa el humo con los ojos guiñados.

—¿De dónde eres? —le pregunta finalmente.

Esta vez él tarda un momento en contestar.

—Me crié en Inglaterra. Mi madre es inglesa. Me trajeron con diez años. Cuando llegué, Barcelona me pareció un lugar tan gris y espantoso que me quería morir. Literalmente. Me quedaba el día entero tumbado en la cama y me imaginaba maneras de suicidarme. Aunque supongo que en realidad no me quería morir. Estaba furioso con mis padres y quería hacérselo pagar.

Ella se lo queda mirando un momento a los ojos, con mucha atención. Como si estuviera comprobando algo, o tal vez aprovechando la intimidad que la respuesta ha creado entre ellos.

—Pregúntame más cosas, anda.

—Quieres ser escritor —dice ella.

—Eso no ha sonado a pregunta.

—No. Estoy casi segura de que tengo razón. Quieres ser escritor, ¿verdad?

—¿Cómo lo has sabido?

—Me recuerdas mucho a un chico con el que estuve, que quería ser escritor. Y también porque leí el artículo aquel que publicaste en la revista del sindicato. «Guerra Popular Barcelonesa», o algo así.

—«Guerra Popular Prolongada en la Gran Vía.»

—Eso. No se parecía en nada al resto de artículos de la revista. Era divertido y hacía pensar. Creo que tienes personalidad de escritor.

—¿En serio?

—Sí. Eres un farsante. —Ella sonríe—. Mientes más que hablas, y harías lo que fuera por gustar. Lo que fuera.

—Hasta pedirte en matrimonio —dice él.

Ella se lo queda mirando otra vez, como si volviera a estar haciendo cálculos en su interior. O tal vez de esa manera en que ciertas mujeres miran fijamente a sus amantes, permitiendo que una parte biológicamente primigenia de su mente lleve a cabo extraños cálculos de los que ellas mismas no son conscientes. Por fin aplasta el cigarrillo en el cenicero de la mesilla y pasa una pierna por encima del cuerpo postrado de Barbosa para sentarse a horcajadas sobre sus muslos. Sin hacer caso de la mueca de sorpresa teatral que pone él, empieza a masturbarlo hasta provocarle una erección satisfactoriamente dura. Luego levanta las caderas para montarlo y se pone a follarlo, despacio, con la cabeza ligeramente echada hacia atrás y los ojos cerrados. El estruendo de la lluvia en el tejado es un borboteo indistinto cuando el chaparrón arrecia, y algo más parecido al tamborileo enloquecedoramente insistente de un millón de dedos cada vez que amaina un poco. A eso se le suma el «cloc, cloc» continuo de las múltiples goteras que caen en las latas vacías que Sara ha dispuesto estratégicamente por todo el suelo. Desde el techo, Patti Smith mira la cópula de los amantes con altivez olímpica y con la chaqueta de su traje masculino echada al hombro. Sara Arta acaba de correrse con un par de latigazos del espinazo cuando Barbosa se queda mirando algo que hay en la pared.

—Eres tú —dice.

—¿Mmm? —Ella todavía está un poco aturdida por el orgasmo.

—La foto de la pared. —Él señala con el dedo—. Eres tú. No me había fijado. Es una de tus acciones artísticas. ¿Lo he dicho bien?

Ella se saca de dentro el pene de él con un giro de la pelvis. Se inclina hacia delante para coger dos cigarrillos del paquete y los enciende con los ojos entrecerrados. Por fin le pone uno en los labios a Barbosa y se gira para mirar la foto de la pared que él está mirando.

—Soy yo, sí. ¿Qué te parece?

—¿Qué estás haciendo? —Él intenta distinguir la fotografía en la penumbra del cuarto.

Sara Arta baja de la cama y camina hasta la pared. Descuelga la foto y se la da a Barbosa, que se la queda mirando con el ceño fruncido.

—¿Qué *demonios* es esto? —dice.

—Me desnudé y dejé que el público me ensuciara tanto como quisiera. Trajimos cubos llenos de porquería. Me tiraron sangre de vaca, vísceras de la carnicería, huevos, alquitrán. Globos llenos de mayonesa.

—¿Globos llenos de *mayonesa*? ¿Cómo se llena un globo de mayonesa?

—No es fácil. —Ella sonríe.

Barbosa contempla la fotografía y niega con la cabeza, burlón.

—¿Qué diría Lacan de ti? —pregunta.

—Tendrías que oír lo que digo *yo* de él.

—Supongo que la gente se lo pasó en grande. —Barbosa sonríe—. *Yo* me lo habría pasado fenomenal.

—Mientras duró estuvo bien. —Ella da una calada del cigarrillo rubio—. Acabamos todos detenidos, claro. Obscenidad, alteración del orden y no me acuerdo de qué más. Yo tuve suerte, me soltaron al día siguiente porque no tenía veintiuno y era menor. Pero el dueño de la galería se pasó varios días en el calabozo.

Los dos están acostados, contemplando la foto, cuando alguien llama a la puerta del apartamento del sobreático. Sara Arta se cubre instintivamente con la sábana, sorprendida, pero es la reacción de él lo que más la sobresalta: Barbosa se levanta de un salto de la cama, buscando con la mirada a su alrededor. Ella se lo queda mirando con el ceño fruncido. Por fin se vuelve hacia la puerta.

—¿Quién es? —dice.

—¡Niña, que me lo estás poniendo todo perdido! —dice una voz.

—Es la vecina de abajo —explica Sara—. Le está cayendo agua del techo. Pasa cuando llueve mucho. —Hace una pausa para volver a mirar a Barbosa—. Tengo que bajar a ayudarla. —Y levantando la voz hacia la puerta, dice—. ¡Voy!

Barbosa asiente con la cabeza, vagamente avergonzado, y se agacha para recoger sus calzoncillos del suelo.

11

LA TORRE Y EL HECHIZO
(UN APUNTE HIPNOGÓGICO)

Después de una semana de lluvia ininterrumpida, Barcelona empieza a crujir y resquebrajarse, no exactamente como una embarcación desarbolada por un huracán que por fin empieza a hundirse, ni tampoco como el letargo de una bestia cuya hibernación se ve interrumpida antes de tiempo. Las inundaciones han provocado que tengan que venir a la ciudad tropas procedentes de los cuarteles de Zaragoza y Huesca, a bordo de convoys interminables de camiones militares Pegaso 4x4 cuya llegada apenas convoca a un puñado de curiosos, que agitan lúgubremente sus banderas españolas empapadas bajo la tromba de agua. Las calles se han vaciado hasta un punto inverosímil. Casi como si fuera un brote de peste y no un diluvio lo que está azotando la ciudad. Dos niños se ahogaron hace tres días en la antigua playa del Somorrostro, posiblemente arrastrados por la riera del Bogatell. Sus cuerpos diminutos se encontraron inflados y abrazados entre sí un día más tarde, en el rompeolas. Y durante toda esta crisis, Barcelona se agita con movimientos irritables sin terminar de despertarse, presente en forma de millares de calles grises, edificios grises y alcantarillas inundadas, pero al mismo tiempo intensamente ausente, despojada de su conciencia y de su memoria, prisionera en una torre de cuento de hadas azotada por el diluvio. Víctima de un hechizo que flota como polvo de estrellas sobre su cara dormida. Una torre y un hechizo que se llaman España.

El Seat 1500 oficial del capitán Ponce Oms deja atrás la Vía Augusta y toma el último tramo del paseo de la Bonanova, en dirección al mercado de Sarriá y a la efigie cenicienta del Monasterio de Pedralbes. Bajo la lluvia, sin embargo, el monasterio es del mismo color gris mortecino que el resto de la ciudad. La visibilidad para conducir es casi nula. El chófer de Oms avanza muy despacio, con todo el cuerpo inclinado hacia delante por encima del volante y la cara casi pegada al cristal. De los coches que circulan por la calle solamente se ven los resplandores iridiscentes de los faros. Los peatones son espectros que flotan a los lados de la calzada. Por fin el coche se detiene delante de los jardines del monasterio y el chófer sale con su paraguas para abrir la portezuela del capitán y resguardar su salida. El capitán Oms lleva el uniforme de gala, con las condecoraciones en la pechera y las hombreras de gala bordadas en hilo de oro, cinturón de gala y la banda carmesí cruzada de la Victoria. Sus botas arrancan un ruido sordo de los escalones de piedra del monasterio. Dentro, un camarero coge su gabán y lo escolta por la galería abierta del claustro mientras el chófer regresa a su vehículo.

Barcelona ha pasado muchas épocas siendo prisionera de España. Esta vez, sin embargo, no se trata de

España encarnada en un general que arroja sus bombas, ni tampoco de una horda de descontentos que queman iglesias. Esta vez la España que mantiene a la ciudad hechizada es un paseante oscuro, con un sombrero negro que le tapa la cara y un abrigo en cuyo interior esconde una colección de cuchillos. A veces se cuela en los dormitorios de los adolescentes y les susurra en el oído mientras duermen y cuando se despiertan ya no tienen alma y sus ojos han perdido la luz de la vida y corren a alistarse en partidos políticos o a unirse a manifestaciones por las calles. Otras veces entra con sigilo en una librería de izquierdas o en la redacción de alguna revista satírica y se quita el sombrero para enseñar una sonrisa llena de colmillos y cuando sale un par de minutos más tarde todos los ocupantes del lugar duermen plácidamente en el suelo en medio de charcos de sangre.

El lugar elegido por la secretaría de Defensa para formalizar la transferencia ministerial de la Delegación Regional del Servicio de Documentación es la Sala Capitular del Monasterio de Pedralbes, aprovechando que todas las dependencias del monasterio están vacías para su reconversión en museo. La mayoría de invitados ya están en la sala, conversando. Bajo los altos ventanales con vidrieras se ha instalado una tarima con cuatro micrófonos. Uno para Oms, otro para el director del Servicio y los otros dos para los representantes de Gobernación y Defensa. Las nuevas siglas que tendrá el Servicio de Documentación Central bajo el ministerio de Defensa serán CESID. Ponce Oms cruza la sala capitular cuadrándose ante oficiales que darían lo que fuera por ver desaparecer el Servicio y estrechando la mano de burócratas que también querrían ver su desaparición pero por las razones opuestas. Tecnócratas maquinadores de miradas rapaces. Buitres planeando por encima de un animal moribundo. Gutiérrez Mellado con su cuerpo de pajarillo y su cara de pajarillo enojado. Martín Villa, todo flequillo y cejas pobladas y ojos achinados detrás de sus gruesas gafas. Los hombres de Suárez. Pinchando teléfonos para averiguar cómo pinchar otros teléfonos. Directores técnicos y enlaces ministeriales, todos vigilando y espiando e informando para todos, y en medio de todos ellos, abriéndose paso ya para saludar afectuosamente a Oms, Alberto Cassinari. El director del Servicio.

—Ponce. —Cassinari saluda al delegado regional y después le da un breve abrazo extra-reglamentario—. ¿Dónde está el sol del Mediterráneo?

—Tengo a un par de hombres siguiéndole el rastro, mi capitán —dice Oms—. Le hemos pinchado el teléfono y no tardaremos en encontrarlo.

Cassinari sonríe. No es apuesto de la misma manera que Oms, al estilo de los galanes del cine de hace varias décadas. Es apuesto de una forma esencialmente paternal, con la frente despejada y unos ojos que infunden el deseo de dejar en sus manos todo lo que uno está haciendo. A Oms le resulta paradójico que esa confianza la infunda el hombre que organiza todo el espionaje interno del país.

—¿Estás listo para hacerles pasar un mal rato? —dice Cassinari.

—¿Un mal rato, mi capitán?

—Oh, venga. No les vamos a regalar nuestro juguete sin hacerles pasar un poco de vergüenza, ¿verdad?

Un camarero se les acerca con una bandeja llena de copas.

—¿Los señores desean una copa de espumoso?

Oms se mira el reloj de pulsera.

—¿No tenemos que hablar ya?

—Faltan unos minutos.

—Entonces póngame un café —le dice Oms al camarero.

—Excelente idea. —Cassinari asiente—. Que sean dos.

Mientras el camarero se aleja, el capitán Cassinari le pasa el brazo por los hombros y se lo lleva aparte, saludando con la mano o bien con la cabeza a los invitados con los que se va cruzando.

—Acompáñame un momento —le dice, conduciéndolo hacia la salida—. Quiero comentarte una cosa antes de que empiece el acto.

Ya en el claustro, donde no los puede oír nadie, Cassinari se detiene. Se apoya en el parteluz de uno de los arcos y se pone a examinar los sillares y la parte exterior del arco.

—Si hubiera micrófonos, ¿no serían nuestros? —le pregunta Oms.

—Casi les tengo más miedo a los nuestros que a los de los demás —dice el director, sin dejar de escrutar las piedras que lo rodean.

—Ya sé de qué me quiere hablar, capitán.

—¿Ah, sí? —Cassinari se lo queda mirando con una media sonrisa—. Entonces, ¿por qué no me ahorras la pregunta?

Oms suspira. Se queda mirando un momento la lluvia antes de contestar.

—Sé que parece una locura —dice por fin—, pero estoy bastante convencido de lo que estoy haciendo. El agente Sirio puede desbloquear la situación.

—¿Pero ese hombre no es un enfermo mental? —dice el capitán.

Los dos se giran al mismo tiempo cuando oyen los pasos del camarero que les está trayendo los cafés.

—Gracias. —Cassinari coge el platillo de su taza y espera a que Oms haga lo mismo y a que el camarero se marche.

—Es posible que tenga problemas mentales —contesta el delegado regional en cuanto vuelven a estar los dos solos—. Está claro que es un incapaz para las relaciones sociales, y tiene conductas extrañas. Pero también tiene la mente analítica más formidable que me he encontrado. Se estaba echando a perder en los archivos.

Cassinari da un sorbo de su café.

—No le pido que crea en lo que estoy haciendo, mi capitán —continúa Oms—. Solamente que me conceda el beneficio de la duda. Estoy convencido de que pronto tendré resultados.

—Me he enterado de que a Barbosa lo han expulsado del SEDA.

Oms traga saliva.

—Es cierto —admite—. He hablado con el agente Sirio. Me ha asegurado que la situación es acorde con sus planes. Que no hay nada de que preocuparse.

—¿Ah, no?

—Escuche, capitán —dice Oms—. La nueva unidad no nos supone ningún gasto. Tampoco nos obliga a cambiar las demás líneas de acción. Y de todas maneras, tampoco estábamos llegando a ninguna parte. La Operación Cólera se murió en cuanto perdimos las escuchas.

Cassinari se termina el café. Deja la taza y el platillo sobre la repisa del arco. Se limpia los labios con un pañuelo que se ha sacado del bolsillo y por fin sonríe.

—Qué tiempo tan espantoso —dice, mirando la lluvia—. Me pregunto cuándo parará. —Se encoge de hombros—. Por lo menos ya no se le llena a uno toda la ropa de ceniza.

—No hay mal que por bien no venga —dice Oms.

Alguien sale al claustro para hacerles una señal desde la puerta y los dos oficiales regresan a la sala capitular para dar sus discursos respectivos. A su alrededor, extendiéndose con su piel de hormigón hasta el mar y los ríos escuálidos que la flanquean, Barcelona sigue aletargada, impávida, dejando que la lluvia azote su rostro. Regueros de leche de amapola sobre sus labios. Una princesa hechizada para dormir cien años, con su cama bamboleándose sobre la marejada furiosa, mientras su ocupante sigue durmiendo.

12

OTRO MUNDO VERDE

Mientras regresa haciendo eses por la calle Carretas, después de una noche más en el bar Texas, Teo Barbosa no recela de la ausencia de travestidos y putas en los portales de la calle. Llueve sin aplomo, de una forma que casi parece bonanza después del ataque feroz de los últimos días. Como si la lluvia estuviera aprovechando las últimas horas de la madrugada para replegar filas y rearmarse de cara a una nueva ofensiva matinal. Muchos locales de esta zona se han inundado y llevan días con las persianas cerradas. Las putas se han mudado temporalmente a las aceras menos pantanosas del Paralelo y la Ronda. Y probablemente por culpa de la borrachera, Barbosa tampoco recela del ruido del motor que se adentra en la calle por detrás de él, despacio: el motor de un coche pequeño y perdido en la madrugada. Sin levantar la vista del suelo, Barbosa se limita a hacerse a un lado para dejar pasar al coche. El Renault 5 de color azul alcanza a Barbosa en mitad de la calle y en vez de adelantarlo aminora la marcha y uno de sus ocupantes baja la ventanilla.

—Disculpe —le dice el hombre del coche.

La mente embotada de Barbosa tarda una fracción de segundo en reaccionar. Sin mirar al hombre del coche, echa a correr con todas sus fuerzas por la acera minúscula y enfangada. El conductor pisa el acelerador. La única esperanza de Barbosa pasa por salvar los cien metros que lo separan de la plaza del Padrón. El coche se sube a la acera y su carrocería raspa la pared del edificio, provocando una cascada de chispas. Barbosa ha conseguido sacar unos metros de ventaja al coche cuando su pie derecho resbala aparatosamente en el fango y el izquierdo se le cae del bordillo, aterrizando de lado y doblándose en un ángulo de noventa grados en medio de una descarga eléctrica de tendones partidos. Barbosa rueda por el suelo. El coche vuelve a bajar de la acera y alcanza con el guardabarros a Barbosa cuando éste está intentando levantarse, mandándolo a cuatro metros de distancia. Por fin se detiene con un rechinar de frenos.

Retorciéndose en el suelo, Teo Barbosa intenta gritar para llamar la atención de los vecinos, pero no tiene aire en los pulmones. Con los ojos entrecerrados, ve a dos individuos con pasamontañas que se acercan y se agachan para recogerlo. Un par de manos lo cogen de las axilas y el otro par, en medio de una tormenta de dolor, le agarra los tobillos. Hay un tercer hombre al volante del Renault. Los enmascarados lo tiran dentro del maletero del coche y tratan de cerrar la tapa.

—No cabe, el hijo de puta —dice uno de ellos, con un soplido de burla.

Los hombres se dedican a doblarle los brazos y las piernas hasta poder cerrar la tapa del maletero de un golpe. Oscuridad. Barbosa lucha por respirar. El coche lo ha alcanzado en plena zona lumbar, y ahora el dolor le sube de la rabadilla en forma de oleadas que le inundan los pulmones. Con una sacudida, el coche se pone en marcha.

Ha pasado un rato que podría ser una hora pero también podrían ser tres minutos cuando Barbosa, retorciéndose dentro del maletero diminuto, consigue ponerse boca arriba, con la espalda apoyada en el fondo y las rodillas pegadas al pecho. A continuación, con los dientes rechinando, se pone a dar patadas con la pierna buena en la cubierta del maletero. Le bastan tres patadas para hacerla saltar.

—Todavía quiere guerra, el tío —dice una de las voces de sus captores—. Para, que ya me encargo yo.

El coche se detiene. Barbosa adopta lo más parecido que puede a una postura defensiva, con los brazos doblados para cubrirse la cabeza y la pierna buena lista para soltar una patada, pero cuando el maletero se vuelve a abrir no tiene opción de presentar batalla. El tipo del pasamontañas lo golpea con una cadena, diez veces, quince, veinte, hasta que Barbosa pierde el conocimiento.

Los sueños del maletero del Renault 5: Barbosa está sumergido en una piscina de cadáveres, rodeado de cuerpos incompletos. El líquido verde que los alberga deja pasar la luz pero no es tan transparente como el agua y solamente permite distinguir los cuerpos más cercanos. Barbosa intenta agarrarse a algo para no hundirse, pero los cadáveres se le rompen en las manos y sueltan grumos de vísceras que enturbian la piscina a su alrededor. Lo peor de todo es que la piscina no parece tener fondo, es una fosa oceánica que desciende hasta la negrura primordial. Una mano esquelética le agarra el tobillo herido y tira de él hacia abajo. Tragando bocanadas de formaldehído verde, Barbosa mira hacia arriba, hacia la luz. Y en ese momento, le cae una palada de tierra en la cara. Barbosa se asfixia, tose y se despierta de golpe.

Está tumbado boca arriba sobre un suelo de tierra enfangado. Deben de haber conducido durante varias horas porque ya es de día. La lluvia se ha reducido a su mínima expresión. Barbosa se frota los ojos cubiertos de tierra y levanta el cuello para mirar hacia arriba. Los tres hombres de los pasamontañas están de pie junto a él. Uno de ellos lleva una pala en la mano y otro se ha subido la parte inferior del pasamontañas para fumar un cigarrillo. Por encima de sus cabezas se ve el dosel de copas de árboles de un bosque. Otro mundo verde después del verde de la piscina de cadáveres.

—Fascistas hijos de puta —murmura, sacudiéndose la tierra de la cara—. Si os creéis que me dais miedo, es que sois más subnormales de lo que parecéis.

Los tipos de los pasamontañas se miran entre ellos.

—¿Fascistas? —dice uno de ellos. Barbosa puede ver que pone los ojos en blanco—. ¿De verdad te crees que *eso* te puede funcionar ahora? Mira dónde estás, Barbosa. —Hace un gesto con la mano a su alrededor—. De ésta ya no te vas a escapar haciéndote el listo.

—Más os vale matarme, maricones de mierda. —Barbosa intenta incorporarse apoyándose en los codos—. Porque si no, os juro que os voy a hacer pedazos.

El enmascarado que está fumando tira la colilla de su cigarrillo y se saca una pistola de la cintura de los pantalones. Se la enseña a Barbosa para que la vea bien: una Star M30. A continuación señala con el cañón un hoyo que hay en el suelo a su lado, de dos metros de hondo.

—No te preocupes por eso, que ya eres hombre muerto —dice el tipo de la pistola—. Ahí tienes el hoyo y aquí la pistola que te va a matar.

Barbosa escupe tierra mezclada con sangre.

—No me hagas reír —dice—. Si me fuerais a matar, ya me habríais matado. O bien no tenéis cojones para hacerlo o bien queréis algo de mí. En cualquiera de los dos casos, eso significa que voy a vivir lo bastante para mataros a vosotros y a vuestras familias.

Los tipos de los pasamontañas se vuelven a mirar entre ellos.

—¿Cómo puede ser tan irritante? —dice el tipo que sostiene la pala.

—No entiendo cómo ha durado tanto.

—A ver, imbécil. —El tipo de la pistola se acerca a Barbosa y le da una patada que éste no consigue esquivar a tiempo—. Te han vendido, ¿lo entiendes? Tus amigos del Servicio de Información. Y la verdad, no me extraña. Eres el peor espía que he visto en mi puta vida.

—Si te quieres infiltrar en una organización —dice otro—, lo menos que puedes hacer es no cabrear a todo el mundo hasta tenerlos a todos muertos de ganas de pegarte un tiro.

—Me vais a chupar la polla, maricones —dice Barbosa—. Y luego me voy a mear en vuestras caras y me voy a tirar a vuestras hermanas y a vuestras hijas y les voy a cortar la cabeza y luego me las voy a follar por el culo.

Los tipos de los pasamontañas sueltan soplidos de impaciencia.

—Yo me encargo —dice el hombre de la pala.

Se acerca a Barbosa, que se protege instintivamente la cabeza con la mano de un posible palazo.

—A ver, Barbosa —le dice, agachándose a su lado—.

Hay que ser tonto para no entender lo que está pasando, pero parece que realmente tú no te enteras. ¿Quieres salir vivo de aquí o no?

Barbosa vuelve a escupir.

—¡*No quiero* salir vivo de aquí...!

Antes de que pueda terminar la frase, un disparo de la M30 retumba por todo el bosque. Se oye un aleteo de aves levantando el vuelo. Los remolinos de humo de pólvora quedan flotando en el aire húmedo de la mañana. El tipo de la pala vuelve a mirar a Barbosa, que ahora está hecho una bola en el suelo, intentando averiguar si la bala lo ha alcanzado. Se acaba de orinar en los pantalones.

—Ahora escúchame —dice el tipo de la pala—. Informas para el SECED. Tu superior es el capitán Ponce Oms, un hijo de puta de mucho cuidado, aunque lo más seguro es que no lo hayas visto nunca. Lo más seguro es que te comuniques con ellos a través de un agente. Pero eres tan tonto que ya no les interesas y han decidido venderte. Eso quiere decir que tienen a otro hombre dentro. Y *eso* quiere decir que ya puedes empezar a cantarlo todo. Nombres y lugares de encuentro. Y todo lo que les has contado, claro.

—Si nos convences, te dejamos ir —dice otro de los enmascarados.

Barbosa se permite un momento para recobrar el aliento y asegurarse de que la bala no lo ha tocado.

—No soy ningún informador —dice por fin—. Matadme si queréis, porque no sé nada de todo eso. O bien me ha vendido Torregrasa para quitarme de en medio o bien esto es una puta farsa. En cualquier caso, acabad ya.

El tipo de la pistola suelta otro soplido.

—Al hoyo —dice por fin.

Los otros dos lo cogen de los brazos y lo arrastran hasta la fosa. Su cuerpo grotescamente largo y huesudo golpea el fondo con un impacto sordo. Desde su tumba, Barbosa ve cómo el tipo de la pistola se planta en el borde del hoyo y lo encañona otra vez.

—Tu última oportunidad, desgraciado —le dice.

—¡No soy ningún informador! —chilla Barbosa, con la voz quebrada.

El arma retumba otra vez. Esta vez el silencio que se hace en el bosque es casi absoluto, solamente enturbiado por el murmullo de la llovizna en las hojas de los árboles. La nubecilla de humo del cañón de la M30 tarda unos segundos en disiparse. La bala se ha hundido en la pared de la fosa, causando un pequeño desprendimiento de tierra. Al cabo de un momento que se hace larguísimo, del fondo del hoyo vienen los sollozos de Barbosa.

—¡No me lo puedo *creer*! —le grita el tipo de la pistola. Por debajo del pasamontañas replegado se le ve la cara roja de furia—. ¿Estás dispuesto a *morir* por esos hijos de la gran puta? ¿Qué *cojones* te han dado?

De la fosa viene la voz estrangulada de Barbosa:

—¡Matadme de una vez! ¡No soy ningún informador!

Los tres tipos de los pasamontañas se miran una vez más. Por fin el que está al borde de la fosa se vuelve a guardar la pistola en el cinturón, se quita el pasamontañas y lo tira dentro de la fosa. Lentamente, Barbosa aparta las manos con que se está tapando la cabeza. La cara sin rasgos memorables que lo está mirando desde el borde de la fosa pertenece al tipo que vino a expulsarlo del sindicato.

—Lo siento, Barbosa —dice Blanco, con un encogimiento de hombros—. Pero teníamos que asegurarnos.

Sabes demasiadas cosas. No te podíamos dejar ir así como así.

Encogido dentro de la fosa, Barbosa no dice nada. Los otros dos hombres se quitan también los pasamontañas.

—Lo sentimos, Barbosa —dice otro de ellos.

—Los tienes bien puestos —dice Blanco—. No lo olvidaremos.

Un momento más tarde, desde la fosa, con los lentos goterones de la lluvia cayéndole sobre la cara, Teo Barbosa oye cómo el Renault arranca el motor y se aleja.

13

KRAKEN

Una mesa rectangular de acero en una sala rectangular vacía. Con las paredes vacías. Sin sombras. El tubo fluorescente del techo borra todas las sombras de la sala. Una puerta a cada lado del rectángulo. Un magnetófono apagado sobre la mesa, de los portátiles, con cinta de casete y un cable eléctrico que serpentea hasta el enchufe de la pared. Una bolsa de plástico llena de magdalenas. D. M. Dorcas sentado a un lado de la mesa, con las manos sobre el regazo, la cabeza gacha y la tupida barba rizada apoyada en el esternón. Al otro lado, Arístides Lao y el psiquiatra forense del SECED, recién llegado de la Central en un tren nocturno. Melitón Muria apoyado indolentemente en la pared del lado de los entrevistadores. El psiquiatra se inclina sobre la mesa para pulsar las teclas de REC+PLAY del magnetófono y mira a Lao, que asiente con la cabeza para señalar que puede empezar la entrevista clínica. El psiquiatra carraspea.

—En Barcelona, a 12 de diciembre de 1977 —dice—. Estando presentes los miembros de la Unidad de Apoyo

Especial de la Delegación de la Región Cuarta del Centro Superior de Información de la Defensa. El informador del centro con expediente número 5619. Y el que habla, el examinador clínico con iniciales G.R.R., de la Unidad de Medicina Forense asociada con el mismo centro. ¿Estamos listos?

Lao asiente. Dorcas asiente. El psiquiatra se dirige al entrevistado.

—¿Puede decirnos usted su nombre y su edad?

—Daniel María Dorcas Centellas. Veinticuatro años.

—¿Natural de Barcelona?

—De Barcelona, sí.

—¿Fue usted colaborador del Servicio Central de Documentación?

—Sí.

—¿Recuerda las fechas de dicha colaboración?

Dorcas lo piensa un momento.

—Entré en contacto con el Servicio en 1975, a principios de año. Estuve informando hasta finales de 1976. Hasta noviembre, creo.

—¿Y recuerda las circunstancias del final de su colaboración?

Dorcas se encoge de hombros.

—Escribí una carta al delegado regional para comunicarle mi decisión —dice—. Mi cooperación fue voluntaria desde el principio, o sea que no tuve problema para terminarla unilateralmente.

—Pero usted no era un informador convencional. Recibió formación específica, en Alemania, ¿no es cierto? Su cooperación con el Servicio era más profunda.

Dorcas no dice nada. El psiquiatra insiste:

—¿Puede explicarnos qué circunstancias lo llevaron a terminar su cooperación? ¿Fueron razones de tipo personal?

—Razones personales, sí.
—¿De qué naturaleza?
Dorcas frunce el ceño. Da una calada de su cigarrillo.
—Mi motivación personal se acabó —dice por fin—. Mis intereses cambiaron.
—Cambiaron por completo, ¿no?
—Supongo que se puede decir que sí —contesta.
—Tuvo usted una revelación de naturaleza espiritual, ¿verdad?
—Supongo que sí.
—Pero eso no es exactamente lo que pasó, ¿verdad? Eso no es lo que dice la carta que usted escribió. Y no es lo que consta en su expediente médico.
Dorcas no contesta.
—Hemos tenido acceso a su expediente médico completo —continúa el psiquiatra.
Dorcas no dice nada.
—¿Le importa decirnos lo que pasó en realidad? —insiste el psiquiatra.
—Creo que ya lo saben ustedes.
—¿Le importa contárnoslo con sus palabras?
Dorcas abre la bolsa de magdalenas con las uñas llenas de pintura incrustada. Las falanges amarillas de nicotina.
—Oí una voz. —dice.
—¿Una voz? ¿Se refiere a la voz de alguien? ¿Su propia voz?
Dorcas saca una magdalena y la muerde. La barba de alrededor de los labios amarilla de nicotina.
—Una voz que solamente podía oír yo —dice por fin—. Una voz en mi cabeza.
—¿Y qué le dijo esa voz?

Dorcas no contesta.

—¿Y a quién creyó usted que pertenecía esa voz?

Dorcas se termina su magdalena. Se sacude las manos sucias de pintura. Se sacude las migas de la barba y levanta la vista hacia sus entrevistadores. Con esos ojos parecidos a masas de agua sin olas que uno suele ver en los pacientes psiquiátricos. Donde lo que suscita inquietud es precisamente la ausencia de olas.

—Creí que era la voz de un ser de otro mundo —dice por fin.

Desde la pared en que está apoyado, Melitón Muria suelta un soplido de burla.

—¿De otro mundo? —repite el psiquiatra.

—Una fuerza espiritual —dice Dorcas—. Un dios, si ustedes lo prefieren. Que me hablaba desde el espacio exterior. Un dios llamado Sirio.

Lao se echa hacia delante en su silla.

—Creo que yo puedo explicar esa confusión —empieza a decir.

El psiquiatra levanta una mano para atajar la interrupción.

—¿Recuerda usted qué pasó a continuación, señor Dorcas? —dice—. Me refiero a los días siguientes a que oyera usted la voz. Los días en que escribió la carta.

El psiquiatra le pasa a Dorcas un documento desde su lado de la mesa.

—Esto es una fotocopia de la carta que escribió usted al Servicio Central de Información.

Dorcas no coge la carta. No la mira. El psiquiatra enarca las cejas.

—Lo terminaron ingresando, ¿verdad? —dice—. En el pabellón psiquiátrico del Hospital de San Pablo.

—Sí —dice Dorcas.

—¿Y cuánto tiempo pasó ingresado?

—Cuatro meses.

—¿Recuerda su estancia en el hospital? ¿Qué clase de tratamiento hizo?

—Sedación. —Dorcas se encoge de hombros—. Terapia farmacológica. Psicoterapia.

—¿Y el tratamiento funcionó? —dice el psiquiatra—. ¿Qué decía su informe de alta?

Dorcas frunce el ceño.

—No lo leí —dice.

—¿Pero sus médicos estaban contentos con su progreso?

Dorcas se encoge de hombros.

—Dijeron que ya no era un peligro, ni para mí mismo ni para nadie. Que ya no tenía que estar encerrado.

—¿Sigue usted haciendo tratamiento?

—Voy al hospital dos veces por semana. Sigo con la medicación.

—Entiendo.

Hay un momento de silencio. El psiquiatra empuja la bolsa de magdalenas en dirección a Dorcas. Le hace una señal para que coja otra. Dorcas saca otra magdalena de la bolsa y la muerde.

—¿Fue en el hospital donde empezó a pintar, señor Dorcas? —dice el psiquiatra.

—No. Ya pintaba antes. Aprendí de niño.

—Hábleme de Sirio, señor Dorcas. ¿De dónde viene su interés por esa entidad espiritual? ¿Es un interés puramente artístico? ¿O más bien filosófico?

Dorcas mastica su magdalena.

—¿Cree usted en su existencia, señor Dorcas? —continúa el psiquiatra.

Dorcas traga el resto de la magdalena.

—Sirio ha sido venerado desde el principio de los tiempos. En Egipto lo llamaban Osiris. En sánscrito es el *Mrgavyadha*, el cazador de ciervos, que representa a Shiva. Muchos nombres, un solo dios. La estrella más brillante del cielo. Pero esa estrella ya no brilla en el cielo. Se ha encarnado. Yo solamente soy un heraldo de su Nueva Era.

Muria suelta un silbido. El psiquiatra enarca las cejas.

—No está mal para un marxista-leninista —dice.

Silencio.

—Para alguien que ha escrito textos académicos defendiendo el materialismo histórico —dice el psiquiatra.

Silencio.

—Alguien que hizo un seminario de contrainteligencia en Alemania con la BND.

Silencio.

—Alguien a quien sus profesores definieron como una eminencia de la filosofía política.

Silencio. El fluorescente del techo tiene a los cuatro ocupantes de la sala atrapados en su resplandor blanco uniforme.

—¿Qué me dice del meteorito, señor Dorcas? —dice de repente Arístides Lao—. El Meteorito de Sallent. ¿Qué significa para usted el meteorito?

Dorcas mira fijamente a Lao. Bajo la superficie sin olas de su mirada se agita una sombra antediluviana. Un kraken del mundo anterior al tiempo. Su mano busca a tientas otra magdalena de la bolsa. La presencia de la bolsa de magdalenas en la mesa podría o no responder a cierta voluntad terapéutica de otorgarle al entrevistado un elemento de comodidad. La parka que Dorcas lleva puesta tiene una serie de marcas descoloridas que podrían o no ser eslóganes políticos medio borrados. El kraken podría o no dar un coletazo en las profundidades inescrutables del agua estancada. La reverberación de su movimiento podría o no generar una ligerísima ola en la superficie. Y un segundo más tarde, Dorcas vuelve a bajar la vista.

14

VIGENCIA DEL CORAZÓN ATÁVICO

Teo Barbosa está sentado en un taburete de la barra del bar Texas de esa manera en que la gente muy alta se sienta en los taburetes de las barras de los bares: con la espalda encorvada hacia delante y las piernas dobladas. Con una postura que provoca que la gente que lo ve empiece a sentirse vagamente incómoda al cabo de un momento sin saber muy bien por qué. El local está oscuro. El suelo está inundado. La música brama en los altavoces. El bar Texas es uno de los nodos de esta historia. Un centro de sus líneas de sentido profundo. En la Nueva España, el tiempo está siendo clausurado. Las compuertas que comunicaban el pasado con el futuro se están cerrando, y los puentes y túneles que comunicaban con la Historia del país están siendo dinamitados. Solamente es cuestión de tiempo que la gente descubra que el futuro también está desapareciendo. Por eso el bar Texas tiene algo de templo, con sus profetas que graznan que no hay futuro por los altavoces. Sus clientes apropiadamente vestidos de negro y con pintura de ojos tienen algo de sacerdotal: ellos intuyen lo que está pasando. Ellos entienden la Nueva España.

Iggy Pop está cantando *Sixteen* por los altavoces cuando Sara Arta aparece en la escalera de entrada y recorre el local con la mirada hasta encontrar a Barbosa. No se molesta en fingir sorpresa cuando él la ve desde la barra. Mientras se abre paso hacia la barra, algo muy sutil parece haberse descompuesto en Sara Arta. La chaqueta de cuero y la cantidad portentosa de sombra de ojos son las mismas. Sin embargo, en la cara le ha brotado algo nuevo: un matiz infinitesimal de esperanza, o quizás de alivio. Barbosa la saluda con una sonrisa. Por un momento la música suena a todo volumen sin que ninguno diga nada.

—¿Cómo estás? —le dice ella por fin.

—Bien. —Barbosa asiente con la cabeza—. Yo bien. ¿Y tú?

—Pensaba que se te había tragado la tierra. ¿Cuánto tiempo llevas sin ir a la facultad?

Barbosa se encoge de hombros.

—Unos días —dice.

Sara Arta le coge la barbilla y se la gira hacia un lado para examinarle el ojo y el pómulo inflados.

—¿Qué te ha pasado en la cara? —le pregunta—. ¿Te has peleado?

Barbosa sonríe con un labio partido.

—¿Te han detenido? —El tono de ella se ha vuelto grave—. Te han detenido, ¿verdad?

—No, no me han detenido. —Niega con la cabeza—. No es nada grave, de verdad. Una tontería de pelea.

—Me acabas de decir que no te has peleado.

Barbosa da un trago de su vaso de DYC.

—Muy bien —dice ella—. No te he preguntado nada.

—Qué casualidad que nos encontremos aquí —dice Barbosa, mirando su vaso al trasluz y dejándolo otra vez sobre la barra.

Sara Arta no se ruboriza exactamente, porque la palidez no abandona su piel, pero sí que baja la mirada y se encoge imperceptiblemente igual que la gente que se está ruborizando. La voz de Iggy Pop se vuelve más desesperada a medida que su canción se vuelve monótona y repetitiva. La clientela del bar Texas ha cambiado desde la primera vez que Sara Arta trajo aquí a Barbosa, hace menos de dos meses. Muchos de sus clientes han empezado a hacerse peinados que les dan aspecto de habitantes de campo de concentración. De lunáticos en celdas de castigo. A ponerse ropa hecha pedazos y sujeta con imperdibles. A escribirse consignas en la ropa. España empieza a no ser el mismo lugar que era hace un mes. Hace una semana. Empieza a ser un lugar distinto al que era el día anterior.

—No te estaba buscando ni nada de eso. —Sara Arta sonríe un poco—. Sólo he pasado... por si te veía. Tengo una sorpresa para ti.

Barbosa vuelve a sonreír con el labio partido. Además del pómulo roto, hay cierta rigidez en su manera de apoyar los brazos en la barra. Como si le costara moverlos o tuviera algo roto por debajo de la ropa.

—Te estás jugando que te echen también del sindicato —dice por fin.

—¿Por qué has dejado de ir a clase?

Barbosa se encoge de hombros.

—No lo sé —dice—. En la última clase de metafísica nos hablaron de Jacques Maritain. Un defensor del conocimiento connatural. Del derecho natural. Un «realista crítico», dijo el catedrático. Lo que hay que criticar, nos dice, es la propia capacidad cognitiva. En otras palabras, no hay que pensar. —Se termina su DYC de un trago y hace una señal a la camarera para que le ponga otro—. Invertimos horas de nuestra educación en aprender que no tenemos que pensar.

En los altavoces ya no suena la voz de Iggy Pop. Barbosa está esperando a que le sirvan el whisky cuando su mirada se encuentra con la de alguien sentado en la otra punta de la barra. No uno de los jóvenes con imperdibles y peinados de campo de concentración. Una cara vagamente familiar. Uno de esos hombres de aspecto no memorable. El hombre levanta su botella de cerveza a modo de saludo y le guiña el ojo. Barbosa frunce el ceño. Coge el vaso de DYC que la camarera le acaba de traer. En la Nueva España nadie es quien parece. Nadie es quien dice ser. En la Nueva España la verdad ya no existe porque una legión de hombres silenciosos la ha emparedado detrás de un muro de cemento. Y al dejar de existir la verdad, también ha dejado de existir la mentira.

—Parece que al final no nos vamos a casar, ¿verdad? —dice Sara.

Barbosa se demora un instante con el vaso en los labios rotos. Por fin lo deja en la barra.

—No —dice—. No nos vamos a casar.

—No te preocupes. —Ella sonríe—. Te lo voy a poner fácil.

—¿Sí?

—Sí. —Ella se encoge de hombros—. Lo hemos pasado bien. Ha sido intelectualmente edificante. —Hace una mueca de burla—. ¿Qué más hay?

Barbosa mueve la cabeza al ritmo de la música.

—¿Qué he hecho mal? —continúa ella, en un tono

que no deja del todo claro si está siendo ligeramente sarcástica—. ¿He ido demasiado deprisa? ¿He asustado al macho temeroso del compromiso que hay en ti?

—La educación sexual marxista ha fracasado conmigo —contesta él—. No he conseguido construir una masculinidad libre de trabas burguesas. Por no hablar del respeto a la compañera.

Ella saca su bolsa de tabaco y se pone a liar un cigarrillo.

—Eres un embustero adorable —dice por fin—. Voy a echarte de menos. No abres la boca más que para mentir.

Hay otro silencio.

—¿Qué sorpresa tienes para mí? —dice él—. No será que estás embarazada, ¿verdad? Porque sería el golpe de efecto perfecto para un momento como éste.

A Sara Arta se le escapa una sonrisa. Por un momento casi parece que se le va a formar ese mohín de coquetería que le infantiliza los rasgos, pero la impresión se desvanece enseguida. Termina de liarse el cigarrillo, lo alisa con los dedos y se lo enciende.

—Te lo mereces, pero no —dice, soltando una bocanada de humo—. Es una tontería. Ahora ya da igual.

—No, quiero saberlo.

Ella se saca una fotocopia doblada del bolsillo de la chaqueta de cuero y se la ofrece. Él la coge y la desdobla.

—«Vigencia del corazón atávico» —lee—. «15 de diciembre en la Galería G.» —Levanta la vista para mirarla—. Otra acción artística. No tenía ni idea, felicidades.

—Gracias.

—El título es muy bueno. ¿También te van a tirar basura?

—Ésta es más complicada. Me van a dar descargas eléctricas.

Él se la queda mirando con el ceño fruncido.

—Habrá un médico presente —dice ella—. Bueno, un estudiante de medicina. La máquina es la misma que se usa en la terapia de electrochoque. Los visitantes me podrán lanzar una descarga de un par de segundos, hasta que me entren convulsiones. Luego es posible que pierda el conocimiento un momento. Tengo que estar en ayunas para no ensuciarme, ya sabes. —Ella da un sorbo de whisky y le dedica una media sonrisa—. No me digas que no te tienta venir.

—¿No es peligroso?

Ella niega con la cabeza mientras deja el vaso.

—Estaré sedada. Casi no notaré nada. Y mientras dure la acción, la máquina irá imprimiendo mi electrocardiograma. Ésa es la parte más importante. La parte simbólica.

—¿Y qué simboliza?

Ella se encoge de hombros.

—Supongo que mi romanticismo impenitente —dice—. Soy la clásica romántica. En lugar de analizar mis emociones, me limito a reaccionar a ellas. Me da miedo desprenderme de mi corazón atávico.

Barbosa no dice nada.

—No me digas que soy la primera chica que se electrocuta cuando la dejas —dice ella, con una sonrisa.

En ese momento arrancan los arpegios de un piano vagamente fúnebre en el sistema de altavoces, y un momento más tarde la voz de Patti Smith retumba por el local. Sara Arta cierra los ojos. Al piano se le suma el resto de la banda, en un estallido tonal que en lugar de iluminar la melodía la oscurece todavía más. La canción es *Pissing in a River*. Teo Barbosa reacomoda su cuerpo demasiado alto para el taburete de esta barra. Para cualquier taburete de cualquier barra. Cuando por fin Sara Arta abre los ojos para mirar los de Barbosa, el lugar entero ya no es el mismo que hace una hora. La escena ya no es la misma que hace un minuto. La fractura entre pasado y futuro se extiende en silencio.

15

LA VIDA SIN PAREDES

No hay ninguna señal en su cara que indique si Arístides Lao siente alguna clase de sorpresa o contrariedad cuando entra en el despacho de su unidad y vuelve a encontrarse la silla vacía donde debería estar su secretaria. Se limita a colgar su abrigo y dejar el maletín en la mesa con su habitual parsimonia. No es hasta que su mirada se encuentra con la de Melitón Muria que se ve obligado a afrontar la cuestión de la secretaria ausente. Muria lo está mirando con el gesto torcido, desafiándolo a que saque el tema.

—Hoy tampoco ha venido —dice por fin Lao.

Muria pone los botines de cuero sobre la mesa y se reclina hacia atrás en su silla.

—No, señor —dice—. Está de baja.

—¿Me está intentando decir algo?

—¿Yo? —Muria pone cara de inocencia teatral—. ¿Por qué iba a decirle nada? ¿Solamente porque llevamos una semana sin cerrar un expediente? ¿Qué digo? Sin abrirlo, debería decir. ¿O porque llevamos casi tres semanas sin presentar los informes de actividades?

—No tiene que preocuparse por eso, ya se lo he dicho.

Muria se encoge de hombros.

—Claro que ya no viene —dice—. Tiene miedo. Esto es demasiado raro.

—¿Y puede dejar de venir?

—¿Quién se lo va a impedir? En el Servicio no la quiere nadie. Nadie se va a molestar en investigar su baja. Por eso está en nuestra unidad.

Lao se sienta a su mesa después de apartar cuidadosamente la silla y pone las manos diminutas y blandas sobre los broches del maletín para abrirlo con un chasquido. El escritorio de Lao no está compulsivamente limpio y ordenado, tal como lo están los escritorios de esas personas maquinalmente compulsivas que imponen órdenes suprarracionales en sus mesas que terminan paradójicamente perdiendo eficacia laboral por culpa de su sometimiento ciego a esos órdenes. Al contrario: su escritorio parece el resultado de un estudio destinado a averiguar qué disposición de los materiales optimiza la eficacia. Un escritorio sin ocupante humano. Un escritorio-modelo, destinado a publicar los resultados de dicho estudio en un simposio académico.

—Tenemos que aprender a valorar las ventajas de nuestra situación, señor Muria —Lao manipula el contenido del maletín—. Es una situación excepcional, ya lo sabe usted.

—A mí me lo va a decir. Estoy pensando en pedirme la baja.

—¿Conoce usted la historia del preso al que encerraron en una celda con los ojos vendados? Durante las primeras semanas tuvo que aprender a hacerlo todo a ciegas, memorizar dónde estaba todo y cuántos pasos tenía que dar para cada cosa. Luego, sin avisarlo, le quitaron las paredes. El preso estaba libre pero no lo sabía. Le habían quitado las paredes pero él seguía viviendo en los mismos dos metros cuadrados, como si todavía las tuviera.

Muria se lo queda mirando con cara escéptica.

—¿Y no se daría cuenta, por ejemplo, si se intentara sentar con la espalda apoyada en la pared? —dice.

—Ésa no es la cuestión —Lao niega con la cabeza.

—¿No?

—No. La cuestión es que cuando por fin conseguimos ser libres, no somos conscientes de que lo somos. Por la venda que nos tapa los ojos.

Muria baja los botines de la mesa y se pone a tamborilear con los dedos en su superficie.

—No lo sigo —dice.

—Estoy hablándole de nuestra unidad. —Lao cierra el maletín—. Mire. Estamos fuera de protocolo. Pero seguimos rellenando informes y pensando en las cosas tal como son dentro del protocolo. Y entretanto podríamos estar usando nuestra libertad. Tenemos los recursos del Servicio, pero sin sus limitaciones. Fíjese.

Lao coge el taco de los impresos de informes de actividades semanales y lo deja caer dentro de la papelera.

—¿Qué le parece? —dice.

—Me parece que como entre alguien y lo vea, se le va a caer el pelo.

—Ah, pero *ésa* es la cuestión, ¿no le parece? ¿Cuándo fue la última vez que vio entrar usted a alguien aquí?

Muria frunce el ceño.

—Por las noches vienen y vacían los ceniceros y friegan el suelo —continúa Lao—. Y por las mañanas traen el correo. Pero aparte de eso, en esta sala no entra nadie. No ha entrado nadie desde que llegamos.

A través de los ventanales del despacho no termina de verse con claridad si está lloviendo o no. Bajo el cielo encapotado, la atmósfera tiene esa cualidad opaca que puede provocar la impresión equívoca de que está lloviendo. El ventanal debe de ser doble porque no llega ni un solo sonido del tráfico.

—¿Pero eso qué quiere decir? —Muria mira a su alrededor con desconfianza—. ¿Qué está pasando aquí?

Lao asiente ligeramente con la cabeza, como para aprobar la pertinencia de la pregunta.

—Pasa que no hay paredes —dice—. Que se han llevado las paredes de la celda. Mire esto.

Lao le ofrece a Muria el expediente que ha sacado del maletín. Muria lo abre, se lo queda mirando con el ceño fruncido y por fin levanta la vista hacia Lao.

—Es un expediente clasificado de nivel 1 —dice—. Yo no tengo rango para verlo.

—Aquí dentro sí. Confíe en mí.

Muria vuelve a bajar la vista hacia el expediente. La forma en que lo mira hace pensar en campesinos analfabetos que miran documentos que un abogado de la ciudad les está pidiendo que firmen. En alcohólicos rehabilitados que miran una botella que ellos mismos escondieron hace años y de la que se habían olvidado. Al cabo de un momento, sin embargo, ya está enfrascado en su lectura. Se pone a pasar páginas, cada vez más deprisa. Vuelve a levantar la vista.

—¿Tres infiltrados? Esto no viene de Barcelona. —Un matiz de asombro genuino traspasa la corteza de su es-

cepticismo—. Esto es una operación enorme. Nacional.
—Internacional —lo corrige Lao.
—Pero no lo entiendo. —Muria se saca el paquete de Rex que lleva en el bolsillo de la camisa y se pone un cigarrillo en los labios. Se lo enciende con los ojos guiñados—. ¿Por qué nos han asignado esto a *nosotros*? Somos escoria. ¿Y por qué estamos recuperando a Dorcas? ¿No deberíamos estar con los infiltrados en activo? ¿Y qué está pasando con Barbosa? Si se ha caído del sindicato, habría que sacarlo de ahí, ¿no?
—Al contrario. Barbosa se está acercando al lugar donde queremos que esté.
—A mí no me lo parece.
—Porque no está leyendo usted en el sitio correcto. —Lao señala con la cabeza el expediente de la Operación Cólera—. Ésa no es nuestra operación.
—¿No?
—No. Ésa era nuestra operación cuando todavía había paredes. Ahora que no tenemos paredes, necesitamos una operación nueva.

Lao saca una foto de entre los papeles de su escritorio y se la muestra a Muria. La famosa foto del Meteorito de Sallent recién estrellado, en llamas. A continuación echa su silla hacia atrás y se levanta para ir hasta el tablón de corcho de la pared. Coloca la foto en el centro y la sujeta con chinchetas.

—He pensado en bautizarla Operación Meteorito —dice Lao—. ¿Qué le parece?
—¿Qué me parece? —Muria da una calada a su Rex—. Me parece que los que dicen que está usted chiflado se quedan cortos.

Sus palabras se contradicen con el brillo de sus ojos. Sosteniendo el expediente muy pegado al cuerpo, Muria se pone de pie. Da la vuelta a su mesa y vuelve a abrir el expediente. Se pone a leerlo, sin rastro de su temor de antes. Al cabo de un momento la brasa de su cigarrillo olvidado se le empieza a acercar peligrosamente a los dedos.

—«Se constituirá una Unidad de Apoyo Especial para suplementar las estrategias y protocolos de las unidades operativas empleadas en la presente operación.» —Levanta la vista hacia Lao—. «La unidad recién constituida responderá únicamente ante el delegado regional y queda desde el momento de su constitución exenta de todos los protocolos de información y cooperación entre unidades operativas.» Joder. «La naturaleza de las operaciones de apoyo especial desempeñadas por la nueva unidad quedará a discreción exclusiva del delegado regional y sus instancias superiores. Bla bla bla. La constitución de la Unidad de Apoyo Especial queda excluida de todos los boletines informativos internos del SECED. Sus operaciones no constarán en los resúmenes semanales interdepartamentales ni en los resúmenes semestrales. La Unidad de Apoyo Especial no contará con expediente propio en la Sección de Archivos ni tampoco en los Archivos de Referencias Cruzadas del Área de Inteligencia Interior.» Esto es muy fuerte. —Sigue pasando páginas y por fin levanta la vista—. No pone en ninguna parte qué es lo que hacemos.

—No.

—¿Pero a qué viene tanto misterio? —Se sacude con gesto distraído la brasa del cigarrillo que le acaba de llegar a los dedos—. No estamos haciendo nada tan importante, ¿no? De hecho, yo no entiendo muy bien lo que estamos haciendo.

Lao no dice nada.

—Vale, puede que sea muy importante —continúa Muria—. Pero si no presentamos informes semanales es como si no estuviéramos haciendo nada. Nos tienen aquí olvidados. —Se encoge de hombros—. Bueno, ya lo estábamos antes, pero ahora nos han juntado. Y en todo caso, esto es el *Servicio Secreto*. ¿Para qué hacer una unidad todavía más secreta? Si de todas maneras, nadie se va a enterar nunca de lo que hagamos.

—Puede que el delegado regional tenga enemigos en la sede central, o en el Gobierno —dice Lao—. Puede que quiera algo que no está en ese expediente. Esto funciona en las dos direcciones: nosotros tampoco sabemos lo que está pasando fuera de esa puerta.

Muria aplasta la colilla del cigarrillo en su cenicero. Mira a Lao a través de una bocanada de humo.

—Creo que me voy a pedir la baja yo también —dice por fin.

—Ya veo —dice Lao—. ¿A menos que…?

Muria apoya el trasero sobre su mesa. Se cruza de brazos.

—A menos que me cuente usted qué estamos haciendo —dice—. Por qué hemos vuelto a captar al tarado de Dorcas. Qué queremos de él. Y qué está pasando con el tal Barbosa.

Lao se lo queda mirando un momento. En su fisionomía no hay señal alguna de contrariedad ni de extrañeza por la actitud recalcitrante de su subordinado. En ese sentido da la impresión de que Lao y Muria se complementan perfectamente, porque por parte de Muria tampoco hay señal alguna de interés ni preocupación por la posible contrariedad de su jefe. A decir verdad, ninguno de los dos da ninguna muestra de ese reconocimiento implícito de la humanidad ajena que constituye el fundamento esencial de todo intercambio humano. Es un efecto sutil, pero está ahí. En el profundo desinterés mutuo que exudan sus miradas.

—Siéntese, señor Muria —dice por fin Lao.

16

LUZ DE GAS

El escenario de la cita de Teo Barbosa no contiene ningún elemento que remita directamente a ninguna catástrofe, y sin embargo lo que evoca en la mente es precisamente *la idea misma* de catástrofe, despojada de elementos concretos. Catástrofes despobladoras. Cataclismos naturales o guerras. Y sin embargo, en el lugar donde ahora Barbosa se detiene para encender un cigarrillo jamás pasó ninguna clase de catástrofe. Jamás pasó nada, hablando estrictamente. Una gigantesca playa de maniobras ferroviarias situada justo al norte de la estación del Clot, medio kilómetro de vías muertas orientadas a las torres de viviendas de protección oficial de la Verneda y el Buen Pastor. Convoyes de mercancías abandonados a los elementos. Tractores de maniobras herrumbrosos. Vagonetas sobre las cuales ha crecido la hierba. Furgonetas de gitanos con las portezuelas traseras abiertas y sus ocupantes cocinando en fogones de acampada. Perros. Docenas de perros. La playa de maniobras como ciudadela. Como mundo amurallado, hundido a una docena de metros por debajo del nivel de la calle, antiguamente conectado con la red ferroviaria por una batería de túneles ya abandonados. Con su propia sociedad y su propia geografía de basura.

Barbosa sacude la cerilla para apagarla y la tira al suelo. Luego echa a andar, consciente de la presencia de los moradores de la playa de maniobras. Siluetas en la oscuridad. Las lluvias de las últimas semanas han inundado secciones enteras de la playa. Las brigadas de limpieza que se han pasado el último mes quitando cenizas y descontaminando la ciudad no han venido a este lugar por la sencilla razón de que este lugar no existe. Posiblemente ésa sea la fuente de la sensación de catástrofe.

Durante el medio kilómetro que va de las bocas de los túneles al final de la playa, las vías pasan por debajo de media docena de puentes de hormigón que canalizan un tráfico discontinuo hacia el norte, en dirección a la avenida Meridiana. Camiones de mercancías. Camiones que aparcan en el lateral de los puentes para usar los servicios de las prostitutas. Las arcadas de los puentes forman cavernas de hormigón donde resplandecen las hogueras. Barbosa camina con la vista clavada en el suelo. Las manos en los bolsillos de la parka. Los zapatos chapoteando en las vías encharcadas.

No lleva ni diez minutos en el lugar de la cita cuando empieza a percibir movimientos que no le dan la impresión de pertenecer a las derivas propias de los moradores de la playa de maniobras. Un repicar de pasos sobre el tejado metálico de un vagón. Un silbido que hace que una figura eche a andar en lo alto de la muralla de hormigón. Barbosa pasa frente a la furgoneta de un grupo de gitanos que dejan de cantar un momento para mirarlo mientras pasa y enseguida arrancan a palmear otra vez. Una mujer lo chista desde las sombras de un puente. Un momento más tarde Barbosa ve que hay alguien bajando por la escalerilla de mano de una de las paredes de hormigón de la playa de vías. Barbosa sigue andando. Mirando los charcos del suelo. La siguiente vez que levanta la cabeza, tiene a alguien caminando al lado.

—No me mires —dice la figura—. Sigue andando así, sin mirarme.

Barbosa obedece.

—¿Lo has traído todo? —dice el acompañante invisible.

Barbosa se saca una bolsa de plástico del bolsillo de la parka. Se la da al hombre. Los dos se detienen para que el hombre pueda examinar el contenido de la bolsa. El DNI de Barbosa. Su cartilla bancaria. Carnet universitario. Carnet de biblioteca. Carnet de militancia en el SEDA. Tarjetas de afiliación a media docena de organizaciones políticas más. Permiso de conducir motocicletas. El hombre lo devuelve todo a la bolsa y se lo guarda.

—¿Es todo? —dice—. ¿Seguro?

Barbosa asiente con la cabeza. En algún momento se les ha unido una tercera figura a la que Barbosa reconoce sin necesidad de verla más que por el rabillo del ojo.

—Camarada Blanco —le dice a modo de saludo—. Volvemos a vernos.

—Ten cuidado, camarada —le avisa el otro.

—Sigamos andando —dice el primer hombre.

Los tres hombres caminan por las vías medio inundadas.

—¿Me vais a dar documentación nueva? —pregunta Barbosa—. ¿Una identidad nueva?

—Te daremos lo que nos parezca y cuando nos parezca.

—¿Por lo menos puedo saber adónde voy a ir? —dice Barbosa.

—¿Qué te has creído, que te vas de vacaciones? —dice Blanco.

—Vas a ir al otro lado —dice el otro hombre—. No te hace falta saber más, de momento.

Empieza a atardecer y la visibilidad decrece en la playa de maniobras.

—Escúchame bien, camarada —dice Blanco—. Cuando vuelvas a tu casa, no hagas las maletas. No dejes que nadie te vea hacer equipaje de ninguna clase. Actúa normal. Mira la tele. Vete a dormir a la hora de siempre. Por la mañana, sal de casa a la hora de siempre y cierra con llave igual que lo harías un día normal.

—¿No puedo llevar nada? —dice Barbosa.

—¿Qué quieres llevar? Nosotros te daremos lo que necesites.

—Nosotros te daremos todo —dice el otro hombre.

—Si quieres llevarte alguna fotografía o un recuerdo personal, lo llevas en el bolsillo.

—En el bolsillo —repite Barbosa—. Intentaré acordarme.

Blanco se detiene y le pasa un papel a Barbosa.

—Lee esto —le dice.

Barbosa desdobla el papel y lo lee a la luz del encendedor. La noche ya ha empezado a descender sobre la playa de maniobras. No hay más luz que la que viene de las farolas de los puentes.

—Coge el tren hasta esa estación y después sigue las indicaciones que hay en el papel —dice el hombre que no es Blanco—. Lo último es el nombre de una estación de servicio. Te recogeremos *delante* de la estación de servicio. En la carretera.

—Dentro del maletero, supongo —dice Barbosa.

Blanco se vuelve a parar. Aunque hay poca luz para ver la expresión de su cara, no cuesta ver la impaciencia en su gesto.

—Quema el papel —le ordena el otro hombre.

Barbosa obedece. Cuando la llama del encendedor ha consumido todo el papel menos la esquina que él está sosteniendo, lo deja caer al suelo y lo pisotea.

—¿Tienes familia? —dice Blanco.

—No.

—¿*Nadie*?

—Nadie. Padre y madre muertos. Soy hijo único. Todo el mundo me dice que se me nota.

—¿Amigos? ¿Novias?

—Me deshice de mi novia hace diez días. No me buscará, está claro. Amigos no tengo. Hay gente con la que bebo a veces, pero ningún amigo que se vaya a fijar en que ya no estoy.

—¿Hay alguien más? ¿Alguien cercano?

Barbosa niega con la cabeza. Blanco tira la colilla de su cigarrillo.

—Piénsalo bien —dice—. Cuando pases al otro lado, cualquier persona cercana a ti estará en peligro. No dudarán en torturarlos.

—No hay nadie.

—¿Y esa novia?

—No la encontrarán —dice Barbosa—. Mi apartamento está limpio. Nadie nos vio juntos.

Ahora empieza a verse claro que sus pasos los han llevado hasta las inmediaciones de un coche que está aparcado al lado de una rampa de carga. Con la lámpara interior encendida. El coche todavía está a unos cien metros y no hay la bastante luz para ver de qué modelo se trata. Barbosa entiende que los pasos de los hombres gravitan hacia el coche y se detiene para hacerles ver que lo entiende. Los dos hombres se miran brevemente.

—De acuerdo, pues —dice Blanco.

—A efectos prácticos estás muerto —dice el otro—. O bien acabas de nacer. El resultado es el mismo. Entre tu vida hasta ahora y tu nueva vida tiene que haber un corte total. Una ruptura total.

—Ya no te llamas Barbosa —dice Blanco.

—¿No? —Barbosa hace una mueca de sorpresa que sabe que los otros dos no van a poder ver por falta de luz.

—Tampoco tendrás vida propia —dice Blanco—. Tu vida pertenecerá al grupo. Todas las decisiones las tomará el camarada Cuervo.

—¿El *camarada Cuervo*? —dice Barbosa en tono sarcástico.

—Tómatelo a broma si quieres. —Ahora es Blanco quien se burla—. En el otro lado ya se ocuparán de ti. Ahí no se andan con tonterías.

El crepúsculo genera efectos visuales extraños sobre las vías muertas de la playa de maniobras. La luz anaranjada de las farolas de los puentes y el resplandor pulsátil de las hogueras. Una luz que no es lo bastante intensa como para disipar las sombras, pero sí para generarlas. Sombras moviéndose fugazmente en la periferia de la visión. Objetos abandonados en las vías que parecen animales y que si uno los mira parecen desplazarse. Una luz de fantasmagoría dieciochesca, de humo y espejos. Una luz de cámara oscura. Barbosa se frota los ojos. Hay alguien junto al coche. Barbosa está casi seguro de que ha visto a alguien moverse furtivamente por detrás del coche. Es posible que también haya alguien *dentro* del coche.

—Me alegro mucho de saber que no te voy a volver a ver, Barbosa —dice Blanco—. No te imaginas cuánto.

Pero Barbosa ya no está mirando a sus dos acompañantes. Bajo la luz de gas de callejuela victoriana, está mirando hacia la figura que hay sentada dentro del coche. Y por un momento fugaz, la figura parece volverse hacia Barbosa. Una cara pintada de blanco, con una peluca rizada y algo que parece un sombrero de ala ancha.

—¿Qué coño es eso? —dice Barbosa.

Pero sus dos acompañantes ya se están alejando en dirección al coche aparcado.

17

VOZ IMPERIOSA - VOZ SUAVE

La Sala de Archivos Interdepartamental de la Delegación Regional del SECED produce la misma sensación abrumadora de tedio que el resto de instalaciones de la Delegación. No está muy claro por qué. El edificio entero la produce, igual que ese aura opresiva que tienen algunos escenarios de muertes violentas o de hundimientos políticos. Es probable que haya que formar parte del Servicio para no percibirla, aunque por su misma definición nadie que trabaje para el Servicio puede acceder a sus instalaciones. En cualquier caso, resulta fácil imaginar a un visitante desprevenido cayendo fulminado por un tedio que le paralizara al instante el sistema nervioso. Considerado con mayor detenimiento, es posible que ese tedio provenga de la espantosa vaguedad que invade las instalaciones. Hasta la última silla y ventana parece diseñada para no dejar huella en la memoria. Nada tiene ningún rasgo que llame la atención. Ninguno de los colores permanece en el recuerdo. El mobiliario es el mismo que debe de haber en el limbo o el purgatorio.

Melitón Muria nunca ha notado ningún tedio especial en la Sala de Archivos. Tampoco la ha visitado nunca fuera de horas. Este viernes de noviembre, sin embargo, se espera hasta pasadas las ocho, que es cuando termina el turno de tarde de los archivos, y recorre los pasillos desiertos aparentando despreocupación.

Muria empuja la puerta de la Sala de Archivos lo justo para ver que ya no queda nadie dentro. Pulsa el interruptor de la luz. La archivista debe de haberse marchado hace pocos minutos, porque todavía hay humo alrededor de su silla y una colilla caliente en el cenicero. En el mostrador vacío, un letrero: «PARA CONSULTAS DE AÑOS ANTERIORES Y REFERENCIAS CRUZADAS, VUELVAN POR FAVOR DE 8:00 A 20:00.» Muria camina hasta el mostrador con cuidado de parecer despreocupado. Su representación de la despreocupación incluye tamborileos esporádicos de los dedos sobre las superficies del mobiliario y una especie de tarareo por lo bajo. Por fin abre la portezuela del mostrador y pasa al otro lado. Pulsa más interruptores. Se materializan más y más pasillos tediosos, flanqueados de estanterías de acero hasta el techo. Con sus escalerillas de mano instaladas sobre raíles. Con sus espejos convexos estratégicamente situados en las esquinas del techo para que la archivista pueda ver de forma más o menos simultánea a todo el mundo que está haciendo consultas. Con sus tediosas hileras interminables de expedientes idénticos en cajas de cartón marcadas con localizadores alfanuméricos.

Los archivos de referencias cruzadas están al final de los pasillos, en un cuarto diminuto que hay al fondo y a la derecha. Muria abre el cajón que tiene la etiqueta «A-C» encima del tirador y busca entre los expedientes, pasando carpetas hacia delante y hacia atrás. Ya no está intentando aparentar despreocupación. Ahora está soltando soplidos de mal humor y cerrando cajones de golpe. El expediente de Teo Barbosa en el Archivo de Referencias Cruzadas no está. Tampoco lo encuentra bajo ningún otro nombre. Ni siquiera sabe si Barbosa tiene algún otro nombre. Está registrando otra vez el archivo entero cuando oye abrirse detrás de su espalda la puerta de la Sala de Archivos. Se queda petrificado. Toda su estrategia se basaba en encontrarse el archivo vacío para poder sacar el expediente sin firmar el registro. Al cabo de un momento oye dos voces:

—¿Aquí? ¿Aquí podemos hablar? —dice una voz suave, casi femenina.

—Lo hemos limpiado expresamente para hablar aquí. —La otra voz es imperiosa, de mediana edad.

—¿Del todo?

—Del todo. Ni una cámara ni un micrófono. Nada. —Voz Imperiosa suelta un soplido de burla—. Podemos follar si quieres.

Encima de la cabeza de Muria, en uno de los espejos convexos del techo, aparecen las figuras diminutas y distorsionadas de dos hombres. Sus cabezas quedan por encima del borde del espejo, pero Muria puede ver sus cuerpos cruzando el mostrador de la Sala de Archivos. Uno de ellos lleva un traje gris con corbata y el otro un traje azul con jersey de cuello de cisne. Una fracción de segundo antes de que aparezcan sus caras en el espejo, Muria abre la puerta de acero del armario que tiene al lado y se esconde dentro. Al cabo de otro momento las voces le llegan desde el otro lado de la puerta.

—¿Y las luces? —dice Voz Suave.
—Déjalas encendidas. Da igual.

Muria oye el chasquido de una cerilla y al cabo de un momento le llega a las narices el humo de los cigarrillos. A juzgar por la forma de las cosas que se le están clavando en la espalda, el armario donde se ha escondido contiene interruptores y estuches de cintas magnéticas.

—Espero que traigas buenas noticias —dice Voz Imperiosa—. No nos iría mal.

—¿De verdad?

—Aquí la gente está nerviosa. No entienden por qué se montó tanto berenjenal para que después de un año estemos igual. Y andan nerviosos con todos los cambios. Los cambios son malos para el trabajo. Cuando todo está cambiando todo el tiempo, nadie piensa en hoy porque todos están pendientes de mañana. Del año que viene, del ministro que viene... Todos están plantando el pie y agarrándose fuerte para aguantar hasta el año que viene.

—Eso no es bueno —admite Voz Suave.

—Hemos aguantado este año. Pero este año no le importa a nadie. Necesitamos buenas noticias.

—Para nosotros tampoco ha sido el mejor año.

—Necesitamos algo para enseñarles a los de arriba. Ya sabes cómo son.

—Tengo algo. No sé si estarán contentos.

—Alabado sea Dios. —Voz Imperiosa se relaja ostensiblemente—. ¿Cuándo?

—La primera semana de enero.

—¿Qué es?

—Un banco. Aquí, en Barcelona. Un golpe bien grande.

—No nos sirve. Un banco no nos sirve. Pensaba que habíamos hablado claro.

—Es lo que podemos hacer ahora.

—Tiene que ser algo más grande. Alguien del gobierno. Militares. Algo así.

Voz Suave suelta un soplido de burla.

—Tú estás de broma —dice.

—No me jodas. Un banco no nos sirve. Llevamos *un año* esperando. No nos hagáis esta putada.

—¿Te recuerdo por qué nos hemos pasado un año de brazos cruzados? Pues porque hace un año que nos cerraron el grifo. Aquí y en Alemania. En todos lados. No hay dinero, no hay nada.

—Un banco no nos sirve.

—Un golpe grande. Con eso levantaremos cabeza. Tú encárgate de que todo esté controlado por tu lado. Que no haya sorpresas. Déjanos hacer el banco y con lo que saquemos podemos intentar pegar otra vez. No te prometo nada.

—Más os vale. Y más os vale que sea enseguida. Al día siguiente mismo, si puede ser.

—No te prometo nada.

—Nos estamos ahogando aquí. Necesitamos que os mováis ya.

—No veo que os estéis ahogando. Estáis mejor que hace un año. Estáis más cerca de quien tenéis que estar. Y el nuevo presidente os tiene debajo del ala.

—Bah.

—Tenéis a los vascos.

—Con los vascos no se puede hacer nada. No se puede hablar. No sabes ni con quién tienes que hablar. Y van a la suya. No se preocupan del futuro. No entienden que aquí todos tenemos que sobrevivir. Ellos y nosotros. Al final les acabaremos mandando los tanques y a tomar por el culo.

—¿Y por aquí? —pregunta Voz Suave—. ¿Todo el mundo se ha estado portando bien?

Voz Imperiosa tarda un momento en contestar.

—Cassinari juega a lo de siempre —dice por fin—. Sabe que nos necesita y sigue las reglas. Le ríe las gracias a Suárez y se tapa la nariz. Sabe que no tiene que moverse demasiado. Ni hacer amigos ni enemigos.

—Que siga así. Ya le tocará moverse.

—En fin.

Muria oye el golpe seco de una palmada en un hombro.

—A ver si no os preocupáis tanto, coño. No falta nada para enero. Tú ocúpate de que todo esté controlado por tu lado.

—No te preocupes.

—A ver si es verdad.

—Joder, si trabajamos para vosotros.

—Así me gusta. Y nosotros para vosotros.

—Y todos por España.

Voz Suave se ríe.

—Eso mismo, todos por España. ¿Vamos?

—Vamos.

—¿Apago la luz?

—No, déjala.

En cuanto oye cerrarse otra vez la puerta de la Sala de Archivos, Muria abre la puerta del armario. Con todo un mapa de interruptores y estuches de cintas magnéticas grabado en la espalda.

18

MADRE NIEVE

A juzgar por su dolor de la cabeza y la sequedad de su boca cuando se despierta en el refugio de montaña, el sedante que le dieron a Barbosa en el coche lo ha debido de poner a dormir durante un día entero. Barbosa se frota los ojos y se incorpora hasta sentarse en el colchón. El fuego del refugio está encendido. Barbosa examina el interior de la cabaña y por fin se encuentra con los ojos del tipo bajito y gordo que está en el otro colchón, acostado de lado y mirándolo a él. Vestido con varios jerseys de lana y coronado con un inverosímil afro de aspecto púbico. Además de los dos colchones, la cabaña tiene un armario, un baúl y un perchero con abrigos. Un par de ollas colgadas de ganchos sobre la chimenea encendida. Y una mesa con un bulto grande y cuadrado cubierto con una tela. Barbosa y el hombre gordo se miran durante un rato. Por fin, imitando a su compañero, Barbosa se vuelve a meter en la cama y cierra los ojos.

En los días siguientes, Barbosa se contagia de la rutina catatónica del refugio de montaña. El silencio ya quedó prescrito en la primera mirada que intercambiaron sus ocupantes, ese silencio peculiar que se establece cuando las personas saben que el otro sabe que ellas saben que cualquiera de los dos puede ser un espía. El hombre gordo pasa la mayor parte del tiempo acostado en su colchón, debajo de las mantas. Se levanta dos veces al día, una por la mañana y otra al anochecer, para realizar exactamente el mismo ritual. Llena un cuenco de nieve y lo usa para lavarse. Hace veinte minutos de ejercicio físico, incluyendo estiramientos y flexiones. Por fin come y se vuelve a la cama. Hay algo abrumadoramente parsimonioso en la actitud con que afronta el tedio de refugio de montaña, algo que Barbosa pronto atribuye a la sombra de un pasado penitenciario. La comida en la cabaña consiste en galletas, latas de sopa y un saco de arroz. Un armario entero lleno de galletas, latas de sopa y arroz. No hay café. No hay cigarrillos. No hay alcohol. Ninguno de los dos hombres se toma nunca la molestia de hervir el arroz, de manera que las comidas en la cabaña consisten en una alternancia simple de sopa enlatada y galletas. Tienen sopa y galletas para un mes, según los cálculos de Barbosa.

Por la mañana del segundo día, Barbosa se pone uno de los abrigos del perchero y sale a caminar por la nieve. La cabaña está en la cima de una colina nevada, a pocos metros de un despeñadero que domina un valle abrupto, de casi mil metros de hondo. A tres o cuatro kilómetros, en otra cúspide que queda en el lado sur del valle, se ve la torre roja y blanca de un repetidor. El valle entero está nevado. A esta altura la nieve está impoluta: la ceniza del meteorito no ha llegado hasta aquí. Durante esa mañana, baja la colina por caminos de cabras y rodea el valle en dirección este, dejando un rastro solitario de huellas en la nieve. En mitad de la caminata se agacha y recoge algo del suelo. Un tallo de una mata de flores. La corona viva de un edelweiss.

El tercer día Barbosa registra la cabaña a fondo bajo la mirada inexpresiva del hombre gordo. Saca todas las latas de sopa y todos los paquetes de galletas del armario, los amontona en el suelo y los vuelve a guardar. Inspecciona el contenido del baúl: ropa usada, incluyendo varios pares de calcetines de montaña, una gorra con orejeras y dos jerseys de lana. Destapa el bulto que hay cubierto con una tela sobre la mesa y se lo queda mirando: un transceptor de radio, con su micrófono y los auriculares colgados de sendos ganchos. Con el cable de alimentación pero sin la batería. El hombre gordo se limita a mirarlo todo desde su colchón. Por fin Barbosa encuentra algo entre su propio colchón y la pared. Un libro. Lo acerca a la chimenea para leer las letras repujadas de la cubierta. ALICIA EN EL PAÍS DE LAS MARAVILLAS. Saca un paquete de galletas del armario y se tumba en la cama con el libro. Lo abre por el primer capítulo y se enfrasca en sus líneas familiares.

«Cayendo y cayendo y cayendo» —lee en la segunda página—. «¿Es que nunca se iba a acabar la caída? "Me pregunto cuántas millas habré caído ya...", dijo Alicia en voz alta. "Me debo de estar acercando al centro de la Tierra. A ver, eso son unas cuatro mil millas de caída, creo yo..." (Porque fíjense: Alicia había aprendido bastantes cosas de esas gracias a sus lecciones en la escuela, y aunque aquella no era LA MEJOR oportunidad para demostrar sus conocimientos, puesto que no había nadie escuchándola, aun así repetirlo iba muy bien para practicar). "Sí, es más o menos esa distancia... Pero me pregunto a qué latitud y longitud estoy yendo a parar..."

(Alicia no tenía ni idea de qué eran la latitud ni la longitud, pero le parecían unas palabras estupendas y majestuosas.) Al cabo de un momento continuó: "¡Me pregunto si voy a salir POR EL OTRO LADO de la Tierra! ¡Qué gracioso será salir por entre la gente que camina cabeza abajo! Las Antipáticas, creo que se dice..."»

Barbosa muerde una galleta y suelta una risita por lo bajo. Mira al hombre gordo con las cejas enarcadas.

—Las *Antipáticas* —le dice.

Un trueno lejano hace temblar un poco los cristales de la cabaña. Barbosa se pasa el resto del día leyendo, mientras los truenos se van acercando, y ya es noche tormentosa cuando termina el libro.

Los días cuarto y quinto Barbosa no sale de la cama. La tormenta azota el refugio. Las ventanas y la puerta no ajustan bien y dejan entrar ráfagas de nieve y agua. El aullido del viento. Los golpes de la puerta contra el quicio. El crujido del tejado bajo la nieve Los dos hombres permanecen bajo las mantas, levantándose solamente de vez en cuando para echar una rama al fuego de la chimenea. El resto del tiempo dormitan en la penumbra, con los postigos cerrados, o bien mirándose. El tiempo mismo deja de tener forma. Levantarse para echar una rama al fuego. Los golpes de la puerta contra el quicio. El crujido del tejado bajo la nieve. A veces Barbosa abre los ojos y ve al hombre gordo sentado junto al fuego, comiendo la sopa de una lata. Sesenta latas de sopa y veinticuatro paquetes de galletas. Dos jerseys de lana, un gorro con orejeras y cuatro pares de calcetines de montaña. Barbosa cierra los ojos y dormita durante otro intervalo sin forma. Por mucho que doble las piernas, es demasiado alto para su colchón y los tobillos le sobresalen de debajo de las mantas. En el refugio no hay relojes.

No hay nada que hacer. Levantarse para echar una rama al fuego. Dormir un par de horas más. El crujido del tejado bajo la nieve. El aullido del viento.

Al cabo de seis días en la nieve, Teo Barbosa abandona el resguardo del refugio. La tormenta ha terminado y la montaña entera yace bajo un metro de nieve que obliga a Barbosa a salir por la ventana. Se lleva fuera el cuchillo de monte que usan para abrir las latas de sopa y se dedica a lanzarlo contra los pinos y las hayas para probar puntería. Se rapa el pelo y la barba con el cuchillo y se pasea con el cuero cabelludo lleno de arañazos.

Barbosa no sabe qué hora es cuando se despierta en su último día en el refugio, pero la luz del sol ya se cuela por las rendijas de la puerta. Oye un ruido fuera y se incorpora hasta sentarse. El hombre gordo sigue dormido. Barbosa se echa la manta sobre los hombros y sale de la cabaña.

Delante del refugio, sentada en una roca, hay una mujer fumando un cigarrillo. La mujer se gira para mirarlo cuando él sale por la puerta, con la manta encima de los hombros y la cara legañosa. Es muy delgada y muy pálida y tiene el pelo pajizo muy claro, como si se hubiera caído dentro de alguna clase de solución corrosiva que le hubiera borrado todos los colores. Lleva un abrigo largo de pelo blanco bajo el cual asoman unos leotardos rotos. Cuando se gira, Barbosa puede ver que tiene un ojo ciego. Ella suelta un soplido de burla cuando ve la cara con que Barbosa está mirando su cigarrillo y se saca un paquete del bolsillo del abrigo.

—Ten, anda —le dice.

Barbosa se enciende el cigarrillo que ella le ofrece y da una calada con expresión de placer.

—Según el protocolo de los encuentros en la alta montaña ahora debería presentarme —dice—. Lo que pasa es que todavía no me han dicho cómo me llamo.

La mujer lo mira, fumando.

—Y supongo que tampoco debería preguntar quién eres tú —continúa Barbosa.

—Soy la Madre Nieve —dice ella.

—¿*La Madre Nieve*? —repite él, sonriendo—. ¿Qué le pasa aquí a todo el mundo con los nombres? ¿Quién voy a ser yo?¿El Fiel Juan?

La mujer hace una mueca despectiva.

—Eres demasiado alto para ser el Fiel Juan —dice—. Además, ya tuvimos uno.

La mujer apura su cigarrillo y lo tira en la nieve. Barbosa señala con la cabeza el sur del valle, en dirección a la torre blanca y roja del repetidor.

—Eso de ahí es España, ¿verdad? —dice—. Estamos al otro lado de la frontera. —Se hurga en el bolsillo y saca la corona del edelweiss—. Encontré esto. La joya de la flora pirenaica.

—La curiosidad mató al gato —dice ella.

—Blanco y sus amigos me dejaron aquí porque hasta aquí podían llegar —sigue diciendo Barbosa—. Es peligroso para ellos. Imagino que la gendarmería tiene patrullas de montaña por toda esta zona. —Señala la cabaña con su cigarrillo—. Este refugio es una especie de buzón. Aquí se deja el correo y luego alguien viene a buscarlo.

La Madre Nieve se queda mirando fijamente a Barbosa. Hay algo extraño en su forma de mirar fijamente, y Barbosa tarda un momento en darse cuenta de qué es: da la impresión de que lo está mirando con el ojo ciego. Una ráfaga de viento helado lo obliga a arrebujarse dentro de su manta.

—No eres demasiado simpática, ¿lo sabes? —balbucea Barbosa, aterido.

La mujer señala con la cabeza los botines de cuero que lleva Barbosa en los pies.

—Entra ahí y corta un trozo de la manta. Y átatela alrededor de los pies. Con esos zapatos no vas a llegar a ningún lado. Y nos espera una caminata bien larga.

19

LA NOCHE EN QUE MURIA POR FIN
PISA TERRENO FAMILIAR

Melitón Muria se dedica a agitar suavemente un DYC con hielo mientras escruta diferentes partes de anatomías femeninas desde la barra del bar de caoba y terciopelo. Es la Noche En Que Muria Por Fin Pisa Terreno Familiar. En el taburete de al lado, Arístides Lao está bebiendo un vaso de agua, dando sorbos a intervalos demasiado regulares como para que respondan a nada parecido a la sed. Las piernecitas cortas y rechonchas le cuelgan del taburete. Las porciones de su cabeza que no tienen pelo centellean al rebotar en ellas la luz de la bola de espejos. La sala está llena de hombres trajeados y de mujeres ligeras de ropa. Mujeres que se sientan en el regazo de los hombres y les ríen exageradamente las bromas. Además de caoba y terciopelo, el salón está generosamente provisto de estatuas de temática profana. Aunque su traje impecable y sus botines relucientes no se distinguen particularmente de los que lleva a diario, la nube de olor a colonia que rodea a Muria sí que parece responder a los requisitos profesionales de la noche.

—Es la primera vez que viene usted a un sitio de éstos, ¿verdad, jefe? —dice, contoneándose metafóricamente con elegancia felina por el terreno felizmente familiar.

Lao da un sorbo de agua.

—Esto sí que lo tengo por la mano —continúa Muria—. Para el ejército y para la inteligencia civil puede que sea un zoquete, pero las mujeres, como se suele decir, no tienen secretos para mí. —Da un trago de su DYC y mira a su alrededor con el ceño fruncido—. ¿Y cómo vamos a reconocer al contacto? ¿O nos reconocerá él a nosotros?

Arístides Lao está a punto de contestar cuando se les acerca una mujer. Lleva minishorts blancos, camiseta transparente y unos tacones exageradamente altos que hacen que parezca ligeramente borracha cuando por fin se detiene junto a Muria. La mujer sonríe y un diente de oro le centellea inesperadamente en medio de la dentadura.

—Madre mía, pero si es mi prima —dice Muria en tono jovial, cogiendo a la mujer de la cintura—. ¿Cómo va eso, primita? ¿Cuándo has llegado del pueblo?

—Antes que tú, eso está claro. —La mujer se quita la mano de Muria de la cintura con una palmada experta—. Sois nuevos por aquí, ¿eh? Yo me acordaría de dos hombres tan...

La frase muere en su garganta cuando su mirada se posa en Arístides Lao. Por un momento su expresión se parece a la de alguien que se acaba de encontrar una criatura extremadamente viscosa e imposible de identificar en el plato que se estaba comiendo. A continuación su expresión se parece a la de alguien que acaba de encontrar *la mitad mordida* de esa criatura en su plato. Por fin da un paso hacia atrás, amedrentada, y sus tacones exageradamente altos están a punto de derribarla de espaldas. Su reacción es bastante habitual en la gente que ve por primera vez a Lao, aunque casi siempre es peor en las mujeres. Prácticamente todo el mundo detesta a primera vista a Lao, pero es en las mujeres donde se concentran las mayores proporciones de rechazo. Es posible que tenga algo que ver con el aspecto desvalido de su cuerpecillo blando y lechoso. Algo que apela al instinto maternal pero *en sentido negativo*. Que provoca el suicidio inmediato de dicho instinto. Una reacción visceral e incontenible ante semejante equivocación de la naturaleza.

Hay un silencio incómodo. Los centelleos de su calva sugieren que Lao se la ha untado con alguna pomada o ungüento. Por entre los eccemas y forúnculos asoman mechones ralos de pelo rojo. Se trata de una de esas calvas con áreas irregulares de pelo, como continentes en un océano de epidermis enferma.

La mujer traga saliva.

—¿Buscabais a alguna chica en particular? —consigue decir.

—A ver. —Muria se saca la billetera y se pone a contar aparatosamente billetes delante de la mujer—. La verdad es que estamos esperando a alguien, chata. Alguien con quien hemos de tener una conversación *importante*, ya me entiendes. —Hace el gesto de meterle un billete de mil en el escote, pero como la mujer no lleva nada parecido a un escote, cambia de idea y se lo intenta meter en la cinturilla de los pantalones—. Esto es para que nos guardes el secreto. Pero hasta que nuestro hombre llegue, no veo por qué no puedes tomarte una copa con nosotros. —Le guiña un ojo a la cara de horror de la mujer—. Y tal vez algo más, ¿eh?

Muria está a punto de decir algo más cuando ve que Lao está haciendo un gesto que podría o no ser una señal dirigida al camarero. La mujer de los minishorts aprovecha el momento de confusión para desaparecer.

—¿Jefe? —Muria se termina su DYC de un trago—. ¿Cómo es que ese hombre ha accedido a vernos? Iturribarralde o como se llame...

—Albaiturriaga —dice Lao—. Intente controlarse, por favor.

Dos DYC con hielo más tarde, Muria está en el centro de la pista de baile vacía del bar, bajo la bola de espejos. Su baile parece un híbrido entre el baile regional de alguna región sin explorar de la Península Ibérica y la idea del claqué que pueda tener alguien que no lo ha practicado nunca. En la última media hora ha manoseado la anatomía de por lo menos cinco señoritas de la sala. Ahora interrumpe momentáneamente su taconeo para mirar cómo una mujer vestida con salto de cama se dirige a Arístides Lao. Hace un intento infructuoso de dar un trago del vaso vacío de DYC que lleva en la mano y regresa a la barra con zancadas titubeantes.

—Mi amigo es bastante tímido con las mujeres —le anuncia a la mujer, lo bastante alto como para que lo oigan desde toda la barra—. No es mi caso.

La mujer hace una señal con la cabeza a Lao, que se levanta del taburete y echa a andar detrás de ella. Muria se queda desconcertado, con el vaso vacío en la mano. Por fin echa a correr detrás de la pareja.

El ascensor por el que la mujer los lleva ahora no es el mismo ascensor por el que el valet los ha traído al bar. A fin de salvaguardar el anonimato de sus clientes, el establecimiento cuenta con un sistema de pasillos divididos en secciones separadas por puertas que solamente se pueden abrir cuando se enciende una luz verde encima de ellas. Muria corretea detrás de Lao y la mujer, nervioso.

—Jefe —dice entre dientes—. ¿Está seguro de que quiere hacer esto? O sea, los dos juntos...

La mujer se detiene ante una puerta con un farolillo chino. Llama con los nudillos antes de abrirla. Los dos agentes la siguen al interior. El cuarto entero está decorado con motivos chinos, incluyendo los dibujos eróticos de las paredes y las sábanas de seda estampadas de la cama circular. Al otro lado del cuarto está la puerta abierta del lavabo.

—Bueno pues. —Muria se saca la billetera—. Aquí estamos. No es como yo lo habría querido hacer, pero...

Sin decir una palabra, la mujer sale del cuarto. Muria todavía está boquiabierto cuando un hombre muy moreno en mangas de camisa aparece en la puerta del lavabo.

—Caray —dice Muria—. Yo...

Albaiturriaga se sienta en la cama circular y enciende un cigarrillo rubio. Al sentarse, la pernera del pantalón le sube hasta medio tobillo, dejando ver una pistola de nueve milímetros sujeta con una tobillera. Suelta una bocanada de humo y señala a los dos agentes con el cigarrillo.

—Será mejor que esto sea importante, hijos de la grandísima puta —les dice—. *Dos años* llevo aguantando. Dos años sin ver a mi familia. Y de pronto aparecen dos subnormales y lo ponen todo en peligro solamente porque a algún imbécil de la central le sale de los cojones hacerse el poderoso.

—Esto no viene de la central —dice Lao.

—*Me da igual* de quién venga. —Pone cara de asco—. ¿Quién coño sois vosotros? Cuesta de creer que trabajéis para el Servicio, con esas pintas de retrasados mentales.

—La operación Cólera, señor Albaiturriaga —dice Lao—. Se infiltró a tres operativos. «Los Tres de Colonia», los apodaron. Operativos de élite. Tengo entendido que hicieron la instrucción juntos.

—No me diga.

—Dorcas fue el primero en caerse. A Barbosa no lo encontramos. Solamente queda usted.

—Y no es gracias a imbéciles como vosotros —dice Albaiturriaga.

Lao se saca algo del bolsillo de la americana. Una bolsita de plástico precintada como las que se usan para guardar evidencias policiales. Dentro hay un papel con algo anotado. Le ofrece la bolsita a Albaiturriaga, que estira el brazo para cogerla sin levantarse de la cama, obligando a Lao a acercársela.

—Barbosa tuvo su último contacto hace veinticinco días —explica Lao—. Antes había dejado el sindicato y la facultad. Ya no hay actividad en su domicilio. La última vez que sacó la basura había esto dentro.

Albaiturriaga lee la nota de la bolsita.

—«Ha llamado el electricista» —lee. Levanta la vista hacia los dos agentes—. Esto quiere decir que se han puesto en contacto con él desde el otro lado. ¿Y vosotros os lo creéis?

—Usted conoce a Barbosa. Hicieron la instrucción juntos. Y por fuerza le tienen que haber llegado voces, desde su partido. Barbosa lleva dos semanas desaparecido. Si no está en el otro lado, es que lo han matado. Usted es el único que podría saberlo.

Albaiturriaga niega con la cabeza, contrariado.

—Os podríais haber ahorrado molestarme si hubierais hecho los deberes —dice—. La organización de mi partido no funciona así. Las organizaciones filiales son completamente estancas. Las federaciones locales son autónomas, y las células de captación son móviles. Ni siquiera tenemos todo el organigrama. Y lo que pasa al otro lado, simplemente desaparece. —Hace un gesto de prestidigitador—. Deja de existir. Lo hemos perdido.

—Usted es nuestro último recurso. —Lao lo mira fijamente.

Albaiturriaga hace un gesto exasperado.

—¿Y desde cuándo Barbosa es tan importante? —dice—. ¿Lo bastante como para poner en peligro el resto de la operación?

—Eso no se lo podemos decir —Muria suelta una calada de humo de Rex con expresión de astucia.

Albaiturriaga suspira. Se seca el sudor de la frente.

—Si es verdad que lo han pasado al otro lado —dice por fin—, entonces lo habrán puesto a prueba. No se andan con bromas. Tal vez lo hayan torturado. Es un proceso largo. Lo habrán tenido vigilado, lo habrán investigado, lo más seguro es que le hayan puesto un familiar.

—¿Un familiar? —pregunta Muria sin abandonar la mueca de astucia.

—Una persona que se gana la confianza del vigilado —explica Lao—, que traba amistad con él.

Algo infinitesimal cambia en la cara de Albaiturriaga. Se trata de una cara obviamente entrenada para no reflejar los cambios de ánimo ni las revelaciones interiores, pero aun así Lao percibe el cambio.

—Acaba usted de recordar algo —le dice Lao—. Acaba de caer en la cuenta de quién es el familiar de Barbosa.

—Hay una chica. —Albaiturriaga se aplasta la colilla en la suela del zapato—. Sara algo. Una chica flaca. Una compañera del sindicato. Estudiante de Bellas Artes.

Muria y Lao se miran.

—Me suena —dice Muria—. Había algo en el expediente. Pero no tenemos nada destacado de ella.

—Llevan un tiempo saliendo juntos.

—¿Cómo puede saber usted eso? —Ahora es Lao quien niega con la cabeza—. Acaba de decir que las organizaciones filiales de su partido son estancas.

Albaiturriaga suelta un soplido de burla.

—Barbosa no es precisamente un hombre discreto —dice, poniéndose de pie—. Y esta ciudad es pequeña. ¿Han oído hablar de un sitio llamado bar Texas?

Parece que a Muria se le han pasado los efectos del alcohol.

—Pero en los últimos informes de Barbosa no había nada sobre esa chica —dice, perplejo.

—Es posible que Barbosa no se diera cuenta —dice Albaiturriaga, caminando hasta la puerta—. O es posible...

—Es posible que la estuviera protegiendo —termina la frase Lao.

Albaiturriaga golpea con los nudillos el interior de la

puerta. Al cabo de un momento ésta se abre desde fuera.

—Le estamos muy agradecidos —dice Lao mientras sale.

—Buena suerte con la chica flaca. —Albaiturriaga hace una mueca de burla—. O con lo que quede de ella para cuando la encontréis.

20

RUECA

El amanecer pirenaico es vertiginoso y dolorosamente brillante. Un resplandor que parece emanar de la nieve misma. En su cama del caserón, Teo Barbosa se despereza y se pone de costado para mirar el cuerpo desnudo de la Madre Nieve. El amanecer revela la palidez inverosímil de su cuerpo. Los miembros casi raquíticos. Los moretones de sus encuentros sexuales de los últimos días. La melena pajiza que hace pensar en cosas descoloridas por el sol. En cosas sumergidas en soluciones corrosivas. Por fin ella abre los ojos: el ojo que ve y el ojo ciego. Vistos bajo el resplandor alpino, los dos ojos no parecen pertenecer a la misma persona. No tienen ni el mismo tono ni tampoco exactamente la misma forma.

—¿No te da la sensación de que esto es completamente incorrecto? —pregunta Barbosa.

Ella se lo queda mirando.

—Somos soldados —explica él—. Somos el Hombre Nuevo. Hemos dejado atrás nuestras vidas privadas. Se las hemos dado a la Revolución. No hay sitio para el placer privado. La *agogé* espartana, ¿recuerdas?

Ella se lo queda mirando de esa manera que da la impresión de que lo está mirando con el ojo ciego.

—Te estás sobrevalorando, camarada —dice por fin.

—¿En serio? —dice él—. Si hacemos esto cada noche, ¿cuánto tardaremos en intimar? ¿En caer en los viejos hábitos burgueses?

—¿Qué quieres, que dejemos de hacerlo?

Barbosa se echa a reír.

—¡Cielo santo, *no*! —dice.

—Podemos hacer lo que queramos con nuestros cuerpos —dice ella—. ¿O es que te crees que eres el primero que hace esto aquí?

—Pero el cuerpo y la mente no viven en mundos separados —replica él—. La filosofía ya superó ese vestigio idealista hace siglos. El cuerpo *recuerda*. Tu cuerpo recuerda a tus antiguos amantes.

Antes de que Barbosa pueda reaccionar, la Madre Nieve le ha agarrado los testículos con su mano huesuda y se los está apretando con una fuerza que resulta completamente inverosímil en una mujer de su envergadura. Él se queda sin aire.

—Yo hago *lo que quiero*, ¿me entiendes? —le dice ella—. Soy la *Madre Nieve*.

—Claro —consigue decir él—. Faltaría más.

—No me voy a *enamorar* de ti, imbécil —escupe ella—. Yo no me enamoro.

Barbosa asiente con la cabeza hasta que ella lo suelta. Se queda un momento tumbado, recuperando lentamente el aliento. La Madre Nieve estira el brazo para coger el paquete de Gitanes que hay en la mesilla de noche, al lado del ejemplar de *Alicia en el país de las mara-*

villas de Barbosa y de la pistola Star M30. Enciende uno y expulsa una bocanada de humo mirando el techo con su ojo ciego.

—¿Cómo pude hacerme ilusiones? —gruñe Barbosa.

—Será mejor que bajemos ya —dice ella—. Hoy te espera una sorpresa.

—¿Viene a verme el camarada Cuervo? —dice él—. ¿Por fin?

Ella se lo queda mirando.

—Eres demasiado listo —le dice.

Cinco minutos más tarde, los dos están sentados en compañía de los otros dos miembros del comando, Piel de Oso y Dama Raposa. Todos comiendo sumariamente sus raciones de café con pan y huevos. Todos muy jóvenes y muy delgados y con el pelo largo y ropa de lana. La mesa es de piedra y ocupa un lado de la enorme cocina rural con su chimenea y sus vigas de madera sin barnizar. Barbosa y la Madre Nieve dejan que la Dama Raposa les sirva el desayuno.

—Pero bueno, ¿nadie me iba a decir lo de mi sorpresa? —Barbosa pone una cara de intriga teatral—. Pero si me muero de ganas de conocer a nuestro fundador. ¿Dónde lo tenéis escondido?

Piel de Oso se lo queda mirando. Es bajito y moreno y apuesto de esa manera en que lo son algunos muchachos granujientos y pequeños delincuentes. Frente al fregadero, la Dama Raposa se gira para mirarlo.

—Te toca hacer la colada, camarada —le dice.

Es media mañana cuando el Land Rover aparece por la pista forestal parcialmente despejada de nieve. Barbosa deja a un lado el hacha con que está partiendo leña y se seca el sudor de la frente. El caserón está en el fondo de una cañada, probablemente un paso ancestral de pastores, con un arroyo glaciar en la parte baja. Según las explicaciones que le han dado sus compañeros con la ayuda de un mapa vetusto, la cañada parece encontrarse en algún lugar situado directamente al norte de los lagos de Néouvielle. El Land Rover se detiene delante de la casa y el camarada Cuervo sale cerrando la portezuela a su espalda, cargando con su mochila. Barbosa clava el hacha en el tajo y se frota las manos en el abrigo. A la luz matinal, el camarada Cuervo no se parece en nada a la figura espectral que Barbosa vio sobre las vías muertas, y sin embargo no hay duda de que se trata de la misma persona. El sombrero negro y ancho es el mismo, combinado ahora con un grueso poncho de flecos y unas botas de montaña. No lleva la cara pintada de blanco, aunque sí es pálido y no tiene ninguna clase de barba ni bigote. No es demasiado alto pero sí apuesto, con una nariz aguileña, el pelo rizado y unos ojos pequeños y asombrosamente penetrantes. A Barbosa le recuerda poderosamente al músico americano Bob Dylan. Después de saludar cálidamente al resto del comando, se dirige a Barbosa y le da un fuerte abrazo.

—Me moría de ganas de conocerte, camarada —le dice, sonriendo—. Me han contado que llevas una semana inflando los cojones de todo el mundo a preguntas.

—Al parecer la curiosidad mató al gato. Eso me han dicho ellos.

—Y supongo que tú les has preguntado por qué.

Barbosa sonríe también. El camarada Cuervo rezuma esa seguridad en sí mismo vagamente insultante de todos los líderes carismáticos. Sus ojos dan la impresión de entrar directamente en tu alma, abrir las ventanas de par en par y ponerse a vaciar los cajones en el suelo.

Ahora le da su mochila a Piel de Oso para que la lleve a la casa.

—Acompáñame, camarada —le dice a Barbosa—. Me apetece estirar las piernas un rato. Cuando llegue el frío de verdad ya no se podrá pasear.

Los dos echan a andar por detrás de la casa y después por un camino de cabras que sube entre los peñascos.

—Tus compañeros son gente bien entrenada —dice el camarada Cuervo cuando ya se han alejado lo bastante del caserón—. Pero ahora que no te oyen puedes aprovechar. Para eso he venido, entre otras cosas. Puedes hacerme todas las preguntas que quieras.

Barbosa lo piensa un momento, sin dejar de caminar.

—¿Por qué yo? —dice por fin—. Ni siquiera me querían en el sindicato. ¿Cómo es que ahora estoy aquí?

—Eso es algo que solamente puedes contestar tú. ¿Qué te hizo querer estar aquí?

Barbosa se encoge de hombros.

—Supongo que me harté de todo. De las reuniones y de mis compañeros y del sindicato y de la política, y también de la gente y de los trabajadores y del país entero. Mi alma necesitaba sacrificio. —Sonríe—. Trascendencia. Gloria. Quería hacer algo que hiciera temblar a España. Que la pusiera de rodillas.

—Y por eso estás aquí —dice el camarada Cuervo.

—Pero en el sindicato ni siquiera les gustaban mis ideas. Dijeron que era un cínico y un involucionista.

El camarada Cuervo hace un gesto quitándole importancia al asunto.

—Las ideas son útiles a veces —dice—. Pero son mucho menos importantes que vuestros motivos profundos. El deseo y el odio y el miedo de cada cual. Eso es lo que os ha traído aquí. Y lo que os convierte en quienes sois. Cada uno de vosotros tiene motivos íntimos para estar en la lucha.

—¿También la Madre Nieve?

El camarada Cuervo se ríe.

—La Madre Nieve es un pozo demasiado oscuro hasta para mí —dice.

—¿Y qué es esto de los nombres de cuentos de Grimm? —dice Barbosa—. ¿No es pasarse de romanticismo? En vez de guerrilleros maoístas parecemos bandoleros de cuento de hadas.

El camarada Cuervo se detiene en lo alto de una peña. Se da la vuelta y contempla el tramo que ya han subido. Por debajo de ellos, los miembros del comando han regresado a sus tareas. Los dos permanecen un momento así, con los brazos en jarras, soltando nubecillas de vapor por la boca.

—Supongo que sabes que antiguamente los meteoritos estaban rodeados de supersticiones —dice el camarada Cuervo—. Bolas de fuego que caían del cielo... te puedes imaginar. Se creía que eran manifestaciones de la furia de Dios. Ángeles con espadas llameantes. También se creía que podían derrocar imperios.

El camarada Cuervo clava el acero de su mirada en Barbosa.

—¿Qué crees que va a hacer ese meteorito con España, camarada?

—¿Con España?

—Sí.

—¿Hablando metafóricamente?

—¿Metafóricamente? —El camarada Cuervo pone cara de perplejidad—. No.

—No estoy seguro de entender la pregunta.

—Has dicho hace un momento que estabas harto de la gente. De los trabajadores. De los españoles. ¿Qué es lo que te molesta de ellos?

Barbosa lo piensa un momento largo.

—Que están muertos —dice por fin.

—*Exacto*. Caminan y hablan pero están muertos. Son muertos vivientes. Alguien les ha hecho un conjuro. Como en los cuentos de Grimm.

—¿Y quién les ha hecho un conjuro?

El camarada Cuervo echa a andar otra vez. Barbosa lo sigue.

—Ésa es la pregunta crucial —dice—. Quien fuera que lo ha hecho, es nuestro enemigo. Tal vez lo hizo Franco, pero Franco está muerto. Quienes lo hacen ahora presentan el problema de ser invisibles. Su cometido es detener la historia. Sepultarla. Crear un presente infinito donde nadie se dé cuenta de que está bajo un conjuro. Son los Hombres Sin Alma.

—¿Y qué podemos hacer nosotros contra ellos?

—¿Me lo preguntas a mí?

—¿Cómo podemos poner a un país entero en jaque? ¿Podemos realmente derrocar un gobierno? ¿Con pistolas de nueve milímetros y un puñado de hombres escondidos en las montañas?

El camarada Cuervo se detiene un momento para recoger un trozo de rama muerta. Se pone en cuclillas y escribe tres letras con la rama en la nieve.

TOD

—¿Sabes idiomas, camarada?

—Es «muerte» en alemán. Y el nombre de nuestra organización.

—Eso mismo somos nosotros —dice el camarada Cuervo—. Somos la muerte. Somos lo que hace falta para que la historia se vuelva a poner en marcha. Hace falta la sangre y el sacrificio. Para poner todo a rodar otra vez. Ellos son la rueca y nosotros somos el beso del príncipe.

El camarada Cuervo se incorpora y se queda mirando a Barbosa desde debajo del ala del sombrero. La diferencia de alturas lo obliga a doblar el cuello y mirar hacia arriba.

—¿Cómo te llamaremos, camarada? —dice, sonriendo otra vez—. Te pega bastante ser Juan el Listo.

21

(NO) LOBO QUE (NO) SALTA SOBRE UNA (NO) PERSONA

Después de esperar varias horas en distintos rincones de las dependencias del centro de detención, después de enseñar su acreditación y sus documentos del Servicio a una larga serie de policías de mirada inexpresiva, después de aguardar al resultado de toda clase de comprobaciones telefónicas y comunicaciones internas, Arístides Lao consigue acceder a una zona restringida del centro de detención donde no hay sillas. Por supuesto, cualquier otro visitante se habría fijado antes en muchos otros detalles. La mente de Lao, sin embargo, ha sido adiestrada para captar anomalías en sistemas y flujos de datos. Y qué es el mundo sino un enorme flujo de datos. En la zona restringida del centro de detención hay muchos armarios, todos con cerradura. Hay cubos llenos de agua rancia y una manguera colgada de un gancho de la pared en el mismo pasillo donde han puesto a esperar a Lao. Y un fregadero enorme con azulejos en las paredes, cuatro artesas de cemento y un desagüe en medio del suelo. Las distintas anomalías sistémicas tienen todas fácil explicación. Los distintos transistores de radio que Lao ha visto en las dependencias son para ahogar otros ruidos. El olor a desinfectante es para tapar el olor a heces y vómito. Las sillas, como sabe todo el mundo, son el elemento mobiliario determinante para saber si un lugar está habitado o no.

—¿Y éste quién es? —dice el agente de la Brigada Político Social que se está lavando las manos en una de las artesas, delante de Arístides Lao.

—Servicio Central de Documentación —le contesta la voz de otro agente desde el cuarto de al lado.

—¿Otro? —El agente que se está lavando las manos niega con la cabeza—. Tanta gente para al final nunca enterarse de nada.

El agente de la Social termina de lavarse las manos, las sacude hacia delante en lugar de usar la toalla y por fin se da la vuelta para mirar a Lao con una mueca de escepticismo. Tiene unos brazos gigantescos y una calva reluciente.

—Y supongo que querrá leer nuestro informe —dice. Su voz resulta insospechadamente cortés para pertenecer a alguien que se está lavando las manos en este fregadero a las tres de la madrugada. Señala con la cabeza unos papeles que hay en una mesa detrás de la espalda de Lao—. Ahí lo tiene, recién salido del horno. Cinco minutos antes y nos pilla escribiéndolo.

Lao se salta el acta de detención y pasa a leer el informe del interrogatorio. Está terminando de leerlo cuando el agente de la Social regresa al fregadero con un café humeante y un cigarrillo encendido en los labios.

—Ha cantado como una hermosura. —El agente señala el informe con la cabeza—. Su novio ha pasado al otro lado. Ella misma le hizo los informes internos. —Da un sorbo de café—. No te había visto nunca por aquí. ¿De qué sección eres?

—Unidad de Apoyo Especial —dice Lao, sin levantar la vista del informe—. ¿Qué van a hacer ahora con ella?

El agente de los brazos enormes y la calva reluciente se encoge de hombros.

—Está bajo la Ley Antiterrorista, o sea que de aquí se va directa a la cárcel. —Da una calada a su cigarrillo—. Solamente hay que lavarla y ponerle el pijama. Los tuyos han estado aquí en el interrogatorio, o sea que en realidad ya hemos acabado con ella.

Lao señala una anotación del informe:

—¿«Alto riesgo de suicidio»?

—Es una nota que ponemos para que en la preventiva no le quiten nunca las esposas —explica el agente—. Algunos de esos cabrones se suicidan de verdad. Y nunca se sabe si va a haber que interrogarlos otra vez.

—¿Puedo verla?

El agente se mira el reloj de pulsera.

—No te queda mucho antes de que la vengan a buscar —dice.

El mundo para Arístides Lao es un enorme flujo de datos, un océano donde pescar isomorfismos, un torrente continuo de elementos sensoriales que rastrear en busca de relaciones dinámicas, objetivos, rasgos de totalidad y equilibrios internos. La danza infinita de las regularidades con las irregularidades, girando en un ciclo infinito y no lineal. El baile terriblemente desapasionado de la entropía con la entropía negativa. Sistemas dinámicos no lineales, con sus puntos periódicos y sus puntos estables, sus puntos atractores y sus turbulencias, observados y registrados por unos ojos y una cara que no son ventanas a ningún alma. Que interactúan con el ciclo interminable de sistemas dentro de otros sistemas como algo fundamentalmente ajeno al mismo. Que recuerdan esa falta de empatía indescriptiblemente repulsiva del autismo pero de alguna manera van mucho más allá. Unos ojos y una cara que son como pantallas en blanco, como esas pantallas parecidas a ojos abiertos de los sistemas informáticos, una máquina de almacenamiento y procesamiento de información. Un Síndrome de Asperger cósmico. Una cosa sin alma. Que ahora entra en la celda del centro de detención y contempla el cuerpo destrozado de Sara Arta sin que la pantalla en blanco de su cara refleje nada.

Una celda sin más mobiliario que un banco de madera alargado. Manchas gigantes de humedad en las paredes. Ganchos en el techo y cables eléctricos. Una bombilla sin lámpara. Huele a quemaduras de cigarrillo y a pelo chamuscado. Una de las manchas de humedad de la pared guarda un parecido morfológico sorprendente con el contorno de un lobo que está saltando encima de una persona. Sara Arta se encoge instintivamente al oír la puerta, pero sin moverse del rincón donde está sentada. Levanta la cara y Lao ve que está intentando abrir los ojos para verlo, pero los tiene demasiado inflados. Lao espera a que la puerta de la celda se cierre detrás de su espalda para hablar.

—No se preocupe —dice—. No he venido a interrogarla. No le voy a hacer daño.

Sara Arta murmura algo ininteligible.

—Son las tres de la madrugada del viernes. —Lao se queda junto a la puerta—. Lleva usted veinte horas aquí dentro. Es normal que esté desorientada. Van a venir a buscarla ahora. Va a ir usted a la cárcel, me temo.

Sara Arta levanta dos dedos.

—¿Tienes un cigarrillo? —dice con la voz quebrada.

—No fumo —dice Lao.

Sara Arta hace un gesto que desempeña las funciones de un chasquido molesto de la lengua pero que suena más como un borboteo. Gira la cabeza trabajosamente y suelta un escupitajo de sangre en el suelo.

—Es culpa mía que esté usted aquí —continúa Lao—. No fui lo bastante eficaz. Yo tendría que haberla encontrado primero. Es mi trabajo, encontrar cosas. Si la hubiera encontrado yo primero, la habría puesto bajo protección. Mi unidad no sigue los protocolos habituales. Podríamos haber negociado y la habría sacado del país. —Enseña las palmas de las manos—. Me tengo que disculpar.

Sara Arta vuelve a escupir sangre en el suelo.

—Vete a tomar por el culo —dice—. Pídeme un cigarrillo.

—Todavía podría ayudarla —sigue diciendo Lao—. Obviamente ya no puedo sacarla de la cárcel. Fuera no duraría ni un día. Pero puedo ayudarla mientras esté dentro. Evitar que le vuelvan a hacer daño. Tal vez hasta conseguirle régimen de visitas. A cambio de que usted me ayude a mí. Dirijo una unidad autónoma dentro del Servicio de Información Central. Tenemos una operación activa en la que podría ayudarnos. Con el tiempo, si la cosa va bien, tal vez eso le podría reducir la condena.

De la cara desfigurada de Sara Arta sale un ruido entrecortado y líquido que solamente al cabo de un momento se distingue que es una risa. Al cabo de otro momento la risa se desintegra entre toses. Sara mueve la cabeza a un lado y al otro hasta que consigue enfocar de alguna manera a Lao con los ojos inflados.

—Eres el cabrón más feo que he visto en mi vida —dice, entre resuellos—. Pareces un puto aborto andante.

—Es posible que cambie usted de opinión más adelante —sugiere Lao.

—Y es posible que tú rompas los espejos —dice ella—. Hasta después de charlar con tus amigos soy más guapa que tú, monstruo de mierda.

Lao se encoge de hombros.

—Entiendo que Barbosa consiguiera engañarla a usted —dice Lao—. Es uno de nuestros mejores operativos. Entrenado en Alemania. Pero lo que no entiendo es que usted consiguiera engañarlo a él.

—Vete a tomar por el culo. —Sara Arta escupe otro grumo sanguinolento—. No tienes cojones para matarme. —Hace una pausa y aunque sus rasgos ya no pueden expresar nada, de alguna manera consigue componer algo parecido a una mueca ensangrentada de asco—. Salta a la vista que *no tienes* cojones, puto adefesio. Ninguno tenéis cojones de matarme.

Lao llama con los nudillos a la puerta de acero.

—Creo que él se dio cuenta enseguida —dice—. Pero la quiso proteger. No nos dijo ni una palabra de usted. La omitió en todos los informes. Solamente nos enteramos de que usted existía porque alguien los vio en un bar.

Sara Arta se queda mirando a Lao con los ojos inflados. Se lleva una mano moteada de quemaduras de cigarrillos a la cara y se seca la boca con el dorso. El parecido morfológico de la mancha de la pared con un lobo rampante es un dato no significativo. Un ruido sistémico. La mancha no es un lobo y no está saltando encima de ninguna persona. La puerta de acero se abre. Entra una pareja de agentes de paisano, los dos en mangas de camisa, los dos con cigarrillos en los labios. Uno de ellos trae el extremo de la manguera. La prisionera les hace un gesto con los dedos para pedirles un cigarrillo.

—Él la protegió, señorita Arta —dice Lao, en la puerta—. Por eso no la pude encontrar. No me imaginé que él la protegería.

El ruido de otro escupitajo de sangre es el último que oye Lao antes de salir de la celda del centro de detención.

22

LUZ BLANCA

No hay más que luz blanca cuando Teo Barbosa abre los ojos. Un estallido blanco. El amanecer pirenaico que lo invade todo. Un mundo blanco. Y en medio de ese mundo, una silueta negra. Barbosa se restriega los ojos. Se incorpora sobre los codos. La cama vacía. El costado de la cama donde duerme la Madre Nieve está vacío. Se restriega la cara y vuelve a mirar a la silueta negra que está plantada delante de la cama. Es el camarada Piel de Oso, mirándolo con su cara de muchacho granuja y apuntándolo con una de las pistolas M30 del comando. Barbosa se pone la mano sobre los ojos a modo de visera.

—Ya puedes bajar la pistola, camarada —dice—. Si no la has usado ya, es que no la vas a usar.

Piel de Oso hace una mueca de burla.

—Ven conmigo, camarada —dice—. Hay alguien fuera que quiere verte.

Barbosa se incorpora hasta sentarse, tomándose su tiempo. Estira el brazo para coger los pantalones, pero el otro chista con la lengua.

—Deja eso, camarada —dice—. Nada de ropa. Te va a sentar bien un poco de aire fresco, ya lo verás.

No hay nadie en la cocina cuando Barbosa la cruza seguido por el camarada Piel de Oso. Y no es solamente que no se crucen con nadie. La casa entera parece haberse vaciado de la noche a la mañana. Los utensilios de la cocina han desaparecido de la encimera. Los libros que había en la mesa de piedra ya no están. No hay abrigos en el perchero. Barbosa se detiene junto a la puerta y se gira para mirar a su acompañante con expresión interrogativa.

—Fuera, camarada. —Piel de Oso señala la puerta con la pistola—. Ya me has oído.

—¿No tienes más forma de divertirte que ésta? —dice Barbosa—. ¿Sacarme desnudo para que me congele? ¿Qué pasa, que te has quedado triste desde que a la camarada Madre Nieve me la follo yo?

Piel de Oso suelta un soplido de impaciencia.

—Sal de una puta vez, camarada —dice—. O vas a conseguir que te pegue un tiro y me las acabe cargando yo.

El estallido de luz al abrir la puerta obliga a Barbosa a cerrar los ojos. Da un par de pasos vacilantes, haciendo visera con la mano. El frío le muerde los brazos y las piernas. Al cabo de un segundo empieza a morderle el resto del cuerpo. A metérsele por debajo de la camiseta y los calzoncillos largos. Piel de Oso señala al norte con su pistola.

—Al campo de tiro, camarada —dice.

Barbosa echa a andar por la nieve, dejando huellas de pies descalzos que al cabo de un momento el camarada Piel de Oso pisa con sus botas. El resplandor parece emanar de la misma nieve. El estallido blanco del que no es posible esconderse. Cuando por fin se adentran entre los árboles, al cabo de diez minutos, la sensación de quemazón en los pies de Barbosa ya es insoportable. La nieve entre los árboles llega al metro de altura. Barbosa se sienta en una roca con los dientes rechinando y se masajea los pies y los tobillos.

El camarada Cuervo los está esperando en el campo de tiro. Con las manos en los bolsillos de un abrigo largo. Con su sombrero de ala ancha. Caminando de un lado para otro entre las dianas medio enterradas en la nieve. Fumando en silencio. Cuando aparecen los dos hombres, tira la colilla.

—Buenos días, camarada Juan —dice, sin mirar a Barbosa.

Barbosa tiembla violentamente, apoyado en la roca.

—Esta farsa ya me la montasteis una vez —dice—. No soy idiota, joder. No me vais a matar.

—No sé si lo sabes, camarada Juan —continúa el camarada Cuervo—, pero hubo mucha gente que pensó que tú no tenías sitio aquí. Hasta hubo alguno que pensó que había que liquidarte sin más.

—La verdad, no me extraña —dice Fiel de Oso.

—En realidad fue un capricho mío que tú te acabaras uniendo a nuestra organización —sigue diciendo el camarada Cuervo—. Todo el mundo sospechaba que estabas informando para el SECED. La mayoría lo seguimos sospechando, de hecho. Pero eso ya no importa. Los informes que me llegaban de ti me tenían fascinado. Brillabas con luz propia. Brillabas *como un sol*, camarada. Mucha gente piensa que la gente como tú no tiene sitio en una lucha armada como la nuestra. Que lo que necesitamos son soldados sin brillo. Abnegados, leales, con espíritu de sacrificio, ni demasiado idiotas ni demasiado inteligentes. —Se da unos golpecitos en la sien—. De hecho, se puede decir que la inteligencia está muy denostada en nuestra línea de trabajo. Mira la Revolución de Octubre, por ejemplo. Lo primero que hicieron fue cargarse a todos los inteligentes.

—Empiezo a pensar que no soy tan inteligente si estoy aquí —dice Barbosa.

—Yo creo que la gente se equivoca —continúa el camarada Cuervo—. Necesitamos a gente abnegada, pero también necesitamos a gente como tú. Los abnegados no ven el naufragio hasta que el barco se está hundiendo. Y tampoco ven las oportunidades hasta que las tienen encima.

—Dame tu abrigo, camarada —dice Barbosa—. O te juro que no salgo de ésta.

—Sara Arta, camarada Juan. ¿Te acuerdas de ella?

—¿Qué pasa con ella? —dice Barbosa.

—La detuvieron hace cuatro días cuando estaba saliendo de su casa.

—Ella no sabe nada.

—¿Nada de *qué*, camarada? —dice Piel de Oso, con la M30 en la mano.

—La torturaron durante doce horas —dice el camarada Cuervo—, que es algo que me hace pensar que les debió de contar algo interesante. Algo que les interesó lo bastante como para que dejaran de torturarla.

—Dame el abrigo, camarada —dice Barbosa, presa de convulsiones.

—A los nuestros no los torturan como al resto, camarada Juan —dice el camarada Cuervo—. Con los nuestros se esmeran *de verdad*. Sara Arta llegó a la enfermería de la Modelo en estado crítico y desde allí la trasladaron al Clínico. —Se saca unas páginas del bolsillo del abrigo y se las enseña a Barbosa—. Hemos conseguido una copia del informe médico de la enfermería de la cárcel. —Se pone a leer—. «Mordeduras de perros en los miembros, vientre, pechos y zona genital.» «Lesiones por actividad sexual forzada durante un lapso prolongado y con múltiples parejas sexuales. Lesiones por penetración sexual con objetos. Desgarro total del perineo. Laceraciones en recto e intestino. Laceraciones en vagina y cuello uterino. Pérdida de tejido vaginal.» —Levanta la vista del papel—. ¿Sigo, camarada?

—¿Por qué me estás contando todo esto? —pregunta Barbosa.

—Te están buscando a ti, camarada Juan. Por eso la han torturado. Ahora bien, la pregunta es: ¿por qué te están buscando?

—Por lo que más quieras, camarada. —Barbosa rompe a llorar—. Dame tu abrigo.

—Ha sido el Servicio de Documentación quien la ha torturado. ¿Por qué te están buscando, camarada? ¿Cómo saben quién eres? ¿Y por qué se toman tantas molestias por ti?

Barbosa sigue llorando de frío

—¿Por qué te están buscando, *camarada*? —repite el camarada Cuervo.

Barbosa niega con la cabeza.

—Supongo que se han enterado que estoy con vosotros —dice por fin—. Supongo que tienen hombres en vuestra organización que les informan.

Ahora es el camarada Cuervo quien niega con la cabeza. Se guarda el informe médico en el bolsillo y saca un paquete de Gitanes. Se enciende uno con el ceño fruncido.

—Vístete y pon una muda limpia en tu mochila —dice—. Limpia tu arma y prepárala. Coge munición. El arma y la munición van en el cajón del eje del Land Rover. No lleves nada más. Salís dentro de una hora.

Barbosa no contesta. Ya no tiene convulsiones. Los miembros azules y entumecidos.

—Ahí tienes tu oportunidad de alcanzar la gloria —dice el camarada Cuervo mientras empieza a alejarse en dirección a la casa—. A ver qué haces con ella.

La próxima vez que levanta la vista, Barbosa está solo en la arboleda del campo de tiro.

23

LA SEGUNDA PIEDRECITA

No es la primera piedrecita que golpea la persiana de la sala de estar del domicilio de Arístides Lao la que lo hace levantarse por fin del sillón donde está cortando parsimoniosamente sus uvas en mitades aproximadamente hemisféricas. Los dos sillones de la sala están uno junto al otro, trazando un ángulo de cuarenta y cinco grados exactos que tiene su vértice en el televisor en blanco y negro y en el Especial Nochevieja de RTVE, dirigido por Valerio Lazarov. Las persianas de la sala están todas cerradas, en parte como medida preventiva contra el polvo y las radiaciones meteóricas y en parte por los ruidos de la celebración de la Nochevieja. La señora Lao considera que los ruidos infernales de las celebraciones de festejos públicos están destinados a acabar con su vida, y exterioriza a menudo este miedo en forma de exclamaciones y aspavientos con la mano sobre el corazón.

La primera piedrecita golpea la persiana con un «toc» seco. Arístides Lao corta una uva por la mitad y se lleva una de las mitades a la boca con el tenedor. Todo bajo la luz intermitente de las ristras de bombillitas navideñas que cuelgan del aparador. Ya hace unos minutos que llegan ruidos extraños de la calle, pero la música del Especial Nochevieja y los ronquidos de la señora Lao no dejan distinguir la naturaleza exacta de esos ruidos. La señora Lao está durmiendo con la boca abierta y la cabeza echada hacia atrás sobre el respaldo del sofá, con el cuerpo esférico encajonado imposiblemente entre los cojines y la bandeja de la cena de Nochevieja sobre el regazo lleno de migas de pan. En la bandeja están el plato enérgicamente rebañado de sus lentejas con chorizo y el cuenco de las doce uvas tradicionales, que su hijo le ha limpiado escrupulosamente de piel y semillas para evitar una posible muerte por asfixia. Sus brazos hidropésicos rodean amorosamente una botella de moscatel.

Cuando suena la segunda piedrecita en la persiana, Lao deja su cuchillo y su tenedor en un lado de la bandeja. La repetición del golpe en su persiana del tercer piso reduce al mínimo la probabilidad de que se trate de un fenómeno accidental. Lao deja su bandeja en la mesilla de la sala. Su mente procesa datos ociosamente. La bandeja ocupa exactamente un 23% de la superficie de la mesilla. Usando tres bandejas, se podría crear una figura completamente simétrica en la mesilla que dejaría sin cubrir cuatro rectángulos idénticos, cada uno de ellos del 75 % exactamente del tamaño de cada bandeja.

Cruza la sala por delante de su madre dormida. Levanta la persiana y se asoma a la calle. La lluvia de los últimos días ha dado paso durante la madrugada a una nevada finísima, completamente silenciosa, que se funde al tocar la acera y los coches empapados. En la acera está Melitón Muria, parcialmente reclinado sobre la capota empapada de un coche. Con el abrigo manchado de barro. Con una botella de DYC medio vacía en la mano. Muria levanta la botella y la agita en dirección a la ventana de Lao.

—¡Feliz 1978, jefe! —grita con voz gangosa.

Arístides Lao hace una inspección visual de la calle Gerona en ambas direcciones. Un grupo de borrachos que orinan en la esquina con Aragón. Una mujer con abrigo de pieles, inclinada para hablar con un conductor detenido en el semáforo. Unos niños que tiran petardos desde un balcón.

Dos minutos más tarde, Muria le entrega ceremoniosamente su abrigo embadurnado de barro a Lao para que lo cuelgue en el perchero del recibidor y entra dando tumbos en la sala de estar. Sea lo que sea que ha estado haciendo, le ha desintegrado el peinado Carl Perkins y se lo ha adherido despiadadamente a la frente. Ahora se queda plantado en medio de la sala. Se cuadra marcialmente y se dirige a la señora Lao en tono solemne:

—Mis respetos, señora —dice, escondiéndose la botella de DYC detrás de la espalda—. Aquí un buen amigo de su hijo. Melitón Muria Murciano, las Tres Emes. Natural de Almazora, provincia de Castellón. Para servirla.

La señora Lao le contesta con un ronquido apneico que hace pensar en llamadas subacuáticas de grandes cetáceos.

Muria se sienta en el sillón que Lao ha dejado libre. Da un trago de DYC directamente del gollete y señala con la botella la pantalla monocroma del televisor. En la pantalla hay una treintena de personalidades televisivas bailando con el pelo cubierto de confeti y serpentinas, al son de una canción que felicita el año nuevo. Muria señala con la botella un punto de la pantalla que por culpa del bamboleo de su mano no queda claro si es Mónica Randall o Ivonne Sentís.

—A ésa sí que le hacía yo un favor. —Asiente enfáticamente con la cabeza y da otro trago—. Ya lo creo. Con el perdón de la señora presente, claro.

Arístides Lao no dice nada.

—Iba a traer algo —dice Muria gangosamente—. Un pastelito o algo. Pasaba por aquí, y me he dicho, pues vamos a felicitar el año nuevo, que sólo viene una vez al año, ¿no? —Suelta una risa desesperada que le derrama un poco de whisky en el pantalón—. A felicitar a la familia, que es lo más bonito que hay.

Arístides Lao no dice nada. La señora Lao emite un ronquido. Melitón Muria se echa a llorar aparatosamente, negando con la cabeza y sacudiendo los hombros. Se cubre la cara con una mano y llora todavía más fuerte.

—¿Se encuentra usted bien? —le pregunta Lao.

Muria lo mira con la cara toda agarrotada.

—¿A quién iba yo a visitar más que a usted, jefe? —le pregunta, con las lágrimas cayéndole por la cara—. Si usted y yo somos *iguales*. ¿Qué se cree, que no me he dado cuenta? —Señala a Lao con la botella—. Somos iguales, joder.

La luz pulsátil de las lucecitas navideñas del aparador ilumina la cara inexpresiva de Lao.

—¿En qué sentido somos iguales? —dice por fin.

—¿Es que *no lo ve*? Somos hombres solos, jefe. Mírenos. Mire cómo pasamos la Nochevieja. —Señala la sala de estar con su botella—. Estamos solos en el mundo. Usted tiene a su madre, que Dios le conserve la salud y le dé larga vida. Y yo tengo a mi familia en Almazora.

Pero somos hombres solos, jefe. Porque nos falta lo más importante que hay en la vida. —Hace una pausa teatral—. Nos falta una *mujer*.

En el Especial Nochevieja de Lazarov, las personalidades televisivas terminan la canción abrazándose y dándose besos, salvo aquellos que tienen una carrera fundamentalmente cómica, que terminan la canción haciendo muecas.

—Somos iguales, jefe —continúa Muria—. Nos hacemos los duros. Nos hacemos los fuertes. Usted es igual que yo en eso. ¿Por qué cree que nunca hemos hablado de estas cosas? ¿Por qué se cree que nunca hemos hablado de lo solos que estamos?

La señora Lao suelta un ronquido que hace pensar en relinchos furiosos de caballos acorralados.

—Usted me ha salvado la vida, jefe —continúa Muria con voz temblorosa—. No sé qué haría sin el trabajo en nuestra unidad. Por fin siento que tengo una misión en la vida.

Muria se levanta, da un par de pasos tambaleantes y por un momento infinitesimal parece como si tuviera intención de abrazar a Lao. A continuación parece confundido. Se fija en los parches de masilla de las paredes y en la disposición sutilmente extraña del mobiliario. Aunque nunca se daría cuenta a menos que alguien le enseñara un plano, el contenido de la sala no es solamente simétrico respecto a un eje que corta transversalmente la sala desde el televisor hasta el aparador, sino que dentro de cada una de las mitades longitudinales, los muebles y objetos decorativos también son simétricos respecto a las dos diagonales interiores de cada mitad. En todo caso, su momento de abstracción es breve. Se lleva la botella de DYC a los labios y trata de apurar las últimas gotas. Por fin se encoge de hombros y tira la botella en el sillón vacío.

—Usted no ha venido aquí para decirme nada de todo eso. —Lao niega con la cabeza—. Ésa no es la razón de que haya venido usted hasta mi casa.

Antes de que Lao pueda reaccionar, Muria ha salvado la distancia que los separaba con un par de zancadas y lo tiene abrazado. Lao es tan bajito que Muria se ve obligado a inclinar el cuerpo hacia delante para poder llorarle en el hombro. La escena permanece un momento largo paralizada así, con las luces pulsátiles de las bombillitas navideñas y el resplandor monocromo del televisor reflejándose en los rostros de los dos hombres. Arístides Lao mirando al frente. La señora Eulalia Lao roncando en el sillón. Sin más movimiento que el temblor de los hombros de Muria.

Cinco minutos más tarde, Muria vuelve a estar sentado en el sillón, bebiéndose una taza de café humeante que Lao le acaba de preparar. Con el pelo adherido a la frente, da un sorbo de café negro. Mira a su alrededor y repara en la botella de moscatel que la señora Lao está abrazando. Tira del gollete para quitársela pero los brazos hidropésicos la aferran con más fuerza. Al cabo de un momento de pugna silenciosa, Muria consigue arrebatarle la botella a la mujer dormida y se echa un chorro de moscatel en el café.

—¿Se acuerda del día en que descubrí que el expediente de Barbosa no estaba en el archivo de referencias cruzadas? —dice por fin—. Pues ese mismo día oí a dos hombres que hablaban en el archivo. Los oí hablar de nuestro director y de cosas políticas y del trabajo del Servicio. Uno de ellos era de los nuestros, y el otro... Bueno, el otro me pareció que era del enemigo.

—Entiendo —dice Lao.

—Lo más fuerte es que el otro tipo le prometió al nuestro que iban a dar un golpe. Un golpe a un banco. La primera semana de enero. O sea, esta semana. Y nuestro hombre... Bueno, le pidió que dieran otro. Otro más fuerte. Se lo juro.

—Continúe, por favor.

—El terrorista le dijo a nuestro hombre que no interfiriéramos. Y luego se despidieron sin más, tan amigos. Hasta hacían broma los tíos. —Hace una pausa para echar más moscatel en la taza y dar otro sorbo—. Ya sé que se lo tenía que haber dicho enseguida, pero no sé. Tengo miedo, jefe. No entiendo lo que está pasando.

—Entiendo su confusión.

—O sea, ¿no somos la primera defensa de la nación, como dicen en los cursos de formación? ¿El ejército en la sombra? ¿Los que libramos la guerra que nunca se acaba?

Lao se quita las gafas y se saca del bolsillo el pañuelo que usa para limpiarlas, con la cara temporalmente desactivada.

—Los términos de la misión del Servicio están subordinados a las necesidades políticas del país. —Lao se vuelve a reactivar la cara con las gafas—. Ésta es la Nueva España, señor Muria. Los parámetros han cambiado. Nuestro Servicio lleva muchos meses trabajando con los partidos ilegales. Es posible que los objetivos del gobierno requieran que se cometan atentados.

Un ruido por detrás de Melitón Muria sugiere que la señora Lao está experimentando una alteración en el ciclo de su respiración apneica. Su respiración se detiene por completo durante un momento interminable de conmociones y rumores sísmicos en distintas partes de su cuerpo esférico. El Especial Nochevieja de TVE ha dado paso hace escasos minutos a la carta de ajuste. Los distintos temblores de la carne hidropésica del cuerpo dormido empiezan a confluir en un espasmo generalizado. El cuerpo se sacude violentamente. Las bombillitas navideñas parpadean siguiendo una fórmula simple de alternancia de colores primarios y secundarios. Lao observa una secuencia permutatoria de seis colores en turnos de dos. Una fórmula de permutación simple, n^r, donde n es el total de colores y r es el número de colores que se encienden cada vez. El espasmo hace que el cuerpo de la señora Lao salga disparado hacia delante, con los ojos y la boca muy abiertos. El ruido que sale de su garganta hace pensar en pterodáctilos chillando en el momento previo a su extinción.

—*¡Dios bendito!* —chilla la señora Lao, señalando a Muria con un dedo gordo y tembloroso—. *¿Quién es este hombre?*

24

EL BESO DEL PRÍNCIPE

Sopla un viento de ninguna parte, como para subrayar la naturaleza taumatúrgica del día de hoy. El príncipe del cuento de hadas atraviesa la espesura de zarzas mágicas que protege el castillo aletargado que es España, en busca de la princesa encantada que vive en su corazón. Teo Barbosa y el camarada Piel de Oso están sentados respectivamente en el asiento del conductor y el asiento del pasajero de un Peugeot 104 de color hueso aparcado en una calle secundaria de una urbanización del Vallés, a dos o tres calles del final de la zona urbanizada. La calle pertenece administrativamente a Sant Cugat del Vallés, pese a estar en una zona de aspecto semirrural limítrofe entre las barriadas de Mirasol y la Floresta, sumida a esta hora temprana en las nieblas invernales de Collserola. Barbosa y Piel de Oso llevan aparcados en esta calle desde las cinco de la mañana. Entre dos árboles helados que permiten una visibilidad parcial de la casa que están vigilando. Fumándose los últimos Gitanes que han traído. Sin hablar. Abriendo de vez en cuando la ventanilla para dejar entrar algo de aire en el interior cargado de humo del Peugeot. Echando vistazos ceñudos de vez en cuando a la puerta de la casa que están vigilando, hasta que la puerta se abre a la hora exacta en que ellos sabían que se abriría, a las siete y media de la mañana, y en el umbral aparece el tipo cargado con su maletín que ellos sabían que iba a aparecer allí a esa misma hora.

Barbosa y Piel de Oso se ponen sus pasamontañas y salen por sus portezuelas respectivas. Interceptan al tipo en la acera y lo hacen recular a punta de pistola hasta la puerta de su casa. El tipo está demasiado aterrado para decir nada. Cuando Barbosa le ordena que abra la puerta de su casa, las manos le tiemblan tanto que no acierta a meter la llave. Es un hombre joven con bigote y esos ojillos diminutos que suelen indicar poca inteligencia. Piel de Oso lo empuja al interior de su casa y el tipo se cae sobre la alfombra del recibidor. La mujer y los dos hijos del tipo están chillando. El hombre se incorpora sobre las rodillas y trata de alejarse gateando, pero Piel de Oso le da una patada en el vientre que lo deja asfixiado en la alfombra.

—Por favor —dice el tipo desde el suelo con voz estrangulada—. No tengo dinero. Por lo que más quieran.

Piel de Oso suelta un soplido de burla.

—Nadie ha dicho que lo tengas, subnormal —dice—. Por eso vamos a ir todos a la sucursal.

—¿Cómo te llamas? —le pregunta Barbosa.

—Félix Hierro.

—Muy bien, Félix Hierro. Todo el mundo al coche.

Todas las calles están desiertas mientras conducen hacia el pueblo. Barbosa al volante, Hierro en el asiento del pasajero y Piel de Oso compartiendo el asiento de atrás con la mujer y los niños. Ni la mujer ni los niños paran de llorar ni un momento. Barbosa aparca en una esquina del casco antiguo desde la que se ve la puerta de la sucursal del Banco de Vizcaya donde Hierro trabaja. Barbosa se gira hacia la cara aterrada del empleado bancario.

—Ahora escúchame bien —dice—. Vas a abrir la sucursal igual que todas las mañanas y vas a portarte bien mientras llegan tus compañeros. Después de que entren todos, entraremos nosotros. Ten preparada la llave de la caja fuerte, porque tenemos prisa. Cuando hayamos cogido lo que necesitamos, nos marcharemos. Si le cuentas algo a alguien, nos cargamos a tu familia. Si haces cualquier cosa que nos parezca sospechosa, nos cargamos a tu familia. Si llega la policía, nos cargamos a tu familia. ¿Lo estás entendiendo?

El tipo asiente con la cabeza.

—Muy bien, pues —dice Barbosa—. Si todo va bien, a nadie le pasará nada. Ahora sal. Y acuérdate de todo lo que te he dicho.

Félix Hierro camina los veinte metros que lo separan de la puerta de la sucursal con movimientos rígidos. Mientras está abriendo la persiana de la sucursal, se le caen las llaves al suelo dos veces. Por fin desaparece en el interior. Son las ocho menos diez. Piel de Oso suspira.

—Menudo merluzo —dice—. Raro será que no la cague.

A las ocho menos cinco llegan a la sucursal el resto de empleados. Dos hombres y tres mujeres. A las ocho menos dos minutos se detiene al lado del Peugeot la motocicleta donde van la Madre Nieve y la Dama Raposa. La Madre Nieve se quita el casco y lo deja sobre la moto. La Dama Raposa espera a que salgan del coche Barbosa y Piel de Oso y se mete en el asiento delantero. Saca una pistola M30 y encañona a la mujer y los niños del asiento de atrás. Ni la mujer ni los niños paran de llorar ni un momento. Los otros tres echan a andar hacia la sucursal.

A las ocho en punto, uno de los empleados del Banco de Vizcaya da la vuelta al letrero de la puerta que decía «CERRADO» para que diga «ABIERTO». Barbosa, Piel de Oso y la Madre Nieve entran en la sucursal. Le vuelven a dar la vuelta al letrero y cierran con pestillo desde dentro. El príncipe ha llegado a la puerta del castillo encantado y rompe las zarzas de la puerta con su espada. A los lados de la puerta, los guardias duermen apoyados en sus alabardas. Barbosa y la Madre Nieve llevan a todos los empleados al otro lado del mostrador y los hacen tumbarse boca abajo en el suelo y con las manos en la nuca, salvo al director de la sucursal, al que ordenan que siga de pie con las manos en alto. Piel de Oso le rompe una ceja al director con la culata de la pistola y luego le estrella la cara contra el borde del mostrador. Las empleadas femeninas tumbadas en el suelo lloran. Piel de Oso se lleva al director, tambaleándose y con la cara ensangrentada, hacia las cajas fuertes. En el suelo de la sucursal, el hombre llamado Félix Hierro empieza a dar señales de ansiedad. Sin dejar de encañonar a los empleados, Barbosa y la Madre Nieve intercambian una mirada de preocupación. Son las ocho y cuatro minutos.

—Mis hijos. —Hierro se incorpora hasta ponerse a cuatro patas—. Necesito ver a mis hijos. Necesito ver que están bien.

—Túmbate ahora mismo o te juro que te reviento la cabeza —dice Barbosa.

Hierro niega con la cabeza.

—¡Necesito verlos! —chilla con voz aguda—. ¡Déjame ir a la puerta! ¡No me escaparé!

—Como te levantes, esos niños se quedan sin padre —dice la Madre Nieve.

Hierro empieza a ponerse de pie.

—¡Necesito ver a mis hijos!

Barbosa da una patada en el mostrador.

—Me cago en la puta —dice—. ¿Por qué siempre me tienen que tocar a mí los tarados? ¡Que te tumbes, *coño*!

La sucursal entera retumba cuando Barbosa dispara al techo: un disparo, dos. Todos los empleados ahogan chillidos. Una pequeña lluvia de polvo y trozos de yeso les cae encima. Hierro echa a correr hacia la puerta en el mismo momento en que Piel de Oso asoma por detrás del mostrador.

—¿Qué está pasando aquí? —pregunta.

Barbosa echa a andar detrás del empleado fugado, encañonándolo con la pistola.

—¿De verdad quieres que tus hijos te vean hacer el ridículo de esa manera? —empieza a decir.

Antes de que pueda decir más, otro disparo retumba a su espalda. A Hierro le revienta el cuello. En el cristal de la puerta queda una rociada de sangre en forma de estrella, como la versión gigante de esas manchas que dejan los insectos estrellados contra un parabrisas. La sucursal bancaria se llena de chillidos. Hierro cae al suelo, presa de violentas convulsiones. Barbosa se gira y mira con las cejas enarcadas a Piel de Oso y su pistola humeante.

—¿Pero qué haces? —le pregunta.

Piel de Oso se lleva un par de dedos a la frente, en ese gesto universal de quien exhorta a otro a usar la cabeza.

—¿A ti qué te parece? —contesta en tono airado—. ¿Qué crees, que vas a salir de ésta contando chistes?

La pierna convulsa de Hierro empieza a golpear la puerta.

—Saca a ese imbécil de ahí, anda —dice Piel de Oso.

Barbosa coge a Hierro de los sobacos. Son las ocho y seis minutos. A través de la puerta rociada de sangre, ve a la familia de Hierro dentro del Peugeot, mirándolo y chillando con las caras desencajadas.

—De puta madre —murmura.

Arrastra a Hierro hasta el otro lado del mostrador, dejando un reguero enorme de sangre por el suelo de la sucursal. Los demás empleados chillan todavía más cuando ven al herido, que sigue regurgitando sangre por la boca y por el cuello.

—¿Alguien más quiere acabar igual? —chilla la Madre Nieve.

El director de la sucursal aparece otra vez, cargando con tres sacas de transporte de dinero, seguido de cerca por Piel de Oso.

—Venga, fuera de aquí —dice Piel de Oso en tono irritado.

—Al primero que mueva un dedo, le reviento la cabeza —les grita la Madre Nieve a los empleados.

Barbosa, Madre Nieve y Piel de Oso cargan cada uno con una saca y van a la salida. Se quitan los pasamontañas y salen a la calle. Una sirena de policía se les acerca por la izquierda. Ya están a medio camino del Peugeot cuando un Seat 131 de color café con leche de la Policía Nacional dobla la esquina a toda velocidad. Derrapa en medio de la calle y las dos portezuelas se abren.

—Los que faltaban —dice Piel de Oso.

En lugar de recular, Piel de Oso echa a andar con zancadas furiosas hacia el coche patrulla, por el lado del conductor. El policía de ese lado todavía se está intentando sacar la pistola de la funda cuando lo alcanza un disparo en medio de la cara. El policía del otro lado se tira al suelo y usa el coche como parapeto.

—Ves a ayudarlo, anda —le dice la Madre Nieve a Barbosa.

Piel de Oso se agacha para disparar por debajo del coche. Un disparo, dos. Al Seat 131 le estalla un neumático. El agente ha debido de recuperar una parte de su aplomo, porque ahora está disparando por encima del capó en la dirección general de su atacante. Barbosa corre por la otra acera, medio escondido por detrás de los coches aparcados. Pasa otra vez junto al cristal rociado de sangre del Banco de Vizcaya. Por fin se detiene detrás de una furgoneta aparcada y mira a través de las ventanillas: ahora está justo detrás del policía que queda. De repente una figura le aparece justo al lado, arrancándole un grito: un niño de unos seis años, que pasa rozándolo y se pone a chillar y a aporrear el cristal manchado de sangre. Barbosa tarda un momento en entender lo que está pasando. El niño se ha debido de escapar del Peugeot y cruzar la calle corriendo.

—Joder. —Barbosa da una patada a la furgoneta—. Joder, *joder*.

El niño no para de chillar y golpear la puerta de la sucursal bancaria y llamar a su padre. De acuerdo con el protocolo para esta clase de situaciones, Barbosa debería pegarle un tiro al niño, que ya le ha visto la cara de cerca y sin pasamontañas. Cierra los ojos y suelta un torrente de palabrotas. El niño sigue chillando y aporreando la puerta. Por fin Barbosa sale de detrás de la furgoneta. Camina en línea recta, con la pistola en las manos y los brazos muy extendidos hacia delante. Cierra los ojos antes de disparar a la espalda del policía, una vez, dos, tres.

Los dos policías del coche patrulla están tirados en la calzada, cada uno en su charco de sangre. Son las ocho y diez minutos. La Dama Raposa está sacando del Peugeot a empujones a la mujer y al otro niño. A Barbosa le parece ver que Piel de Oso está rematando a uno de los policías que todavía se mueve en el suelo. El príncipe acaba de entrar en la alcoba del castillo encantado. Con las paredes cubiertas de zarzas mágicas. La motocicleta donde van la Madre Nieve y la Dama Raposa se aleja escopeteando por la calle. El príncipe se inclina sobre la princesa encantada y le da un beso en los labios helados. Despierta, España. Son las ocho y doce minutos. Por todo el país están sonando las alarmas y los despertadores. Piel de Oso tiene la cara apoyada en el cristal de la ventanilla del Peugeot 104 robado mientras Barbosa conduce y conduce y conduce. Y conduce y conduce y conduce. Intentando alcanzar el horizonte.

25

LA NUEVA ESPAÑA

Las imágenes que le pasan por la cabeza a Melitón Muria mientras conduce su Seat 127 bajo la lluvia torrencial por la A-18 son escenas de conspiraciones oscuras, de seres espectrales que conversan en salas vacías, de maniobras políticas que escapan a la comprensión humana. Cuerpos ensangrentados en el suelo de sucursales bancarias. Llamadas en clave realizadas por nadie y destinadas a nadie. Directores técnicos y enlaces ministeriales, todos vigilando y espiando e informando para todos. Los hombres de Suárez pinchando teléfonos para averiguar cómo pinchar otros teléfonos. Gente muerta en charcos de sangre. Gente reventada en el asiento de un coche bomba. Directores técnicos y enlaces ministeriales reuniéndose con los sediciosos. Mentiras. Mentiras. Mentiras. Agentes de defensa que vigilan a sediciosos que saben que están siendo vigilados. Que actúan para quienes los están vigilando. Que son ayudados por la misma gente que los está vigilando. La Nueva España. Donde nada es lo que parece.

El 127 deja atrás un letrero que indica que está entrando en el término municipal de Vacarisas. La lluvia que se acumula sobre el parabrisas de Melitón Muria crea fluctuaciones extrañas y parece abandonar por momentos el estado líquido para adquirir esa condición casi plasmática del mercurio o de las lámparas de lava. El limpiaparabrisas vuelve a no dar abasto. Muria conduce con la mano derecha apoyada sobre el volante. Con la izquierda fumando y llevándose una lata de cerveza a los labios. Muria no ha dejado de beber desde que la Unidad de Apoyo Especial ha sido desmantelada esta mañana, veinticuatro horas después del golpe al Banco de Vizcaya de Sant Cugat. Ha bebido mientras Lao llevaba al capitán Oms todos los expedientes e informes de actividades no entregados durante los últimos tres meses. Ha seguido bebiendo mientras él y Arístides Lao metían sus efectos personales en cajas y descolgaban de las paredes sus fotografías y sus notas sobre Barbosa y Dorcas. Y todavía estaba bebiendo cuando ha llegado la llamada.

El teléfono ya era el único elemento de mobiliario que quedaba en el despacho vacío cuando se ha puesto a sonar sobre la mesa. El estruendo de un teléfono en una sala vacía. Muria lo ha descolgado. Veinte minutos más tarde, ha aparcado el coche delante del piso de D. M. Dorcas. Ha subido la escalera y se ha reunido con el policía que lo esperaba arriba. El piso de Dorcas desierto. La ventana del estudio abierta y el suelo inundado. Cristales rotos. Libros reblandecidos por el agua, flotando en la inundación. Los lienzos acuchillados y los bastidores partidos. Melitón Muria ha encendido un cigarrillo Rex y ha cerrado los ojos. Ha escuchado las explicaciones del policía: Dorcas no se ha presentado a su cita en el hospital. Los vecinos lo han oído marcharse por la mañana. Con los ojos cerrados, Muria ha pensado en la Nueva España. En sediciosos que saben que están siendo vigilados por gente que sabe que ellos lo saben. En maniobras políticas llevadas a cabo en habitaciones a oscuras. En mentiras.

—¿Ha hablado con alguien? —le ha preguntado Muria al policía.

—Anoche llamó a la puerta del vecino de abajo —ha contestado el policía—. El vecino se extrañó porque apenas se hablaban. Parece que le pidió indicaciones para llegar a Sallent. Adonde cayó el meteorito —El policía se ha rascado la cabeza—. Pero a Sallent no se puede llegar. Las carreteras siguen cortadas, que yo sepa.

Muria ha asentido con la cabeza. Y ha tomado una decisión.

El 127 deja atrás San Vincente de Castellet, las afueras de Manresa y el pueblo de San Fructuoso. El paisaje es seco y pedregoso, con hondonadas abruptas. Granjas porcinas, barracones de piedra seca y fábricas humeando a lo lejos. Islas de color verde alrededor del río Llobregat. Muria tira la lata vacía por la ventanilla y saca otra de la guantera. Pasado San Fructuoso, el paisaje se transforma dramáticamente. Aquí las lluvias no han limpiado la ceniza del meteorito. Lo que han hecho ha sido transformarla en un barro negro que después de tres meses todavía cubre todo lo que no sean las principales vías del tránsito. La mayoría de la vegetación murió en las horas inmediatas al impacto, arrasada por la ola de calor o bien ahogada por la ceniza. Esqueletos de árboles. Laderas de colinas ennegrecidas. Al norte, el horizonte es una franja negra. El Llobregat sigue bajando negro. Todo es negro. Pasado el último pueblo de la zona «limpia», un letrero provisional anuncia que falta un kilómetro para el primer puesto de control. Durante ese último kilómetro, el 127 no se cruza con ningún otro coche. La carretera avanza desierta por entre campos negros. Hasta llegar a la barrera y la caseta provisional del puesto de control.

Una pareja de guardias civiles detrás de la barrera, con sus impermeables color verde oliva. Dos Land Rovers de la Guardia Civil aparcados un poco más atrás. Dentro de la caseta, la figura sentada de un agente de más edad, tosiendo dentro de un pañuelo. Uno de los guardias civiles se acerca con la metralleta colgada del hombro a la ventanilla del coche de Muria y agacha la cabeza para asomarse al interior.

—Servicio Central de Documentación —dice Muria.

El Guardia Civil se lo queda mirando con el ceño fruncido.

—¿Servicio Central de Documentación? —dice.

Muria saca su credencial por la ventanilla. El guardia civil se la queda mirando con cara de no entender. Los papeles empiezan a mojarse.

—Para pasar por aquí hace falta una autorización especial de Interior —dice el guardia civil, con la mano apoyada en la metralleta—. Una por vehículo y una para cada ocupante. Anda que no lo están diciendo continuamente, por la radio y en las noticias…

Muria mira por el parabrisas, contrariado. El guardia civil señala con el cañón de la metralleta una lata de cerveza vacía que hay en el suelo del coche.

—¿Ha estado usted bebiendo?

—¿Ha pasado alguien más hoy por este control? —le pregunta Muria—. ¿Un hombre joven con barba?

El guardia civil niega con la cabeza.

—Por aquí sólo pasa la gente que trabaja en la descontaminación —dice—. De todas maneras, aunque pudiera entrar luego no lo dejarían salir. Después del próximo control empieza la zona de cuarentena.

Muria suelta una palabrota y da marcha atrás. Da un volantazo para girar en redondo por la carretera azotada por la lluvia y mientras se aleja puede ver por el retrovisor a los guardias civiles del control mirándolo a lo lejos y hablando por sus walkie-talkies. Más campos negros. Más esqueletos de vegetación. Toma un desvío al oeste a la altura de Santpedor y después un camino sin asfaltar que vuelve a girar al norte, con la franja negra del horizonte otra vez por delante. Casi media hora más tarde llega a una granja casi invisible bajo la cortina de lluvia. Toca la bocina varias veces frente a la casa, pero el lugar está abandonado. Ya ha entrado en la zona de evacuación. Deja el coche en el cobertizo y lo cambia por una bicicleta oxidada, una linterna de coche y un impermeable que encuentra colgado de un gancho de la pared. A la gente de aquí la debieron de evacuar con urgencia, porque de las pocilgas todavía llega un ligero olor a animales muertos. No hubo tiempo de salvar al ganado.

Más al norte, el paisaje se deteriora con rapidez asombrosa. La visibilidad se reduce y el aire se carga de una sensación extraña que no es solamente la electricidad de la tormenta. El impermeable le crepita y suelta chispitas de estática. La pista forestal por la que Muria pedalea está llena de restos de animales muertos, probablemente envenenados durante las primeras horas por la nube del meteorito. La única forma de seguir adelante es pedalear con una mano en el manillar y la otra sosteniendo la linterna para iluminar el camino. Los relámpagos tiñen la atmósfera de un color violáceo que no se parece a nada que Muria haya visto en su vida. Allí donde el dosel de ramas de los árboles no deja pasar la lluvia, la linterna ilumina los millones de partículas de ceniza que hay en suspensión en el aire. Por fin, al cabo de una hora de pedalear, Muria corona una colina y ante sus ojos aparece el valle de Sallent.

El impacto ha descompuesto el valle como si fuera una pedrada en medio de un pastel. El cráter tiene dos kilómetros de largo y unos quinientos metros de ancho en su parte más profunda. A Muria le cuesta imaginar que sus laderas escarpadas no existieran hace solamente tres meses. Más allá, el pueblo desierto. Muria recuerda haber leído que en Sallent el temblor de tierra derribó casas enteras y abrió una brecha en el centro del pueblo que se tragó varios coches. Vista en persona, la columna de humo que sale del cráter no se parece a la columna de humo que se ve por televisión. No se parece a nada. Sus dimensiones son antediluvianas. La oscuridad del valle es una oscuridad de noche de tormenta. Pero es la una de la tarde.

—Hijo de la gran *puta* —murmura Muria.

Baja la colina rodando a toda velocidad y a punto está de toparse con un grupo de individuos con trajes protectores que caminan por entre los esqueletos de árboles. En el último momento consigue tirarse al suelo con la bicicleta para no ser visto. Los tipos avanzan en procesión por el paisaje calcinado, con sus trajes herméticos de teflón de cuerpo entero, con botas y guantes de caucho y máscaras antigás soldadas a la capucha protectora. La fila india acentúa el aspecto cómico de sus andares de pato. El que va en cabeza de la procesión lleva alguna clase de aparato de medición que parece un micrófono conectado con un cable espiral a un maletín.

Muria espera a que desaparezcan bajo la lluvia y despega el cuerpo del barro negro del suelo.

En las laderas calientes del cráter, la sensación de desolación es casi insoportable. Mientras asciende, Muria piensa en cuerpos reventados por bombas. En voces sin cuerpo. En mentiras. A su derecha, una chimenea de unos diez metros vomita humo negro en medio de la ladera. Su impermeable ya está completamente embadurnado de barro negro. La linterna a duras penas consigue iluminar un par de metros. En un par de ocasiones a Muria le parece ver a más gente con trajes de teflón caminando por debajo de él, y en un momento dado está casi seguro de que le están haciendo señales. La luz de su linterna debe de verse desde varios kilómetros a la redonda. Muria sigue trepando por el barro y las rocas. No tiene ni idea de cuánto tiempo lleva allí cuando divisa la segunda luz. Todavía por encima de él pero no demasiado lejos. Aprieta el paso.

Cuando por fin lo encuentra, en el borde mismo del cráter, Daniel M. Dorcas está de rodillas en el suelo. La linterna tirada a un par de metros. Lleva la misma parka de siempre, embadurnada de barro. El pelo apelmazado y la cara completamente negra. Sorprendido, Muria comprende que él también debe de tener la cara negra. Lo ilumina con su linterna y camina hacia él. Dorcas no hace nada. No se mueve. Muria le pone una mano en el hombro. Dorcas lo mira sin sorpresa.

—Está muerto —dice Dorcas. Y señala.

Muria se atreve a mirar por primera vez el interior del cráter. Allí al fondo, después de tres meses, en medio del humo, el corazón del impacto todavía resplandece. Un brillo rojo macilento, pulsátil, el brillo del magma geológico.

—No ha venido a traernos ningún mensaje —dice Dorcas—. Ha caído porque estaba *muerto*.

Muria piensa en mensajes en clave que cruzan el éter. Ya nada es lo que parece.

—Estamos *solos* —dice Dorcas—. Ha muerto y nos ha dejado solos. Solos en el universo. ¿Qué va a ser de nosotros?

Muria piensa en la Nueva España. Piensa en cosas que han muerto pero que nadie dice que han muerto. En cosas que dejaron de existir hace milenios pero que siguen ocupando el mismo espacio vacío porque todo el mundo actúa como si siguieran vivas. Cosas podridas que acechan en despachos a oscuras.

Y sacando su paquete de tabaco con las manos embadurnadas, se enciende un cigarrillo y se sienta a fumarlo al lado de Dorcas.

Segunda parte

ISLOTE

26

TODO VUELVE A EMPEZAR

Teo Barbosa abre los ojos. La habitación a oscuras. El colchón en el suelo. La Madre Nieve. Los restos de comida. Los periódicos viejos. Los libros por el suelo. El rumor de la televisión. Todo vuelve a empezar. Una de las consecuencias más inmediatas de la desconexión con el pasado es que todo vuelve a empezar todo el tiempo, sin solución de continuidad. Todo vuelve a empezar cada vez que Barbosa se despierta en la habitación a oscuras. En el colchón en el suelo. Con la Madre Nieve. Todo vuelve empezar cada vez que sale de la habitación. Cada vez que se levanta del sofá donde está viendo el televisor para ir arrastrando los pies hasta la cocina. Cada vez que abre la nevera. Cada vez que hace las cosas que hace todo el tiempo. Las rutinas de la reclusión. Todo vuelve a empezar cada vez que parpadea. El mundo previo al parpadeo y el mundo posterior son irreconciliables.

Barbosa se incorpora hasta sentarse en el colchón y se frota los ojos. A su lado la Madre Nieve no se mueve.

La forma en que la Madre Nieve duerme hace pensar en letargos provocados por mordiscos a manzanas hechizadas: de costado, con la melena pajiza desparramada sobre las sábanas sucias, en una postura que sugiere que se ha quedado así tras desplomarse víctima del hechizo, sin que haya ningún movimiento de su pecho que sugiera que está respirando. De la sala llega el rumor del televisor. El rumor que no se apaga ni de día ni de noche. Barbosa orina en el retrete con la palma de una mano apoyada en la pared y se rasca la cabeza greñuda.

Camina hasta el sofá y se sienta delante del televisor, junto a la mujer que se aparta ligeramente de su olor corporal y de su presencia en calzoncillos. Sigue teniendo la misma cara ancha de niño y los mismos ojos azul pálido que transmiten impresiones contradictorias de pureza espiritual y de adolescencia congelada, pero ahora la barba greñuda y el pelo largo también le dan aspecto de acabar de despertarse de un sueño mágico de cien años. De paciente de coma que acaba de abrir los ojos y todavía no sabe que ya es adulto. El televisor está emitiendo un capítulo de la serie *Vacaciones en el mar*. Barbosa no sabe gran cosa de la otra pareja que vive en el piso, la que vive *realmente* en el piso. Casi nunca habla con ellos. No intercambian ninguna información y cuando no coinciden delante del televisor suelen recluirse en sus dormitorios respectivos. Barbosa conoce sus nombres porque los ha visto casualmente en la correspondencia que a veces está tirada sobre la mesa de la cocina. Y sabe que ellos conocen su nombre porque las fotografías de Barbosa y de la Madre Nieve aparecieron en la televisión y en los periódicos después del golpe al Banco de Vizcaya. El resto de detalles de la pareja que vive en el piso los ha ido deduciendo a partir de detalles y fragmentos de conversaciones durante los cuatro meses que Barbosa y la Madre Nieve llevan recluidos en este piso: él trabaja de enfermero en el Hospital del Valle de Hebrón y ella está sin trabajo pero asiste a clases nocturnas de secretariado. Reciben algo de dinero por tenerlos en su piso, pero nada parecido a una cantidad fija ni a nada que pueda dar la impresión de que tenerlos es una actividad remunerada. Se consideran revolucionarios y siguen con avidez las noticias políticas. Los trabajos de la ponencia de la Constitución. La salida del PSOE. El atentado de Lemóniz. El proceso autonómico. Barbosa sabe que no pueden tener ninguna clase de militancia ni participar en manifestaciones de ninguna clase, por razones de seguridad. Su militancia consiste en cuidar de ellos. De *la otra* pareja que vive en su casa. Sus sombras.

Barbosa abre una lata de cerveza y hace caso omiso de la mirada de recriminación de la mujer. Se la bebe con sorbos pausados mientras mira el episodio de *Vacaciones en el mar*. Lo cierto es que *Vacaciones en el mar* parece sufrir la misma clase de dislocación temporal que Barbosa percibe a su alrededor. Los tripulantes del transatlántico parecen empezar sus vidas de cero con cada episodio. La lógica argumental de la serie indica que sus aventuras se suceden en el tiempo, y sin embargo ninguno de los protagonistas da ninguna señal de estar acumulando su experiencia. De aprender nada. En cuanto a los personajes secundarios, los que solamente aparecen durante un episodio, todos actúan de la misma manera y están embarcados en la misma búsqueda de amor que finalmente se ve recompensada mediante mecanismos idénticos. Los protagonistas de *Vacaciones en el mar* no están menos atrapados en su barco que Barbosa en el piso del enfermero y su novia. Encerrados en un bucle circular de acciones. Desprendidos de la Historia.

El episodio ya está terminando cuando Barbosa oye un susurro de pasos en el pasillo y oye abrirse la puerta del baño. La luz del baño no se enciende. Tampoco se oye a nadie tirar de la cadena. Son las Normas de la Nevera, por supuesto. Interiorizadas de tal manera que ya se han vuelto meras funciones fisiológicas para todos los ocupantes del piso.

Al cabo de un minuto, la Madre Nieve aparece en la sala de estar. Se sienta en medio de sus dos ocupantes y mira con su ojo ciego los créditos del final de *Vacaciones en el mar*. Nadie dice nada. La Madre Nieve coge un cigarrillo del paquete de tabaco que hay sobre la mesilla. La mujer del sofá se levanta sin decir palabra y se marcha a su dormitorio. Los créditos se terminan. Ni el enfermero ni su novia han dirigido la palabra a la Madre Nieve ni una sola vez desde que hace unas semanas tuvo lugar cierto incidente en la cocina, relacionado con un cuchillo y las Normas de la Nevera. Así llamadas porque originalmente estaban sujetas con un trozo de cinta adhesiva a la puerta de la nevera. Gastar la menos electricidad posible. Gastar la menos agua posible. Ducharse una vez por semana. Afeitarse una vez cada tres semanas. No hacer ruido. Hablar en voz baja. Caminar descalzos y deslizando la planta del pie. Evitar comer de forma innecesaria. Evitar dejar residuos innecesarios. Evitar el alcohol. No tirar de la cadena del retrete después de orinar. Todas las normas necesarias para que nadie pueda notar que en un piso donde viven dos personas en realidad están viviendo cuatro. La pareja real y la pareja de sombras. Cuando hace unas semanas, el enfermero le hizo notar a la Madre Nieve que no estaba siendo del todo respetuosa con esas normas, ella lo tiró al suelo de la cocina en medio de los chillidos de su novia y le puso un cuchillo de cocina en la garganta, apretando hasta hacerle sangrar pero con cuidado de no seccionarle ningún vaso sanguíneo vital. Desde entonces no se han producido más recriminaciones.

Barbosa vuelve a estar en la cama, después del final de la programación nocturna, cuando una mano lo zarandea. Abre los ojos y se incorpora de golpe hasta sentarse. La habitación está a oscuras. La mano sigue zarandeándolo. La mujer del piso le está diciendo algo. Se frota los ojos y se restriega la cara. Por fin entiende que la mujer le está hablando de su novio, del enfermero.

—¿Qué le pasa? —murmulla Barbosa.

—Que no ha vuelto. Te lo estoy diciendo.

—¿Cómo que no ha vuelto?

—Del hospital. Son las dos de la madrugada. Ya hace más de una hora que tendría que estar aquí.

—Se habrá entretenido. —Barbosa se encoge de hombros—. Estará tomando una copa.

—Nosotros *no nos entretenemos* —dice la mujer en tono cortante—. Conocemos nuestras responsabilidades.

Barbosa asiente con la cabeza. Busca a tientas el interruptor de la lamparilla de noche y la enciende. Coge una camisa del montón de ropa del suelo y se la empieza a poner. La Madre Nieve se despereza, estirando sus brazos raquíticos.

—Muy bien —dice Barbosa—. Nos vamos. Y te recomiendo que te vayas tú también, camarada.

La mujer parece desconcertada.

—¿Pero qué pasa con él? ¿No deberíamos hacer algo?

Barbosa niega con la cabeza.

—Si lo han cogido, ya no se puede hacer nada por él —dice.

Barbosa deja a la mujer retorciéndose las manos en la sala de estar. Recoge algo de ropa y cigarrillos del dormitorio y lo mete todo en una bolsa de plástico. Se guarda en el bolsillo de atrás su ejemplar de *Alicia en el país de las maravillas* y baja junto con la Madre Nieve las escaleras del bloque de pisos, intentando no hacer ruido. Tienen las piernas débiles de no caminar durante meses. Cuando llegan al vestíbulo del edificio, Barbosa y la novia del enfermero se miran un momento.

—Muchas gracias por todo, camarada —le dice Barbosa—. Siento que haya tenido que terminar así.

—¿Tenéis adónde ir? —murmura ella.

—Tenemos un número de teléfono. —Barbosa hace un gesto apremiándola—. Preocúpate de ti misma.

Desde el vestíbulo se oyen las sirenas de la policía. Barbosa y la Madre Nieve se alejan cojeando por la calle, sin mirar atrás. Barbosa no está tan lejos del lugar donde él mismo vivía antes de pasar al otro lado, pero las calles le resultan extrañas. Aunque es noche cerrada, el resplandor de las farolas les resulta cegador. En las paredes hay pegados carteles extraños. Con caras de políticos desconocidos. Las calles se han convertido en un paisaje alienígena.

27

VERDE / NO VERDE

El comandante Ponce Oms carraspea y mira al público que se ha reunido para escuchar su informe en una sala de conferencias perdida en alguna de las plantas superiores del Ministerio de Defensa. La plana mayor del Ministerio está en la sala, con el mismo Rodríguez Sahagún sentado en primera fila, escuchando con atención teatral, con la barbilla ligeramente levantada y el ceño fruncido. El hecho de que el ministro haya venido en persona, estando el secretario general en el mismo edificio, es una muestra más de cómo los hombres de Suárez están poniendo la casa patas arriba. Tecnócratas maquinadores de miradas rapaces.

—Gracias a todos por venir. —El comandante Oms recorre la sala con la mirada—. Seré breve porque ya se ha delimitado el tema lo bastante.

El color verde de los uniformes militares todavía predomina en la sala, pero las manchas de color no verde del personal civil del Servicio ya han crecido lo bastante como para representar visualmente su asalto a la supremacía. Un histograma viviente. Una gráfica de colores que documenta el estado actual del avance del no verde. El efecto visual no es el que producen esas colonias mixtas de dos especies de insectos que conviven en busca del mutuo provecho. La impresión real es la de una enfermedad infecciosa. Las manchas de una metástasis. En primera fila, Rodríguez Sahagún cruza informalmente las piernas, no colocando el tobillo por encima del muslo opuesto, sino de esa forma que solía provocar que los padres de antaño reprendieran a sus hijos: poniendo una rodilla encima de otra rodilla. El comandante Oms se ve obligado a reprimir un oscuro deseo de abofetear al ministro de Defensa.

—Tenemos constancia de la existencia de tres comandos en activo de la TOD. —Oms le hace una señal al encargado de la máquina de diapositivas—. El más activo, como sabemos, es el que ha operado en la zona metropolitana de Madrid.

El encargado de la máquina proyecta la diapositiva de los miembros del mencionado comando. Una parte de la imagen se proyecta sobre el cuerpo y la cara del comandante Oms, recortando una sombra parcial con uniforme y gorra sobre la pantalla blanca desplegable.

—A este comando se atribuyen los asesinatos de los dos guardias civiles del cuartel de Majadahonda el pasado marzo. El secuestro del presidente del consejo de Justicia Militar en noviembre y el policía nacional muerto el mes pasado. Después tenemos un segundo comando itinerante, que ha atentado sin víctimas en Zaragoza y en la provincia de Castellón. —Hace otra señal y la imagen de la pantalla cambia con un clic—. Por último tenemos el comando de Barcelona, que es el más reciente. Son quienes cometieron el atraco al Banco de Vizcaya, o sea que es posible que todavía esté recaudando fondos.

La diapositiva cambia otra vez para mostrar a los miembros identificados del comando de Barcelona. Al lado del ministro está sentado el nuevo director del Servicio, el general de artillería Bourgón. Un santanderino pomposo con la Gran Cruz del Mérito Militar en el pecho. Cassinari ya no está en el Servicio. Ponce Oms ya no es capitán. El resultado paradójico del desastre del Banco de Vizcaya fue un nuevo desplazamiento tectónico de cargos que terminó con Oms dirigiendo la División de Inteligencia Interior. El Servicio ya ni siquiera es el Servicio: ahora es el CESID. Creado ex profeso para informar a Rodríguez Sahagún, el mejor amigo y lacayo de Suárez. La metástasis del no verde. Tecnócratas de miradas rapaces. Directores técnicos y enlaces ministeriales, todos vigilando y espiando e informando para todos. Pinchando teléfonos para averiguar cómo pinchar otros teléfonos. Buitres. Rodríguez Sahagún con su cara de buitre. Con sus hombros encorvados y el cuello largo y la nariz aguileña que le hacen parecer más que nunca un buitre.

—A juzgar por sus acciones hasta el momento y por lo que conocemos de su estructura —sigue diciendo Oms—, creemos que la TOD debe de tener unos treinta miembros en activo. Con esto me refiero a los llamados soldados, claro. Luego están la infraestructura y la red de apoyo. Ahí solamente podemos especular. —Hace una pausa para echar otro vistazo a sus tarjetas—. Sé que les interesa especialmente la situación de nuestra red de informadores, o sea que iré al grano. Como saben, después del atraco al Banco de Vizcaya se replanteó toda la estrategia de información asociada a la TOD. La Operación Cólera de hace tres años se había fundamentado primero en un programa de escuchas que no tuvo continuidad y después en la infiltración de tres informadores en la red de apoyo del grupo. La operación se disolvió cuando constatamos que se había formado un nuevo comando que no pudimos prever.

Hay varios carraspeos incómodos en el público.

—Desde entonces, la situación ha cambiado —dice Oms—. Ya tenemos a varios colaboradores de la organización en la cárcel. Estamos poniendo énfasis en la escucha a presos. En tres años los sistemas de escucha han avanzado mucho.

Cháchara y más cháchara. Las caras de los presentes apenas esconden la vergüenza. Rodríguez Sahagún levanta la mano: el tipo se debe de creer que todavía está en la universidad.

—¿Sí, señor ministro? —dice Oms.

—Es verdad que uno de nuestros infiltrados ha pasado a la clandestinidad, ¿no?

—Sí, señor ministro.

—Y que ha participado en una acción armada...

—Fue identificado en el escenario de la acción, sí.

—¿Eso quiere decir que no es seguro que participara?

El comandante Oms se frota el mentón con gesto incómodo.

—Digamos que no estamos seguros de las circunstancias exactas en que se acabó viendo involucrado.

—En los informes de su antigua operación decía que disparó contra un agente de policía. Uno de los agentes que resultaron muertos.

—No podemos estar seguros de que fuera su bala la que lo matara.

—¿Balística? —El ministro enarca las cejas.

—Hubo varias heridas, no sabemos cuál lo mató.
—Y luego huyó con el resto de su comando.
—Sí, señor ministro.
—Y luego ha vuelto a huir esta semana de un piso franco, ¿no?
—Eso parece, señor ministro. —Oms no para de frotarse el mentón—. Creemos que es uno de los terroristas que estaban viviendo en el piso.
—¿Creen?
—Estamos bastante seguros.
—¿En base a qué?
—Hemos detenido a los dos inquilinos del piso.
—¿Y han cooperado?
—Todavía no, señor ministro. Pero los terroristas tuvieron que marcharse precipitadamente y dejaron muchos rastros para el análisis forense.
—¿Cuál es el estatus actual de ese operativo, comandante?
—No hemos tenido contacto con él en el último medio año.
—Y entretanto, ha matado a un policía.

Oms deja sus tarjetas sobre la mesa. Una parte de la última diapositiva sigue proyectándose sobre su cuerpo y su cara.

—Tiene usted que entender que la situación de ese operativo es tremendamente complicada, señor ministro —dice—. No sabemos cuál es su posición exacta dentro de la organización. Hasta que sepamos más, todo es posible. Y si el operativo no se ha puesto en contacto con nosotros, tenemos que entender que no puede. O bien que piensa que nos va a ser más útil quedándose al otro lado.

—Se da usted cuenta de lo que podría pasar si todo

esto sale a la luz, ¿verdad? —Rodríguez Sahagún se cruza de brazos—. Un agente del CESID mata a un policía.

El general Bourgón sale en defensa de su subordinado:

—¿Qué le hace pensar que esto va a salir de aquí, señor ministro? —dice—. El Servicio es la salvaguardia de los secretos de España. Si tuviéramos filtraciones, el país entero se vendría abajo. Si tuviéramos filtraciones, no existiríamos.

El organismo lucha contra la infección del no-verde. Genera sus anticuerpos. El Cuartel General contra el Ministerio. El palacio de Buenavista contra la Castellana.

El ministro se levanta de su silla. Algunos de los demás asistentes se mueven como si fueran a levantarse también o bien actúan como si no estuvieran seguros de si el protocolo los obliga a levantarse. Pero Rodríguez Sahagún se limita a caminar de un lado para otro pensativamente, con los brazos cruzados sobre el pecho estrecho. El comandante Oms se lo queda mirando con su bigotillo fino y su cara de galán de Hollywood de hace décadas. Por fin el ministro se detiene y señala a Oms.

—Todo esto preocupa al presidente —dice—. Sé que tienen ustedes las manos llenas con la ETA y el GRAPO y todo lo demás. Pero este asunto de la TOD está creciendo demasiado deprisa. Si siguen así, pueden convertirse en un aglutinador de oposición descolgada del proceso democratizador. ¿Quién está ahora al frente del PCA?

—Ha cambiado hace poco —dice Oms—. Ahora es un tal Blanco.

—No sé quién es —dice el ministro—, pero solamente nos falta tener la mala pata de que encuentren a un líder de peso. Hay que golpear a la TOD cuanto antes. Tienen que aparecer débiles en televisión. Vulnerables.

Oms mira a Bourgón. Bourgón mira a Rodríguez Sahagún.

—Sí, señor ministro —dice por fin el general.

28

UNA ROCA EN MEDIO DEL MAR

Teo Barbosa escruta el islote que empieza a perfilarse en el horizonte del Mediterráneo. La lancha a motor Paltré surca escopeteando las aguas costeras, dejando atrás la playa de cantos rodados de Cala Jondal. Todavía están demasiado lejos para apreciar las dimensiones del Islote de Arañas, pero Barbosa puede ver un peñasco elevado en la punta oeste y luego un declive gradual que termina en una zona de playas en el extremo oriental. A su lado, la Madre Nieve se abanica cansinamente con una mano. El calor de las últimas semanas desafía todas las leyes naturales. Es un calor que hace pensar en suspensiones cataclísmicas de las leyes de la Naturaleza. La Paltré mide seis metros de eslora y es toda de madera y tiene una escotilla en el centro para el compartimento de carga, y el tipo que la pilota les ha explicado que la línea de flotación de la lancha está tan baja porque el compartimento va lleno hasta los topes de vituallas.

—¿Es ahí donde vamos? —pregunta Barbosa, con el pelo alborotado por la brisa marina.

El piloto gira hacia él una cara curtida por el sol.

—Ahí vamos, sí —dice.

Barbosa mira hacia atrás. La costa sudoeste de Ibiza no puede estar a más de cuatrocientos metros, y ya casi deben de estar a medio camino. Al este se intuyen más que se divisan la Isla de Ahorcados y el estrecho que separa Ibiza de Formentera. El piloto se dedica a aguantar la caña del motor y ajustar el rumbo cuando es necesario. La brisa azota cálidamente las caras de los dos hombres y les obliga a levantar la voz de esa manera en que uno tiene que levantar la voz a bordo de una motora que navega a toda velocidad.

—Espero que haya buenas playas —dice Barbosa—. Odio esconderme en islas que no tienen buenas playas.

La Madre Nieve escupe por la borda.

—La Revolución no tiene que estar reñida con el buen vivir —sigue diciendo Barbosa—. La caldereta de langosta, el guiso de raya, esas cosas.

El piloto le hace una señal a Barbosa para que se cambien los sitios. Barbosa coge la caña del timón y el piloto se sienta a encender un cigarrillo. Los dos van desnudos de cintura para arriba. Los dos llevan barbas largas y melenas greñudas. El torso del piloto es muy moreno y tiene esa textura ligeramente aterciopelada que otorgan los años de exposición al salitre marino, mientras que el de Barbosa es muy pálido y está lleno de mordeduras de chinches.

—Soy Juan el Listo. —Barbosa le ofrece al otro la mano que no está sosteniendo el rumbo.

—Ya sé quién eres, camarada —dice el piloto, cerrando con un clic metálico la tapa de su encendedor Zippo. Se incorpora a medias para estrecharle la mano—. A mí me puedes llamar R. T.

—¿R. T.? —Barbosa frunce el ceño y por fin abre mucho los ojos—. ¡No! —Se le escapa una risa—. No puede ser.

—Sí.

—¡Rúmpeles Tíjeles!

—Sí.

—Demonios, esta gente tiene mucho más sentido del humor del que yo pensaba. —Barbosa niega con la cabeza—. Y luego dicen de mí.

El piloto fuma en silencio. La brisa les alborota el pelo y la barba.

—No eres muy hablador, ¿verdad, R. T.? —dice Barbosa.

—Tú en cambio hablas mucho —dice R. T.

—No me queda otra. —Barbosa sonríe—. Me he pasado cuatro meses encerrado en un piso de sesenta metros cuadrados. Mi vida social se ha ido al carajo. Menos mal que aquí podré recuperar el tiempo. ¿Sois muchos en la isla?

—No muchos, no.

—¿La gente va y viene?

—Va y viene, sí.

—Supongo que nos dejarán escaparnos de vez en cuando a Ibiza, a disfrutar de la noche. He oído que tiene unas salas de fiesta estupendas.

R. T. termina de fumar su cigarrillo antes de contestar. Vuelve a cambiarse el sitio con Barbosa.

—Los alemanes van a Ibiza de vez en cuando —explica por fin—. A nosotros cuanto menos nos vean mejor. A los alemanes los conocen bien en San José y en Ibiza Ciudad. Van allí a hacer la compra, tienen sus amistades, todo eso.

—¿Los alemanes?

R. T. asiente.

—Todo el mundo sabe que el Islote de Arañas es propiedad de un millonario alemán —explica—. Se lo compró hace veinte años a una familia local. Un millonario excéntrico, que tiene la isla llena de *hippies* y está todo el día de fiesta. Unos dicen que viene de la aristocracia. Otros, que tiene contactos en el gobierno federal. Hay toda clase de rumores.

—¿Y el millonario alemán comparte su isla paradisíaca con *nosotros*? —pregunta Barbosa.

—No hay ningún millonario alemán. Por lo menos que yo sepa. En la isla solamente estamos nosotros.

—¿Y los alemanes?

—Son una pareja de camaradas —dice R. T.—. Implicados en la lucha antiimperialista de su país, aunque llevan diez años en la isla. A veces acogen a camaradas de su país. Oskar y Camilla, se llaman. Son nuestra cara ante el mundo.

La Paltré casi ha alcanzado el Islote de Arañas. A su espalda, la costa de Ibiza ya no es más que una franja oscura pegada al horizonte marino. Ahora que lo tiene delante, Barbosa calcula que el islote debe de tener unos dos kilómetros de punta a punta, con el extremo elevado orientado al oeste. La parte elevada asciende unos noventa metros sobre el nivel del mar, formando un risco escarpado de acantilados de granito. En lo alto del risco, hacia lo que debe de ser el norte, Barbosa ve un puñado de ruinas de aspecto megalítico. En el otro extremo del islote hay vegetación y playas. Para sorpresa de Barbosa, el piloto pone rumbo directo a los acantilados. Reduce la velocidad y por fin apaga el motor y se pone a los remos para adentrarse en los escollos rocosos del pie del acantilado. La Madre Nieve saca un fanal de gas de debajo del asiento. Al cabo de un momento Barbosa acierta a ver el destino de la Paltré: escondida entre los rompientes de la muralla de granito, hay la entrada de una gruta.

—Cuidado con la cabeza, camarada —le avisa R. T., señalando el techo bajo de roca.

La Madre Nieve se pone de pie en la proa y levanta el fanal. La Paltré avanza con los remos una veintena de metros, esquivando un par de escollos, hasta doblar una esquina de la gruta y volver a emerger a la luz del sol. La Madre Nieve cierra la llave del gas del fanal y Barbosa hace visera con la mano para contemplar la salida de la gruta.

—Hay que joderse —dice, en tono de admiración, cuando la lancha sale finalmente por el otro lado.

En el interior de la isla, a la sombra del risco de granito, hay una laguna natural alargada y estrecha, con paredes de roca a los lados y una playa diminuta de cantos rodados al final. Un poco más allá, sobre una cornisa amplia y arbolada, se divisa una casa de estilo rústico, de piedra encalada y tejas de arcilla. Con una amplia terraza de baldosas rojas que domina la laguna.

—Esto es el puto paraíso. —Barbosa aplaude, entusiasmado—. Han valido la pena los cuatro meses en el cuchitril.

—Nuestro paraíso todavía tardará mucho en llegar, camarada —dice R. T., remando hacia la orilla—. El que tú tienes en mente es un engaño burgués.

Lleva el bote a la playa y los tres saltan a tierra y entre todos suben la lancha a la playa. A continuación echan a andar por los guijarros, la Madre Nieve protegiéndose el ojo no ciego del resplandor abrasador del sol de media tarde. Se oyen voces más arriba, procedentes de la casa, y Barbosa hace visera con la mano para divisar varias siluetas que se mueven por la terraza y por unas escaleras de piedra que bajan hacia la laguna. Todas desnudas de cintura para arriba. A medida que se acercan, reconoce a una de ellas: una cabeza de perfil aguileño con el pelo rizado y sombrero de ala ancha.

—¡Camaradas! —dice con calidez el camarada Cuervo—. No sabéis cuánta alegría me da veros.

Barbosa enarca las cejas mientras el camarada Cuervo lo abraza.

—Más alegría que la última vez, espero —comenta Barbosa.

—He sufrido por vosotros todos los días. —El camarada Cuervo pone voz grave—. El deber me obliga a ser duro, pero tengo corazón, igual que todo el mundo. ¿Y cómo está la Madre Nieve? —El camarada Cuervo se gira hacia ésta; le da un breve abrazo y se aparta para quedársela mirando con una media sonrisa—. Aguerrida, indestructible. Un ejemplo para todos los demás. —Señala con la cabeza la bolsa de deporte—. Vamos a dejar vuestras cosas en la casa, así podréis acostaros.

Barbosa contempla a la media docena de hombres y mujeres que hay congregados en lo alto de la playa. Ve a la Dama Raposa, de quien se separaron poco después del asalto al banco. Y ve al gordo del refugio de montaña, con el mismo pelo afro pero ahora sin jerseys de lana, con el torso rechoncho y vagamente batracio al desnudo. La mayoría de hombres van en bañador o con pantalones cortos. Las mujeres en bikini. Todos, hombres y mujeres, llevan el pelo largo, y algunos lo llevan sujeto con cintas. Una de las mujeres va desnuda, una joven de pelo castaño rojizo con ojos grandes y verdes, sin que nadie parezca extrañarse de ello. Barbosa aparta la vista rápidamente de su cuerpo moreno y saluda con la mano a los presentes.

—Bienvenido, camarada —le contestan ellos.

En pleno ascenso de la escalera de piedra, el camarada Cuervo se gira para preguntar.

—¿Cómo ha ido vuestro viaje?

Barbosa se encoge de hombros.

—Personalmente, me gusta más viajar en maleteros de coches —dice.

Cuando por fin alcanzan la terraza, el camarada Cuervo se gira para mostrarles la vista: la laguna de aguas cristalinas, el risco de granito en forma de media luna, los bosques y las playas de arena más al este. El mar de color esmeralda y el cielo azul.

—Bienvenidos a Can Arañas —dice, con los brazos en jarras—. Y a nuestra isla. No es el paraíso, pero es nuestra pequeña parcela de socialismo en el mundo.

—¿A quién le importa el mundo? —Barbosa mira a su alrededor, radiante—. Quedémonos aquí para siempre. Socialismo y pescado fresco. No necesitamos más.

El camarada Cuervo sonríe benévolamente.

—Aquí podréis recuperaros —dice—. Y no os preocupéis, que enseguida querréis volver a la lucha. Además, aquí también se aburre uno. No es más que una roca en medio del mar.

29

HAY PROTOCOLO

El Área de Gestión de Ficheros de la Delegación Regional de Cataluña del CESID presenta desde su creación una historia de incidencias con etapas claramente diferenciadas. Si esa historia se presentara en forma de gráfica, habría un pico de incidencias durante la primera mitad de 1977, mientras Arístides Lao trabajó en dicha área, seguida de un remanso sin incidencias, y a continuación un nuevo pico en los cuatro primeros meses de 1978, coincidiendo con el regreso de Lao. El problema no trascendería las fronteras operativas de dicha área de no ser por que el CESID, a diferencia de otras instituciones dependientes del gobierno, basa la mayor parte de su operatividad en los expedientes informativos, cuyo diseño y gestión son competencia de su equipo de archivistas. Ahora, a finales de abril, de la media docena de empleados de Gestión de Ficheros, tres están de baja indefinida por problemas nerviosos; de los tres restantes, dos han solicitado cambios de destinación.

Alguien llama con los nudillos a la puerta del cuarto

de la limpieza reconvertido en despacho que le ha sido asignado a Arístides Lao. Tal como ya hicieron en ocasiones anteriores, los empleados de Gestión de Ficheros han intentado emplear la marginación física y el ostracismo social para disuadir a Lao de seguir intentando remodelar el sistema. Sus medidas no han servido de nada. Arístides Lao parece inmune a cualquier tipo de presión social. No es que resista el hecho de que lo trasladen a un despacho que es obviamente un cuarto de la limpieza sin luz ni ventilación. Es que parece que no le importe lo más mínimo. Sigue terminando en tres o cuatro horas un volumen de trabajo que a un empleado normal le ocuparía la jornada entera. El resto del día lo dedica a enmasillar las paredes y a hacer esos puzles suyos que sacan de sus casillas a todo el personal del departamento.

—Adelante —dice Lao.

La puerta se abre y una secretaria aparece en el umbral con una mueca de desagrado.

—¿En qué puedo ayudarla? —Lao levanta la cabecita odiosamente diminuta. La carita odiosamente vacía. Esos ojillos que sus lentes progresivas amplían o reducen alternativamente.

La secretaria mantiene la espalda pegada a la puerta, como si hubiera algún peligro real de contagio en el hombrecillo que la está mirando desde su escritorio, todavía parcialmente encorvado sobre su puzle.

—Es usted la señorita Estebánez, ¿verdad? —dice Lao.

La mujer se estremece involuntariamente al oír su nombre en los labios del hombrecillo. Lao baja de nuevo la vista para colocar otra pieza en su puzle.

—Tengo entendido —dice— que se encuentra usted entre los firmantes de un documento destinado a la dirección regional. Un documento pidiendo la prohibición de los puzles en este centro.

La mujer traga saliva.

—No se alarme —dice Lao—. No me ha ofendido su iniciativa.

La mujer señala el puzle.

—Ni siquiera lo está haciendo usted bien —dice.

Lao la mira a ella y después vuelve a bajar la vista para mirar su puzle. Se lo queda mirando un momento, como si estuviera dedicando un momento de consideración seria a las palabras de ella. Escrutando el puzle en busca de señales de inexactitud matemática o ineficacia sistémica. De acuerdo con la ilustración de la caja, el puzle de mil piezas debería representar la Catedral de Segovia. El puzle que está haciendo Lao sobre la mesa, sin embargo, parece haber perdido su capacidad representativa. En lugar de componer la imagen de la caja, las piezas están conectadas entre sí por sus lengüetas formando nodos abstractos, organizadas en grupos aparentemente aleatorios.

—El comandante Oms quiere verlo —dice la secretaria, sin despegar la espalda de la puerta—. Ahora.

Lao la vuelve a mirar con su carita repulsiva.

—El comandante Oms ya no trabaja aquí —dice por fin—. Está en Madrid.

—Sígame, por favor —dice la mujer.

Los dos recorren pasillos y bajan por ascensores y suben por escaleras hasta una sala vacía de las que se usan para reuniones de departamento. En el interior, repanchingado en una butaca, con la gorra sobre la mesa y mirando por la ventana, está el comandante Ponce Oms, director de la División de Inteligencia Interior del CESID.

—Siéntese, agente Sirio —dice el comandante Oms, sin girarse para mirarlo cuando Lao entra en la sala—. Donde quiera. Le envidio el no tener que llevar uniforme con el calor que hace. ¿Se puede creer que haga esta temperatura en abril?

Lao se sienta en una silla. Oms hace girar su butaca para mirar al recién llegado. Aunque solamente han pasado cuatro meses sin verse, Oms ya no parece exactamente la misma persona. Le han salido más canas en el pelo repeinado con gomina y su mentón eternamente perfumado ha experimentado una alteración morfológica que va más allá de lo puramente visual. Sin haber variado su textura, ahora da la impresión de haberse ensanchado y reblandecido. De esa manera inadvertida en que los hombres se ensanchan y se reblandecen al alcanzar la mediana edad. Aunque no altera cualitativamente su porte de galán, la estrella de ocho puntas de comandante sí que parece elevarlo a una potencia matemática.

—¿Cómo van sus planes de remodelación de Gestión de Ficheros? —Oms enarca las cejas.

—El Área de Gestión de Ficheros necesita un proceso normalizador —explica Lao—. Normas de gestión documental y también de administración de archivos y tratamiento de los documentos.

—Interesante. —Oms se frota el mentón con gesto distraído.

—Empezando por un manual que describa cualquier tipo de documento de archivo —sigue diciendo Lao—. Incluyendo tanto la estructura como los identificadores de contenido y el contenido mismo. Hay que eliminar campos innecesarios, crear otros nuevos y adaptar los existentes a nuestras necesidades.

—Continúe, por favor.

—Una normativa de descripción eficiente ha de incluir unos elementos y estructura de descripción archivística, recomendaciones de formatos de descripción y ejemplos prácticos de distintos niveles de descripción. Habría que dividir los datos de la descripción en dos sectores. Uno de descripción archivística en sí y otro de información de gestión. Lo mejor sería un sistema de descripción multinivel. Se ha ensayado este tipo de sistemas...

—¿Se acuerda usted de la reunión que tuvimos hace seis meses? —lo interrumpe Oms—. ¿Cuando me dijo usted que no podíamos sacarlo de aquí porque no había un protocolo para despedirlo, por culpa de la información sensible que usted conoce? —Oms se da unos golpecitos en la sien.

—Me acuerdo —dice Lao.

—Pues bien. —Oms asiente con la cabeza—. He estado trabajando en ese problema durante los últimos meses. Dándole vueltas a la cabeza, ya sabe. Preguntando por aquí y por allí. Hasta que he encontrado la solución. He encontrado el protocolo. —Se encoge de hombros—. No para despedirlo exactamente, claro, pero sí para sacarlo de esta delegación. Aquí no es usted el hombre más popular, precisamente.

Lao no dice nada. Oms le indica un dossier que hay sobre la mesa. Lao lo coge y lo abre.

—Como sabe usted —continúa Oms—, en virtud de la remodelación del Servicio, ya no somos funcionarios del Ministerio de Gobernación, sino del nuevo Ministerio de Defensa. Pues bien, Defensa ha heredado del Ministerio del Ejército lo que se llama la Misión Exterior. Operada en su totalidad por personal civil. No es un destino complicado. Se trata de hacer presupuestos y estudios de viabilidad de adquisición de material. Es un destino exterior, claro. Se trata de estudiar qué tanques y qué aviones del mundo son los más adecuados para modernizar nuestras flotas. Y mire por dónde, hay una vacante.

—En Arabia Saudí —dice Lao, hojeando el dossier.

—Una monarquía moderna y emprendedora —dice Oms—. Y no habría ni que hacer traslado de expediente.

Lao cierra el dossier.

—Entiendo —dice por fin—. ¿Y tengo alguna alternativa?

Oms mira cómo la uña de Lao frota nerviosamente las imperfecciones del tablero de su mesa. Uno de los pocos gestos que traicionan que Lao tiene un inconsciente perdido en algún rincón.

—Es usted un hombre inteligente —contesta por fin—. Sí que hay una alternativa, ahora que lo menciona. Verá. —Hace una pausa para sacar un pañuelo y secarse la frente—. La visión del problema terrorista que tiene el ministro de Defensa ha cambiado en los últimos meses. Necesitamos un cambio de orientación. Nos han pedido una nueva unidad especial para combatir a la Tropa de Oposición Directa.

Lao sigue rascando con la uña.

—Así que abrí un cajón y empecé a leer viejos expedientes —dice Oms—. Entre ellos éste. —Saca otro dossier de un maletín que tiene al lado y lo tira sobre la mesa—. Su «Operación Meteorito». El resultado de los tres meses que pasó usted al frente de la Unidad de Apoyo Especial. Supongo que debería haberlo leído antes. Es extremadamente interesante. Me ha permitido entender muchas cosas de usted. Su afición por los puzles, por ejemplo. Y por supuesto, he leído con sumo interés lo del *arma* que estaba usted planeando utilizar.

Lao sigue rascando con la uña.

—Tenemos una ventana de cinco meses —continúa Oms—. Cinco meses de recursos ilimitados. Escuchas, infiltrados, tropas de asalto, helicópteros, lo que a usted le dé la gana. Y lo que es más importante, tenemos su *arma secreta*, agente Sirio. —Oms señala el dossier de la Operación Meteorito—. La que no tuvo usted oportunidad de usar.

—¿Podemos usar mi arma secreta? —pregunta Lao.

—Podemos usar hasta tanques, si queremos.

—¿Y qué pasa cuando se cierra la ventana de cinco meses?

—Si no conseguimos nuestro objetivo, yo pierdo la cabeza, claro. —Oms hace el gesto de guillotinarse a sí mismo con el canto de la mano.

—¿Y cuál es nuestro objetivo?

—Pensaba que lo había dejado claro. —Oms sonríe—. Tenemos cinco meses para destruir a la TOD.

30

CHOTACABRAS

Teo Barbosa corona el punto más alto del Islote de Arañas en el preciso momento en que el sol se despega del horizonte. Todavía era oscuro cuando ha salido para emprender un tramo más de su exploración de la isla. Saliendo de la casa y caminando por el brazo sur del risco, saltando de roca en roca bajo los primeros rayos del sol, descendiendo más y más en dirección este, y alcanzando las tierras bajas a tiempo de ver el amanecer sobre el Estrecho de los Ahorcados. Poco después ha divisado la Punta Este, con el velero amarrado en el embarcadero, el cobertizo para embarcaciones y la Casa del Viento. En los tres días que lleva aquí, Barbosa ya ha comprendido cómo la geografía del islote crea una separación natural entre su mitad visible y su mitad oculta. Obviamente, la Punta Este es la destinación de las barcas que van y vienen de los puertos de San Francisco e Ibiza capital, mientras que la ruta trasera que tomó la Paltré para dejarlos en la isla, dando la vuelta a la Punta Oeste, es la entrada a la parte naturalmente fortificada de la isla. Una embarcación que llegara a la Punta Este atracaría en su embarcadero de pasarelas y podría adentrarse un kilómetro más allá de la Casa del Viento sin llegar a sospechar jamás la existencia de la laguna oculta y de la casa suspendida sobre su orilla.

El sol ya empieza a elevarse cuando Barbosa gira hacia el norte por la parte central donde la isla se estrecha hasta formar un istmo de poco más de doscientos metros y se pone a trepar por las rocas en dirección al brazo norte del risco. Desde ese lado se divisa a simple vista todo lo que pasa en la Casa del Viento, una casita un poco más pequeña que Can Arañas, obviamente llamada así por estar a barlovento de los riscos. Subido a la roca y con la mano a modo de visera, Barbosa ve cómo el hombre de la pareja alemana, Oskar, sale desnudo de la casa y se sienta en una de las tumbonas de la terraza.

La costa norte del islote, con sus abruptos acantilados, es la parte menos frecuentada por sus habitantes. Barbosa corona el risco y contempla la altiplanicie que alberga el complejo megalítico. Las agujas de los pinos resecos emiten un susurro mortecino. Los grillos cantan. La altiplanicie no puede tener más de cien metros de este a oeste y tal vez cuarenta hasta el borde del acantilado, y el complejo megalítico no es lo bastante grande como para ser un asentamiento. Con toda seguridad era un centro ceremonial. El talayot domina el conjunto: una torreta de unos diez metros de diámetro, en forma de tronco de cono y parcialmente derrumbada. A la derecha, en el lado este del complejo, el suelo se hunde dejando ver los restos de una galería subterránea. En el lado oeste hay varias losas semienterradas que podrían haber sido dólmenes o taulas. Barbosa sabe por sus nuevos compañeros que además del yacimiento megalítico de la cima, la costa norte cuenta con todo un sistema de cuevas que recorren los acantilados y los comunican entre ellos, formando escondrijos naturales donde probablemente no los encontrarían ni aunque el ejército mismo invadiera la isla. Barbosa mira el sol, que ya asoma por encima de los peñascos. La hora del desayuno se acerca.

Barbosa llega a Can Arañas justo cuando se está sirviendo el desayuno en la terraza. Pan recién horneado y huevos del corral de la casa. Tomates del huerto para el pan. Café. Queso traído de Ibiza. Además de Barbosa están sentados a la mesa el camarada Cuervo, la Madre Nieve, R. T., Piel de Oso, la Dama Raposa y el gordo del refugio de montaña, cuyo desafortunado nombre en clave es Rey Rana. La mayoría van en bañador o bikini, salvo la Madre Nieve, que lleva una túnica blanca de algodón, y el camarada Cuervo, que lleva su eterno sombrero de ala ancha y un chaleco de cuero sobre el torso desnudo. Las encargadas de servir el desayuno esta mañana son dos chicas muy jóvenes: Blancanieve y la mujer del pelo castaño, nuevamente desnuda, cuyo nombre en clave es Rojaflor. Barbosa devora su desayuno con apetito, rebañando el plato.

—Has estado explorando esta mañana, ¿verdad, camarada Juan? —le pregunta el camarada Cuervo.

—He estado por el Norte —dice Barbosa.

El camarada Cuervo asiente con la cabeza, con su taza de café en la mano.

—La costa Norte es un lugar muy inspirador —dice, dirigiéndose a todos—. Es fascinante pensar que hace cuatro o cinco mil años hubo gente en este islote, pescadores o hasta soldados como nosotros. No sabemos si vivían aquí, pero sí que subieron ahí arriba para enterrar a sus muertos. Sentirse así de conectado con la Historia lo llena a uno de vigor.

Barbosa no hace el gesto de apartarse cuando Rojaflor se le pega al costado para servirle otro huevo y otra rebanada de pan en el plato, rozándole el hombro con los pechos desnudos y el costado con el pubis. Barbosa reprime una sonrisa y levanta la vista para darle las gracias.

—Ahora que el camarada Juan el Listo y la camarada Madre Nieve están recuperados, es hora de que se integren en nuestros grupos de trabajo —dice el camarada Cuervo, dando un sorbo a su café.

Barbosa hace una mueca teatral de espanto.

—¿*Trabajo*?

El camarada Cuervo vuelve a poner esa sonrisa benévola suya.

—Ninguno de nosotros sabe cuánto tiempo va a pasar en esta isla —explica—. Nunca sabemos cuándo nos va a llegar la orden de actuar. Algunos ya hemos pasado dos o tres veces por aquí. Lo que sí sabemos es que mientras estamos aquí hemos de ser útiles al movimiento revolucionario y también a los camaradas de nuestra organización.

—¿Cómo podemos ser útiles desde aquí? —Barbosa enarca las cejas.

—Para empezar, desarrollando el modelo comunal —dice el camarada Cuervo—. Poniendo el socialismo en práctica estamos desempeñando un experimento útil.

A Barbosa se le ve el alivio en la cara.

—Pero *además* —sigue diciendo el camarada Cuervo— tenemos nuestros grupos de trabajo. Elaboramos documentos de trabajo para la organización. Tenemos grupos de análisis de la situación política y social. Y estamos redactando un manual para la militancia de la organización.

—Tenemos una imprenta —dice el Rey Rana.

—La hemos fabricado nosotros —dice la Dama Raposa—. Usando piezas de una imprenta antigua.

—Sin olvidar las rutinas de trabajo físico y trabajo con armas —dice el camarada Cuervo—. No solamente nuestras mentes tienen que estar listas para entrar en acción en cualquier momento.

Rojaflor se inclina sobre Barbosa para recogerle el plato. Esta vez sus pechos morenos prácticamente le rozan la mejilla barbuda. Barbosa levanta la vista y su mirada se encuentra con la de la Madre Nieve, una fracción de segundo demasiado tarde. Todo pasa demasiado deprisa para que nadie pueda hacer nada. La Madre Nieve agarra el cuchillo que hay en la tabla del queso, se levanta de golpe y da una estocada vertiginosa por encima de la mesa, trazando un arco con la hoja afilada. Rojaflor da un paso atrás, con cara de espanto, y se lleva las manos al pecho desnudo. Al cabo de un segundo la sangre le empieza a manar entre los dedos. El cuchillo le ha hecho un corte limpio por encima de los senos, desde el hombro izquierdo hasta el pezón derecho. Desconcertada, la joven se tambalea. La sangre le empieza a caer por el vientre.

Barbosa se ha puesto de pie de un salto, igual que todos los demás. Demasiado asombrado para hacer nada más que mirar cómo Piel de Oso y el camarada Cuervo se abalanzan encima de la Madre Nieve, la desarman y la inmovilizan en el suelo.

—Hostia puta —murmura.

La Dama Raposa le aprieta una servilleta contra la herida a Rojaflor para contener la hemorragia y trata de llevarla hasta la silla más cercana, pero a la joven le fallan las piernas. Se le ponen los ojos en blanco y pierde el conocimiento.

—No pasa nada —dice la Dama Raposa cuando Barbosa se acerca para ayudarla—. Estudié enfermería. Yo me encargo.

Barbosa mira cómo Piel de Oso y el Rey Rana se llevan a la Madre Nieve por las escaleras de piedra. Tarda un momento en darse cuenta de que el camarada Cuervo les está diciendo algo, con la cara roja de furia:

—Aquí no toleramos esas actitudes —les grita—. La Madre Nieve será castigada de forma ejemplar.

Barbosa ayuda a fregar la sangre del suelo de la terraza y a recoger los platos y la comida que se ha volcado por el suelo. En la cocina, se queda a solas con Blancanieve, una joven gordita que no puede tener más de veinte años.

—Ya tuvieron sus rifirrafes, Rojaflor y la Madre Nieve —explica la chica—. El año pasado llegaron a las manos un par de veces.

—¿Qué le va a pasar a la Madre Nieve? —dice Barbosa.

—Hay una celda de castigo un poco más allá. Detrás de la laguna.

—¿Tenéis una *celda de castigo*?

Blancanieve se gira para mirarlo y adopta un aire solemne.

—Rojaflor tiene todo el derecho a ir desnuda —dice—. Es dueña de su cuerpo. Esto es una comuna feminista.

—¿Quién ha dicho lo contrario?

—Si tú y la Madre Nieve estáis *juntos* —sigue la chica—, no tenemos ningún problema en hacer la vista gorda. No seréis los primeros. Pero en esta comuna se desaprueban las relaciones de propiedad. Nadie es dueño de nadie.

Como es de esperar, el resto de la jornada transcurre bajo la sombra del incidente del desayuno. Barbosa hace sus tareas mecánicamente. Nadie habla con nadie. Por la tarde, se sienta en uno de los grupos de trabajo y escucha distraídamente cómo los demás hablan del suicidio de la izquierda orgánica. De ocupar el vacío que quedará tras su colapso. De aglutinar al socialismo obrero. Al socialismo rural. Después de la cena, cuando la mayoría de camaradas se ha retirado a sus habitaciones, Barbosa baja la escalera de piedra y da la vuelta a la laguna. Tarda unos minutos en encontrar la celda de castigo, una caseta con tres paredes de listones y una puerta hecha de barrotes de madera. La Madre Nieve está sentada en el suelo de tierra de la celda, iluminada por la luz de la luna. Barbosa se sienta al otro lado de los barrotes. Saca un paquete de cigarrillos, le enciende uno y se lo da. La Madre Nieve da una calada.

—No te está permitido venir a verme —le dice por fin, expulsando el humo.

Barbosa se encoge de hombros.

—¿Qué me pueden hacer? ¿Encerrarme contigo? Solamente tienen una celda, que yo sepa.

La Madre Nieve sonríe. Hay algo casi temible en la forma en que la luna le arranca un resplandor plateado a su pelo pajizo, a la túnica blanca y al ojo ciego. La Madre Nieve refulge bajo la luna. Como si solamente bajo el astro nocturno cobrara plena realidad, o bien se cargara de energía. La sensación de que lo está mirando con el ojo ciego resulta abrumadora.

—Ni se te ocurra imaginarte que lo de esta mañana lo he hecho por ti —dice ella, con una mueca despectiva—. Esa zorra lleva meses pidiéndolo a gritos. La próxima vez le rajo la garganta.

Barbosa da una calada a su cigarrillo

—Eres una chica extraña —dice, expulsando el humo—. Se cuentan muchas historias sobre ti. Algo que te pasó con tu padre.

Ella se termina su cigarrillo y lo aplasta. Después saca un brazo por entre los barrotes y le mete la mano a Barbosa dentro del bañador. Le manipula el pene hasta causarle una erección y lo masturba durante un minuto. Después le agarra los testículos y se los aprieta con todas sus fuerzas, clavándole las uñas en la base del escroto. Barbosa ahoga un grito. Ella le agarra la nuca con la otra mano y le acerca la cara a la suya para besarlo a través de los barrotes. A continuación termina de masturbarlo, saca la mano pringada del bañador y se la lleva a la boca para lamerse el semen. Cuando termina, se acuesta en el suelo de tierra. Cierra los ojos y parece quedarse instantáneamente dormida. Su expresión relajada sugiere que ha sido ella quien acaba de tener un orgasmo.

—Le voy a rajar la garganta a esa zorra —dice, en un murmullo suave—. Y como te pille con ella, te voy a cortar los huevos y luego te voy a rajar también la garganta.

A lo lejos se oye un rumor parecido a un motor, que al volverse más nítido se revela como el chillido de un chotacabras.

31

EL DÍA EN QUE MURIA RECIBE
LA VISITA QUE MÁS TEMÍA

Melitón Muria contempla con cara de admiración el termómetro de pared que cuelga junto a la entrada de todas las gasolineras de CAMPSA del Estado. Hoy se ha roto la barrera de los treinta y cuatro grados. Y solamente es el 24 de abril. La radio ha anunciado que es un record histórico. Por alguna razón que ni él mismo entiende, Muria siente una punzada de orgullo por el hecho de haber inscrito esa nueva marca en los registros térmicos nacionales. No hay nada en los registros anormalmente altos que le produzca ninguna inquietud ni tampoco esa sensación de trastorno cataclísmico del ciclo estacional que alguna gente parece estar experimentando en los últimos meses. A Muria no hace falta que venga ningún meteorólogo a contarle que España es una tierra de prodigios.

Unos golpecitos en la ventanilla del despacho del encargado de la gasolinera sacan a Muria de su ensoñación frente al termómetro. Dentro de su despacho, el encargado gesticula y señala la fila de coches que están esperando para ser servidos. Muria se toma un momento para comprobar en el reflejo de la ventanilla el estado de su uniforme de trabajo azul marino de CAMPSA y para repeinarse el tupé sempiternamente torcido. Todos sus compañeros de la gasolinera están de acuerdo en que jamás han visto a nadie capaz de llevar el uniforme tan impecablemente planchado y perfecto como lo lleva Muria todos los días. Nadie le ha visto nunca una arruga. Las botas más lustrosas que si las acabara de sacar de la caja. A Muria tampoco le importan demasiado los chascarrillos supuestamente benignos que su uniforme impecable suscita en el resto del personal de la gasolinera. Por fin echa a andar con parsimonia hacia el primer coche de la fila.

El primer coche es un SIMCA Horizon ocupado por dos chicas jóvenes. Muria apoya un antebrazo teatralmente en la capota y acerca la cara a la ventanilla abierta. Las chicas llevan minifaldas de pana y camisetas estampadas sin sujetador.

—Lleno, por favor —dice la chica que va al volante.

—¿Lleno? —dice Muria—. ¿Y adónde vais, que necesitáis el depósito lleno?

Las chicas ponen los ojos en blanco.

—¿Vuestros padres saben adónde vais? —dice Muria, con una amplia sonrisa.

—¿Me llena el depósito o no? —dice la chica.

—Pues me vais a tener que enseñar los carnets de identidad. No puedo serviros gasolina si no tenéis la edad.

Las chicas se miran entre ellas, incrédulas. Muria señala el asiento de atrás del coche, donde hay una sombrilla y un par de bolsas de mimbre con toallas.

—Hagamos un trato —dice—. Si me decís a qué playa vais, os lleno el depósito sin hacer preguntas.

Las chicas parecen demasiado perplejas para contestar.

—Yo os puedo llevar a las mejores playas de esta costa —dice Muria—. Playas apartadas. Paraísos, vamos. Mejor me dejáis conducir a mí. Ya sé que ahora os dejan conducir a las mujeres, pero para llegar a ciertos sitios, hace falta un hombre, ¿eh? —suelta una risilla—. Yo me llamo Melitón. ¿Y vosotras?

—¿*Melitón*? —La chica pone cara de asco.

Los conductores que esperan detrás del SIMCA Horizon empiezan a hacer sonar las bocinas. En su despacho, el encargado se asoma al cristal con el ceño fruncido.

—Mirad, yo salgo dentro de media hora —dice Muria—. Esperadme en el bar de esa estación de servicio que hay más adelante, anda.

La conductora del SIMCA pisa el acelerador y Muria consigue apartarse un segundo antes de que las ruedas le pasen por encima de las botas.

Al cabo de cinco minutos —y de dos pausas que Muria aprovecha para secarse el sudor, arreglarse el uniforme azul y reajustarse el peinado Carl Perkins—, llega al principio de la fila un Seat 1500 con los cristales tintados. Muria se inclina con la pistola del surtidor en la mano para asomarse a la ventanilla del pasajero que se está abriendo y se queda mirando al chófer con gafas de sol, que a su vez señala con el pulgar al asiento de atrás. Muria gira la cabeza para mirar el asiento de atrás. Ahoga una exclamación. Da un paso hacia atrás, con los ojos muy abiertos. El surtidor gotea sobre el suelo de asfalto de la gasolinera.

En el asiento de atrás, la pantalla vacía de la cara de Arístides Lao mira a su antiguo subordinado.

—¡Ni hablar! —chilla Muria, espantado—. ¡No y no! ¡Ya puede marcharse por donde ha venido!

—No ha escuchado usted lo que he venido a decirle —dice Lao, con el tono neutro de una constatación.

—¡Ni pienso escucharlo! ¡Me da igual lo que sea! ¡Adiós!

—Pónganos gasolina —dice Lao.

Muria se aleja un par de pasos, con un chorrito de gasolina cayendo de la pistola del surtidor.

—¡Usted no quiere gasolina!

—Llene el depósito —dice Lao.

Muria niega con la cabeza. Varios de los conductores que estaban en la cola del surtidor empiezan a salir de sus vehículos y a mirar la escena a una distancia prudencial. El encargado de la gasolinera sale de su despacho con zancadas furiosas.

—¡Por favor! —Muria retrocede hasta tropezar con la manguera del surtidor y se cae. Dos manchas oleaginosas se le empiezan a extender por el uniforme. El peinado sempiternamente torcido ya no resulta reconocible como ninguna variante del famoso tupé que inventó Carl Perkins en los años 50. Ahora parece más bien el resultado de haberse enganchado el flequillo en alguna clase de maquinaria industrial y haber sido arrastrado por el suelo durante cincuenta metros.

32

COSTURERO

Teo Barbosa y el camarada R. T. terminan de trepar a las peñas que coronan el lado sur del risco del Islote de Arañas y asoman la cabeza para divisar el mar de color esmeralda del oeste de la isla y el yate de lujo que está a cincuenta metros de los escollos. Debían de ser las ocho de esta mañana cuando han oído voces y el ruido de un motor desde la casa, y el camarada Cuervo ha designado a Barbosa y a R. T. para que subieran a ver quién estaba rondando el islote. Las visitas inesperadas no son infrecuentes: puede que la isla en sí sea privada, pero sus aguas no. En la cúspide del risco, a Barbosa y su camarada no les hace falta usar los prismáticos. El yate está lo bastante cerca como para distinguir lo que están haciendo sus ocupantes. Parece ser un equipo publicitario, con un par de fotógrafos y tres modelos, además de una maquilladora y media docena más de personas con ocupaciones menos evidentes, todos a bordo de la lujosa embarcación de treinta metros de eslora.

—Madre mía —dice Barbosa—. Me gustaría que naufragaran para poder rescatar a alguna.

—¿No tienes suficientes problemas con la Madre Nieve, camarada? —dice R. T. en tono de sorna.

Barbosa no quita la vista de las chicas que posan en la cubierta del barco. Por fin mira a su compañero.

—¿Quieres que nos volvamos, camarada? —le pregunta—. Si volvemos deprisa, llegaremos a tiempo para limpiar el corral de los pollos o algo parecido.

R. T. mira a las chicas.

—No —dice por fin—. Nunca se sabe. Podrían ser una amenaza para nuestra seguridad. No pasa nada porque las vigilemos un rato.

—Sabes que es cuestión de tiempo que se quiten los bikinis —dice Barbosa.

—¿Tú crees? —R. T. parece esperanzado.

Los dos hombres se quedan un rato parapetados detrás de las peñas, contemplando la sesión de fotos. Entre carrete y carrete de fotos, las modelos soportan pacientemente los retoques de la maquilladora ataviadas con sus bikinis blancos, gafas de sol enormes y sombreros de paja. El director de la sesión las va colocando. Ahora acostadas sobre el suelo de madera de la proa. Ahora en la baranda. Ahora subidas al techo de la camareta. Las chicas se pasan cigarrillos de marihuana entre ellas. El ruido percusivo de la música disco se eleva flotando desde la cubierta. En un momento dado, la encargada del vestuario trae otros bañadores y las modelos se desnudan delante de todo el mundo para cambiarse.

—¡Joder! —dice R. T.

—La vigilancia es cuestión de paciencia —dice Barbosa, satisfecho—. El buen centinela no conoce el cansancio.

Al cabo de unos minutos el yate leva el ancla y enciende el motor para alejarse rumbo al este. Barbosa y R. T. echan a andar por las peñas, siguiendo a la embarcación hasta que se vuelve a detener trescientos metros más allá. R. T. se acomoda para seguir mirando. Aunque es cierto que habla poco y no da más muestras de voluntad de socializar que el resto de habitantes de la isla, a Barbosa ha llegado a caerle bien R. T. Los dos deben de tener la misma edad, y además del acento balear o catalán de R. T., el hecho de que sea el navegante de la isla hace pensar a Barbosa que no debe de haberse criado muy lejos. Algo en su personalidad refleja también esa placidez callada de los navegantes. Ahora Barbosa se acomoda a su lado.

—No soy muy popular en esta isla, ¿verdad que no? —pregunta.

R. T. se encoge de hombros.

—En esta isla nadie es muy feliz —dice.

—¿No?

—No. Puede que la vida comunitaria sea maravillosa, pero estamos atrapados en una roca en medio del mar. Es imposible no volverse un poco loco.

—A mí me parece mucho mejor que el piso franco donde estaba yo —dice Barbosa.

R. T. fuma.

—¿Son imaginaciones mías o parte del problema es el camarada Piel de Oso? —insiste Barbosa.

R. T. sigue fumando con la mirada clavada en las modelos del yate.

—No todos los camaradas están del todo contentos con la estrategia de la organización —dice por fin—. Es normal, supongo.

—¿Con la estrategia de la organización o del camarada Cuervo?

—El camarada Cuervo hace lo posible para evitarlo, pero cada vez más hay dos facciones en la isla. Nuestro líder lo está intentando subsanar.

—¿El camarada Cuervo contra Piel de Oso?

—Nuestros camaradas más veteranos son los más impacientes —dice R. T.—. Piel de Oso, la Dama Raposa y el Rey Rana. Están ansiosos por volver a entrar en acción. No entienden por qué el camarada Cuervo los hace esconderse tanto tiempo. Están esperando que haya cambios en la organización. Que la rama más belicosa gane fuerza.

—¿Y los demás?

—Están las dos chicas jóvenes —dice R. T.—. Que nunca han entrado en acción. Blancanieve y Rojaflor. Aunque nadie lo dice, hacen más de apoyo y de sostén. Cocinan, lavan la ropa.

—¿Y se acuestan con los mayores?

R. T. sonríe.

—Las malas lenguas dicen que el camarada Cuervo solamente las tiene aquí para inflar los números a su favor en las votaciones. Los jóvenes son los más leales al líder.

—¿Y dónde está la Madre Nieve en todo esto?

—La Madre Nieve nunca está con nadie.

—Y a todo esto, ¿por qué el camarada Cuervo nos hace escondernos tanto tiempo?

R. T. mira a Barbosa.

—El camarada Cuervo no quiere bajas —dice—. Prefiere pasarse de precavido. Cuando nuestra camarada cayó después de que tú pasaras al otro lado, se puso como loco.

Barbosa lo piensa.

—¿Y tú? —dice, tirando su colilla—. ¿Dónde estás tú?

R. T. se encoge de hombros.

—Yo soy el barquero —dice.

Barbosa señala el yate.

—¿Qué te decía yo? —dice.

En la cubierta del yate de lujo, las tres modelos se han quitado los bikinis. Los fotógrafos recargan sus cámaras y disparan carrete tras carrete. Barbosa se pone a aplaudir, provocando que un par de miembros del equipo fotográfico levanten la vista, intrigados.

Ya deben de ser las once cuando el yate se aleja. Barbosa se despereza y mira a su camarada.

—¿Volvemos? —dice.

—Podemos ir a la Casa del Viento —dice—. A buscar provisiones. El alemán ya habrá vuelto de Ibiza.

Los dos echan a andar bajo el sol de justicia. En la terraza de la Casa del Viento se encuentran a los alemanes en sus tumbonas, fumando cigarrillos de marihuana. Camilla debe de tener treinta y muchos años, es muy rubia y tiene unos pechos grandes en un cuerpo carnoso y muy moreno, con la hoz, el martillo y el compás de la Spartakusbund tatuados en el brazo. Oskar aparenta cuarenta y tantos y tiene la cabeza afeitada y barbita de chivo. Camilla se los queda mirando con una sonrisa de pupilas dilatadas mientras Barbosa y R. T., los dos en bañador, se acercan por entre los pinos. El cuerpo de Barbosa sigue siendo más pálido que los de sus compañeros, pero ya empieza a adquirir un matiz tostado.

—Buenos días —dice R. T.

Camilla y Oskar los saludan con la mano.

—¿Hay algo para nosotros? —dice R. T.

Oskar señala la casa con el pulgar.

—Mira al lado de la puerta —les dice.

Barbosa y R. T. salen de la casa con bolsas llenas de

patatas, aceite, queso y embutidos. La puerta de la cocina tiene una de esas cortinas de cuentas que tintinean cada vez que uno entra o sale.

—¿Fumáis? —dice Camilla, enseñándole un cigarrillo de marihuana.

Barbosa deja sus bolsas en el suelo.

—Por un poco no pasa nada, imagino —dice, sonriendo.

R. T. lo mira con cara severa.

Camilla coge un costurero que tiene debajo de la tumbona. Un costurero rojo con dibujos chinos. Lo abre y Barbosa y R. T. pueden ver todo lo que hay dentro: Bolsas de marihuana y resina de hachís. Láminas troqueladas de ácido. Frasquitos y blísteres llenos de pastillas. R. T. sorprende la mirada fascinada de Barbosa.

—Será mejor que nos vayamos, camarada —le dice—. Llevamos toda la mañana fuera, y no es que falte trabajo que hacer.

La brisa acaricia las pieles desnudas de todos. Barbosa se despide con la mano de los alemanes.

33

TEORÍA DE SISTEMAS

En el salón del chalet que alberga la base del CESID en la avenida Cardenal Herrera Oria de Madrid reina lo más parecido a la expectación que el comandante Ponce Oms recuerda haber visto desde que ocupa su cargo. Está presente casi todo el personal superior de la División de Inteligencia Interior, además de algunos delegados regionales. Por supuesto, a estas alturas ya todos han oído hablar del «agente Sirio». En la última semana han trascendido los bastantes detalles de su plan como para que más de uno haya llamado a la Delegación de Barcelona para preguntar por el misterioso asesor que Oms se ha sacado de la manga. Esta mañana, sin embargo, toda curiosidad permanece a buen recaudo. Los hombres de Inteligencia Interior están sentados perfectamente circunspectos en torno a la mesa de reuniones del salón. Maestros del disimulo. Solamente alguien tan familiarizado con las dinámicas internas de la división como Oms puede percibir algo remotamente parecido a la expectación. En la superficie no hay más que contención.

Alrededor de la mesa de reuniones del salón, el no-verde de los trajes burocráticos ya supera al verde de los uniformes militares en proporción de 3 a 2.

—El agente Sirio contestará a todas las preguntas que tengan ustedes sobre el dossier —dice el comandante Oms a los presentes, acercando la cara a su micrófono—. Recuerden que de aquí hemos de salir teniéndolo todo perfectamente claro.

El comandante Oms está sentado a la derecha de Lao, que ocupa la cabecera de la mesa de reuniones. Todos cuentan con micrófonos, cuyos cables confluyen en un magnetófono instalado en una mesa contigua. Aunque la disposición de los hombres reunidos alrededor de Lao no se parece estrictamente a las representaciones pictóricas de la última cena, sí que hay en ella cierta atmósfera parecida de finalidad conspiratoria. El subdirector de la División de Inteligencia Interior, un tipo de voz suave y mentón huidizo llamado Meseguer, sostiene en alto el expediente de D. M. Dorcas.

—De entrada —dice—, no acabo de entender cómo este tipejo puede ser nuestra gran arma secreta. O sea, ¿qué capacidad operativa puede tener? Le hablan los extraterrestres.

—Según dice aquí —continúa un hombre con uniforme de teniente—, es esquizofrénico, tiene delirios místicos y hace cuatro meses abandonó el tratamiento y fue detenido por atravesar el perímetro de exclusión del meteorito de Sallent.

Oms mira a Lao, invitándole a ser él quien ofrezca las explicaciones.

—Para entender lo que se propone la Operación Meteorito —dice Lao—, es útil pensar en la TOD como en un sistema viviente.

El teniente frunce el ceño.

—¿Un sistema viviente? —dice.

—Para sobrevivir, los sistemas necesitan ser homeostáticos —continúa Lao—. La homeostasis es el nivel de adaptación permanente del sistema. Es su tendencia a la supervivencia dinámica. Los sistemas altamente homeostáticos sufren transformaciones estructurales asociadas a los cambios del contexto. Eso es lo que determina su evolución. Lo contrario de la homeostasis es la entropía, que es el desgaste que presenta el sistema por el transcurso del tiempo o por su mismo funcionamiento. Ese desgaste hace que los sistemas altamente entrópicos tiendan a desaparecer. Para sobrevivir, necesitan sistemas de control y mecanismos permanentes de revisión y cambio.

—¿Eso qué tiene que ver con la TOD? —dice el teniente.

—Déjele terminar —dice Oms.

Lao continúa exactamente en el mismo tono que si la interrupción no hubiera tenido lugar.

—La TOD es un sistema con una permeabilidad muy limitada —dice—. Aun así necesita tomar del medio externo los recursos que limitan la entropía. Será un sistema estable siempre y cuando pueda mantenerse en equilibrio a través del flujo continuo de materiales, energía e información.

—Siga, por favor —dice Oms.

—Será estable siempre y cuando pueda mantener su funcionamiento y operar de forma efectiva. En cambio, si conseguimos desestabilizar el sistema, su evolución futura cada vez tendrá menos que ver con sus condiciones originales. Con su estructura y sus funciones originales.

Silencio. Algunos de los presentes intercambian miradas.

—A ver si lo he entendido —dice Meseguer—. ¿Nos está diciendo que infiltrar otra vez a Dorcas va a desestabilizar a la TOD?

—Les estoy proponiendo que introduzcamos una variable en el sistema que el sistema no pueda asimilar —dice Lao—. Que colapse sus mecanismos de control. Si quieren, piensen con analogías. Como por ejemplo un meteorito que impacta en la tierra y provoca cambios climáticos que hacen inviable la vida.

El subdirector lo piensa un momento.

—¿Y qué me dice de la motivación? —dice por fin—. Puede que ellos no sean capaces de manejar a un loco, ¿pero qué me dice de nosotros? ¿Cómo vamos a convencerlo para que coopere con nosotros otra vez? Los operativos infiltrados necesitan sangre fría, inteligencia, cautela... Tendría que estar motivado al máximo.

—Ese problema ya está solucionado —dice Lao.

Oms asiente con la cabeza.

—El agente Sirio ha encontrado la manera de motivar a Dorcas —dice—. Dorcas ya ha aceptado la misión.

—En su origen —dice Lao—, el delirio del señor Dorcas estuvo asociado a nuestras comunicaciones bajo el nombre en clave de Sirio. Mediante una manipulación adecuada de su medicación podemos recrear las condiciones en que se produjo su brote original. Le estamos administrando píldoras sin efecto y píldoras con dosis bajas de alucinógenos. Hemos observado respuestas favorables a nuestros últimos mensajes. El paciente espera nuestras llamadas y extrae las conclusiones y las instrucciones que nosotros le implantamos en ellas. Está motivado para pasar al otro lado como parte de una misión de naturaleza sacerdotal. Dictada por su dios.

Los presentes se miran. Aunque cuesta leer sus expresiones, es obvio que comparten cierto grado de incomodidad o de incertidumbre. Meseguer niega con la cabeza.

—No tiene ningún sentido —dice—. Pongamos por caso que Dorcas consigue ganarse de vuelta la confianza del PCA, de ese tal Blanco... que ya me parece muy improbable. O sea, los dejó plantados hace un año y medio. Y ha estado ingresado en el *manicomio*. Pero pongamos por caso que consigue entrar otra vez en la organización. Eso no es lo mismo que pasar al otro lado. Pongamos también por caso que consigue pasar al otro lado, y tienen ustedes que admitir que cuesta mucho de creer. Aun así, todo el proceso sería larguísimo. No le daría tiempo de pasar al otro lado en los cinco meses que tenemos para implementar la operación.

Oms vuelve a mirar a Lao para invitarle a que conteste. Lao asiente con la cabeza.

—Creo que he encontrado la manera de conseguir que Dorcas llegue al otro lado —dice—. No por los canales habituales, que efectivamente son demasiado lentos para nuestro objetivo. Para que llegue de inmediato.

Los presentes lo miran. Lao coge el grueso expediente que tiene delante, sobre la mesa, y lo sostiene en alto para que todos lo vean.

—Éste es su salvoconducto —dice—. El expediente de la Operación Cólera. El fruto de tres años de nuestro trabajo.

Los reunidos se lo quedan mirando con cara de no entender.

—Dentro de dos días —interviene Oms—, Dorcas nos robará el expediente y se pondrá en contacto con los dirigentes del PCA. Ellos estarán en deuda con él. Y por supuesto, tendrán que esconderlo, porque nosotros emitiremos una orden de busca y captura internacional. No les quedará más remedio que esconderlo en el otro lado.

Ahora la perplejidad asoma en la mayoría de caras.

—Un momento —dice el subdirector—. Cuando dice usted que le vamos a dar el expediente Cólera a Dorcas...

—Nos lo va a robar —lo corrige Oms.

—Lo que usted diga. Pero cuando dice que él les va a llevar el expediente, supongo que se refiere a un expediente falso.

Oms mira a Lao. A continuación mira a Meseguer.

—Esa posibilidad está descartada —dice.

—Un expediente falso nunca funcionaría —explica Lao—. Ni tampoco una versión expurgada. Enseguida se darían cuenta. Tenemos que quedar completamente expuestos. Tenemos que darles algo que ellos puedan contrastar con sus propios informes de inteligencia pero que vaya mucho más allá. Que nos desnude del todo.

Al teniente se le ha puesto roja la cara.

—¿Nos está pidiendo que tiremos tres años de trabajo a la basura para infiltrar a un drogadicto esquizofrénico? —dice.

—Tres años de trabajo que no nos han llevado a ninguna parte —dice Oms.

—¿Pero cómo nos ayuda enseñarles todo nuestro trabajo? —protesta otro de los presentes.

—Nos ayuda porque no se lo estamos enseñando todo —dice Lao—. No les estamos enseñando la Operación Meteorito.

—Un momento —Meseguer levanta una mano—. No podemos poner ese expediente en sus manos sencillamente porque comprometería la seguridad de nuestros operativos. Todos nosotros quedaríamos expuestos. Y hay un tercer hombre todavía infiltrado en su organización, ¿no es cierto? —Hojea su dossier—. Si les damos el expediente, Albaiturralde es hombre muerto.

Oms carraspea.

—Ése es el punto más delicado de la operación —dice—. Pero el agente Sirio ha desarrollado una estrategia y yo quiero que la escuchen.

Todos miran a Lao.

—No lo matarán de inmediato —dice Lao—. Lo retendrán y tratarán de sacarle información. Y durante esas primeras horas nosotros nos pondremos en contacto con ellos. Les propondremos un canje de prisioneros. Y con el cambio de prisioneros, les infiltraremos a otro operativo.

El silencio se extiende por la mesa. Un silencio distinto al silencio escéptico o perplejo de antes.

—Este hombre está loco —dice por fin Meseguer.

34

PUMPERNICKEL

Para el trabajo en grupos, los habitantes de Can Arañas arrumban contra las paredes la mesa y los sofás del salón de la casa y colocan las sillas en círculo. Diez sillas en disposición idéntica, honrando la naturaleza asamblearia del trabajo en la Tropa. Esta tarde se reúne el grupo de formación teórica para situaciones de encarcelamiento, lo cual quiere decir que el orientador de la sesión es el camarada Rey Rana, que es el único que ha cumplido condena. El Rey Rana es el mayor de los habitantes de la casa. Debe de tener aproximadamente la edad del camarada Cuervo, es decir, diez años más que la media del resto de soldados, que ronda los veinticinco. De todos los nombres en clave de los miembros de la tropa reunidos en la isla, a Barbosa le parece que Rey Rana es el más desafortunado de todos. Con su cuerpo rechoncho y su pelo rizado que le crece en forma de voluminoso afro, el Rey Rana tiene algo de batracio que en la práctica hace que la gente evite usar su apodo delante de él.

El Rey Rana está sentado al lado del camarada Cuervo, con su sombrero de ala ancha y el chaleco de cuero. Todas las mujeres llevan el bañador puesto, no como resultado de ninguna nueva consigna, sino que parece haber sucedido de forma natural después del incidente con la Madre Nieve. Las camaradas parecen haber renunciado al derecho a gestionar sus partes íntimas y han empezado a protegerlas de la mirada del ojo ciego de la Madre Nieve.

—He resumido las guías de actuación en cinco puntos —está explicando el Rey Rana a los congregados—. Primer punto: establecimiento de redes. Segundo punto: cooperación con los presos comunes. Tercer punto: ostracismo de los revisionistas. Cuarto punto: organización de campañas de presión. Y quinto punto: organización de motines.

—Estupendo, camarada. —El camarada Cuervo asiente con la cabeza.

—En el apartado de establecimiento de redes, se opera a distintos niveles. Redes dentro de la comunidad penitenciaria del centro, pero también entre centros. Hay que tener en cuenta que los sicarios fascistas usan constantemente los traslados de presos para evitar que se formen comunidades.

—¿Y podemos aprovechar los traslados para establecer comunicación entre centros? —dice el camarada Cuervo.

—Es muy difícil, pero lo intentamos. Hasta dentro de un solo centro las redes de comunicación tienen que burlar la supervisión constante. Los encuentros entrañan mucho riesgo.

—Continúa, camarada.

—El punto dos es la cooperación con los presos comunes. Nuestros camaradas presos apoyan las luchas y motines protagonizados por los presos comunes contra las brutales condiciones a que son sometidos. Las apoyan y las estimulan. El punto tres es el aislamiento de los revisionistas.

—El camarada Rey Rana vivió de cerca las primeras amnistías, ¿verdad? —dice el camarada Cuervo.

—En Carabanchel —dice el Rey Rana—. Cuando salieron en libertad los históricos del PCE, el régimen organizó un gran montaje publicitario sobre sus medidas de gracia. A los reformistas puestos en libertad se los liberó para que predicaran la reconciliación y silenciaran a los que aún seguían en las mazmorras fascistas. Se los adiestró para que testimoniaran que en las cárceles se vivía muy bien y no había torturas.

—Cuéntanos con quién coincidiste en el Hospital Penitenciario, camarada.

El Rey Rana asiente.

—En diciembre de 1976 —dice— yo estaba en el Hospital Penitenciario de Carabanchel recuperándome de las lesiones de los interrogatorios, mientras Carrillo pasaba unas vacaciones allí a cuerpo de rey.

—Al tiempo que lavan la fachada del régimen —dice el camarada Cuervo—, esos viejos oportunistas se dedican a denunciar nuestra lucha y a los revolucionarios que siguen en la cárcel. Sacan a sus presos y se olvidan de los demás: ése es su ejemplo de solidaridad, camaradas. Y a cambio reciben escaños y altos cargos públicos.

Teo Barbosa levanta la mano. Su cuerpo ya está casi igual de moreno que los de sus camaradas. Como suele pasarle, su altura y el hecho de que necesitaría una silla más grande provocan que parezca más repanchingado de lo que realmente está.

—¿Sí, camarada? —dice el Rey Rana.

—¿No es un poco ocioso que tratemos el ostracismo de los revisionistas cuando ya no queda ninguno en la cárcel? —dice Barbosa—. O sea, ya no estamos en el 76.

El Rey Rana mira al camarada Cuervo en busca de ayuda. El camarada Cuervo no lo ve porque está mirando a su vez al camarada Piel de Oso, que está echando vistazos ceñudos a su alrededor.

—Camarada Piel de Oso —dice el camarada Cuervo—. Da la impresión de que tienes algo en mente. Ya conoces la mecánica de los grupos. Comparte con nosotros lo que te preocupa.

El camarada Piel de Oso niega con la cabeza.

—Nos dijiste que se nos explicaría por qué se ha abortado la acción programada para mayo —dice—. Tenemos derecho a saberlo.

Hay un momento de silencio. El camarada Cuervo cambia de postura en su silla.

—No me recuerdes vuestros derechos, camarada —dice en tono frío—. Soy yo quien vela por ellos y por que sigáis vivos.

—El camarada Cuervo ha conseguido que los alemanes dejen de mandarnos ese pan *pumpernickel* —dice Barbosa—. Solamente por eso ya le tenemos que estar eternamente agradecidos.

El camarada Cuervo no le hace caso.

—Esto es un grupo de trabajo formativo sobre la supervivencia en las cárceles del enemigo —continúa diciéndole a Piel de Oso—. Ojalá nunca os haga falta poner en práctica esta formación, pero aun así es importante, y cambiar de tema es una falta de respeto al camarada Rey Rana. A pesar de todo, te contestaré, camarada, para que no haya malentendidos. La acción de mayo se ha cancelado por razones de seguridad. Acaba de haber una acción de los GRAPO y el dispositivo policial que se va a instaurar compromete la seguridad de nuestra acción. Además, me ha llegado la noticia de que vamos a recibir en breve una información sobre el enemigo que cambiará por completo nuestra situación.

—No costaría tanto llamarse de vez en cuando con los chicos de los GRAPO —dice Barbosa—. Si no, acaba llevándose el gato al agua el primero que llega.

El camarada Piel de Oso se gira hacia Barbosa.

—Camarada —le dice, señalándolo—, como hagas una broma más, te juro que te abro la cabeza. Me da igual lo que me pase a mí, con tal de no tener que volver a oírte.

Barbosa hace una mueca de sobresalto burlón y se hunde un poco en su silla, lo cual, debido a su altura, no termina de producir la impresión que debería producir. Se oyen un par de carraspeos. Después del *sauerkraut*, el *pumpernickel* es el segundo producto alimenticio que los habitantes de Can Arañas han sometido a votación en asamblea y han resuelto que no quieren seguir recibiendo en sus suministros de vituallas. El camarada Cuervo busca la mirada de Piel de Oso y se la sostiene, desafiándolo a que responda. Nadie hace nada. El momento se prolonga hasta el infinito.

35

ALGO PARA LO QUE TODAVÍA NO HAY NOMBRE

Sara Arta está sentada en su butaca de plástico remachada a la pared de la sala de espera de la enfermería, con el cuerpo doblado hacia delante y la cara crispada en una mueca de dolor. La sala de espera de la enfermería del Módulo de Mujeres de Carabanchel es un cuarto con las paredes de yeso blanco, un fluorescente en el techo y el suelo de baldosas rotas. Pintadas en las paredes. La mujer embarazada que está sentada en la butaca de plástico de delante de Sara Arta contempla sus aspavientos de dolor sin curiosidad. Con esa ausencia de conmiseración que provoca la exposición continuada al sufrimiento. Secándose a intervalos regulares el sudor de la frente y el cuello. Durante el último mes, los ventiladores se han convertido con diferencia en los elementos mobiliarios más preciados del centro penitenciario. Por fin, cuando los gemidos de Sara aumentan de intensidad y su cuerpo ya está completamente doblado hacia delante por el dolor, la mujer embarazada suspira. Se saca un paquete de Ducados del bolsillo y se pone uno en los labios. Le ofrece otro a Sara.

—Ten, anda —le dice, mientras enciende el que ella tiene en la boca.

Sara Arta no levanta la cabeza. Continúa agarrándose el vientre, entre espasmos de dolor. La embarazada tuerce el cuello para verle la cara.

—Has comido la mierda que ponen aquí, ¿eh? —dice en tono sabio. Suelta una risilla seca—. Mejor no comer que tragarse esa bazofia. Yo apenas como. Ya me han puesto el suero tres veces.

Sara Arta levanta la cabeza y echa un vistazo a la embarazada. Aunque ya se le han curado las heridas de la cara, y apenas le quedan un par de cicatrices que casi no se le ven bajo la sombra de ojos, la cara de Sara se parece a la cara que tenía antes de ser detenida de la misma manera en que una falsificación no demasiado competente se parece a su original. El maquillaje es el mismo. Los rasgos son los mismos. Pero la delgadez se ha vuelto enfermiza. La piel ha adquirido un matiz amarillento. Los ojos han perdido el brillo.

—¿Te has tragado los clavos? —La embarazada da una calada de su Ducados y le dedica una sonrisa de complicidad—. A mí me lo puedes decir. No se lo voy a contar a nadie.

Sara Arta frunce el ceño.

—¿Los clavos? —pregunta.

La embarazada da una patada a una cucaracha.

—Lo están haciendo varias compañeras —explica—. Te tragas un puñado de clavitos de esos pequeños. También sirve con cristales. Son dos semanas en la enfermería, con calmantes. —Asiente con la cabeza—. Sé quién te puede vender una bolsita de clavos. Hasta sé de dónde los sacan.

Sara Arta vuelve a agarrarse la barriga y a doblarse

hacia delante. Su gruñido sube de volumen hasta convertirse en un rugido apagado de dolor. La embarazada chasquea la lengua. Se pone de pie, camina hasta la puerta metálica del consultorio y se pone a aporrearla con la palma de la mano.

—¡Médico! —chilla—. ¿Tiene que morirse una aquí para que abráis la puta puerta?

La puerta se abre. La enfermera se queda mirando a la embarazada con una mueca de asco.

—¿Pero cómo os tengo que decir que no me aporreéis la puerta? —dice, levantando la voz—. ¿No sabes leer o qué te pasa? —Señala un letrero escrito a mano que hay en la puerta—. Te voy a dar yo también en la cabeza, a ver si te enteras de una vez.

—Mi compañera no aguanta más. —La embarazada levanta también la voz—. Dadle algo, hijos de la gran puta. Mira cómo está.

La enfermera echa un vistazo a Sara Arta, que sigue retorcida de dolor en su butaca.

—Si de mí dependiera, la dejaba a pasar el día ahí —murmura la enfermera—. Lástima que todavía hay normas.

Y vuelve a cerrar de un portazo. Al cabo de cinco minutos la puerta se vuelve a abrir y la enfermera ayuda a salir a una reclusa a la que le acaban de poner puntos de sutura en la cara. La reclusa camina dando tumbos, con un ojo abierto y el otro cerrado y un botecito de pastillas en la mano. La enfermera la mira alejarse hacia la escalera y a continuación se queda mirando a Sara Arta, con los brazos en jarras.

—¿Qué? ¿No tenías tanta prisa? —le dice.

Sara Arta entra arrastrando los pies en el consultorio y espera a que se cierre la puerta a su espalda para dejar de fingir. Se saca un cigarrillo del bolsillo y se lo enciende sin rastro alguno del dolor que parecía sentir hace un minuto. Suelta una bocanada de humo y se queda mirando con expresión interrogativa al médico sentado a su escritorio. El médico señala con el pulgar la zona cerrada por una cortina del consultorio donde se llevan a cabo los exámenes médicos.

Al otro lado de la cortina, Sara se sienta en una silla delante de Arístides Lao. Arístides Lao con su cara ininteligible. Con sus ojos y su cara que no son ventanas a ningún alma. Que son como pantallas en blanco.

—Espero que se encuentre mejor que la última vez que nos vimos —dice Lao.

Sara Arta suelta un soplido.

—No podré tener hijos —dice—. Pero supongo que, tal como están las cosas, es casi mejor. De todas maneras aquí dentro he probado a las mujeres y no están mal. —Hace una mueca de burla—. No hacen *daño*.

Sara Arta da una calada de su cigarrillo. El humo flota en el cubículo de los exámenes médicos: una mesa camilla, una balanza, un sillón ginecológico cubierto con una sábana. Cuando ninguno de los dos habla, se oye esa amalgama de ruidos penitenciarios estándar que viene de todos los patios de cárceles. Voces apagadas y puertas metálicas y algún silbato de vez en cuando. Palmadas de hipotéticas mujeres gitanas que palmean y cantan en algún lugar.

—De parte de la División de Inteligencia Interior del CESID —dice Lao—, quiero darle las gracias por su cooperación.

Sara Arta parece querer decir algo, pero la cara se le descompone. Las lágrimas le brotan en los ojos.

—Quiero garantizarle que ésta es la única manera

que tenemos de intentar salvar al agente Barbosa —continúa Lao—. Sospechamos que su situación ya es crítica desde hace meses. Pero hace dos días sufrimos el robo de una cantidad importante de documentos que lo incriminan. El expediente completo de la operación donde está integrado. Tenemos miedo de que esos documentos estén a punto de llegar a manos del PCA. Eso significaría la muerte segura de Barbosa. ¿Entiende usted lo que estoy diciendo?

Sara Arta se sorbe la nariz. Asiente con la cabeza. Se seca las lágrimas con un pañuelo. La sombra de ojos se le ha corrido por las mejillas, dándole cierto aspecto mugriento de niña victoriana.

—No os creáis ni por un momento que hago esto para salir de aquí —dice ella, en tono desafiante—. No me dan ningún miedo vuestras cárceles ni lo que me podáis hacer. —Se suena las narices y se vuelve a guardar el pañuelo—. Esto no es *nada* para mí.

Lao asiente.

—Apreciamos sus sentimientos por el agente Barbosa —dice.

A Sara le vuelve a temblar la cara. Las lágrimas le afloran a los ojos.

—Tenemos que discutir los detalles del intercambio y de su infiltración —continúa Lao.

Sara asiente con la cabeza.

—¿Conoce usted al dirigente del PCA cuyo nombre en clave es Blanco? —pregunta Lao.

—Sí.

—¿Blanco es el líder estatal del PCA?

—Sí, es el líder.

—Doy por sentado que él gestionará directamente el intercambio.

Sara Arta asiente con la cabeza.

—Sí —dice—. El camarada Blanco es un soldado. No os tiene miedo. Vale más que doscientos juntos de vosotros.

—Después del intercambio no podremos mantener contacto con usted —dice Lao—. Obviamente no habrá escuchas ni contactos personales. No podremos seguirla ni tampoco ayudarla si surge algún problema. Supongo que eso está claro.

—Está claro.

—No tendrá usted mucho tiempo —continúa Lao—. Si el expediente llega a Blanco, como nos tememos, Barbosa tendrá las horas contadas. Las directrices operativas de usted son simples: averigüe la ubicación de Barbosa y llámenos. Estaremos en situación de alerta esperando su llamada. Con operativos listos para sacarla.

—¿Y qué pasa con Barbosa? —dice ella.

—La operación está lista, como le digo —dice Lao—. Sea donde sea que esté, entraremos con el ejército si hace falta. Lo sacaremos a él y procederemos a detener a los demás. Después lo reuniremos con usted. Como es obvio, necesitarán salir del país. Tendrán nombres nuevos y pasaportes nuevos. Estarán bajo nuestra protección.

Sara Arta termina su colilla y la tira al suelo para aplastarla con el zapato. Se sorbe la nariz y se vuelve a secar la cara con el dorso de la mano, provocando nuevos corrimientos de sombra de ojos sobre la cara. Dándole esa cara mugrienta de los supervivientes de bombardeos.

—Estoy seguro de que el agente Barbosa haría lo mismo por usted —dice Lao.

Sara Arta mira a la cara del agente del CESID. En la expresión de Lao no se percibe ninguna voluntad de reconfortar ni tampoco de aliviar la posible vergüenza que esté sintiendo ella. Los ojillos diminutos reducidos o dilatados alternativamente por las gafas multifocales. Ojos sin vida, pantallas de sistemas informáticos. Máquinas de procesar información. Un Síndrome de Asperger cósmico. Una cosa sin alma.

—Todos aquellos hombres que me violaron... —dice por fin ella—. Aquellos sicarios repugnantes son perros, y los mataremos igual que se mata a los perros, sin pensarlo y sin acordarnos después. Igual que a vuestros policías, igual que a los soldados que vais a mandar contra nosotros. —Su tono se ha llenado de repugnancia—. Todos caerán bajo las balas del pueblo, es cuestión de tiempo. Pero tú... —Niega con la cabeza y se queda sin palabras.

—Está usted enojada —dice Lao—. Lo entiendo.

—No. —Ella sigue negando con la cabeza—. No lo entiendes. No puedes entenderlo, eso es lo más gracioso. Tú eres peor que todos los demás. Te he estado mirando. Tú eres *otra cosa*. No sé muy bien qué. No tengo palabras para describirlo. Eres algo infinitamente más maligno. Algo para lo que todavía no hay nombre. Pero sea lo que sea, hay que exterminarlo. Hay que aniquilarlo cuanto antes. Tú no eres de este mundo.

Sara Arta sale del cubículo de los exámenes médicos sin esperar respuesta y sin mirar atrás. Está a punto de abandonar el consultorio cuando oye que el médico la llama:

—Disculpe.

Sara Arta se gira. El médico le ofrece una caja de pastillas.

—Su medicina —dice—. Tómese tres al día. Y vuelva dentro de una semana.

Sara coge la caja de pastillas y se dirige a la puerta. Cuando está cruzando otra vez la sala de espera, la mujer embarazada le ve los ojos irritados y la pintura de ojos corrida por toda la cara.

—Hijos de puta —murmura desde su butaca de plástico.

36

EL METEORITO EN EL ISLOTE

El calor de principios de mayo ha terminado por cambiar las rutinas del Islote de Arañas. Hace demasiado calor para dormir por las noches, y los residentes en la casa han empezado a adoptar la costumbre de bañarse en la laguna por las noches y de quedarse leyendo o jugando a las cartas hasta entrada la madrugada. Hace una semana se decidió por votación retrasar una hora y media el inicio de las actividades matinales, con la oposición del camarada Cuervo. Posteriormente se votó evitar las actividades al aire libre durante las horas de la canícula, también con la oposición del líder de la Tropa. Para cuando el camarada Ogro llega a la isla, a mediados de mes, el camarada Cuervo ya ha perdido seis votaciones seguidas, y si no hay actividades ni tareas programadas se limita a quedarse en su habitación de la casa, a menudo en compañía de Blancanieve y Rojaflor. Los demás ocupantes de la casa acogen estos encierros con alivio. La tensión parece relajarse en el islote. El camarada Piel de Oso y los suyos parecen sobrellevar mejor la inacción de la espera cuando su líder no está presente. De cara al colectivo, lo que el camarada Cuervo está haciendo dentro de su dormitorio es ofrecerles tutorías de orientación política a las dos chicas.

Es la medianoche del segundo día del camarada Ogro en el islote y prácticamente todo el mundo en la casa ya ha notado algo extraño en el recién llegado. Algo que todavía nadie puede calificar. Barbosa, R. T. y la Madre Nieve están tumbados en la orilla de la laguna, bajo las estrellas, arrullados por el rumor de las olas diminutas sobre los guijarros. Los tres fumando y escuchando a medias la música que viene del reproductor de casetes que suena en la otra orilla. El tema que suena es *Cautious Lip* de Blondie. No está claro en absoluto de dónde han salido el reproductor de casetes y la cinta de canciones mezcladas que venía con él. Alguno de los residentes más veteranos de la casa juraría que hace unas semanas no estaba. En el aparato de música, Debbie Harry canta con una pereza asombrosa sobre besar labios y morder labios.

El tintineo de la cortina de cuentas de la terraza de la casa hace que R. T. y Barbosa estiren el cuello para mirar quién sale. La Madre Nieve está acostada sobre los guijarros, con los ojos cerrados. Completamente inmóvil, sin que nada en su cuerpo indique que respira.

—Aquí viene Julius Rosenberg —murmura Barbosa, contemplando al camarada Ogro, que acaba de salir de la casa y se ha detenido un momento en la barandilla.

—¿Escondo la botella? —dice R. T.

—No. —Barbosa niega con la cabeza—. Espera a ver qué dice.

El camarada Ogro baja las escaleras de piedra que llevan a la playa de cantos rodados. Tiene el pelo muy corto y una barba muy larga y rizada que parece de otra época. La barba de Tolstoi. De Friedrich Engels. A pesar del calor, lleva unos pantalones de pana y una camisa blanca sin cuello. Ahora baja con cuidado por los guijarros hasta el sitio donde Barbosa y los otros dos están tumbados a la luz de la luna. En el aparato de música, Debbie Harry canta con voz perezosa sobre mujeres dulces y caderas que se contonean. Barbosa le hace una señal al recién llegado.

—Siéntate con nosotros, camarada —le dice—. Todos nos morimos de ganas de conocerte. Nos han contado tu gesta. Lo de los documentos que has robado.

El camarada Ogro se sienta al lado de Barbosa. Acepta el cigarrillo que el otro le ofrece y le deja que se lo encienda. Da una calada y mira las tres siluetas que están bailando y bebiendo al otro lado de la laguna.

—¿Qué están haciendo? —pregunta.

Barbosa recoge un periódico arrugado que hay sobre los guijarros y se lo da al recién llegado. El camarada Ogro mira la portada a la luz de la hoguera: la fotografía de Aldo Moro muerto dentro del maletero de un coche, rodeado de policías y curiosos.

—Están de celebración, camarada —explica Barbosa—. Celebrando el triunfo de nuestros camaradas italianos contra el revisionismo y el fascismo. ¿Quieres un poco de esto? —Saca la botella de vino que tienen medio enterrada en los guijarros.

El camarada Ogro da un trago de la botella que el otro le ofrece. En el equipo de música, Debbie Harry canta con pereza infinita.

—Bienvenido al otro lado —dice Barbosa—. Seguro que no te lo imaginabas así. A mí me gusta mucho más que el lado donde vivía antes.

El camarada Ogro mira a su alrededor.

—Es un lugar hermoso —dice—. Le eleva a uno el alma.

—Quédate unas semanas y verás cómo te eleva otras cosas —dice Barbosa.

R. T. suelta un soplido de burla. La Madre Nieve sigue acostada sin moverse. Su postura parece una réplica nocturna de esa postura estática de la gente que está tomando el sol en la playa. Cargando el cuerpo y la melena y los ojos de energía lunar.

—Al camarada Juan le gusta más la vida de campesino balear que la lucha contra el enemigo de clase —dice R. T.—. Me temo que lo hemos perdido para la Revolución.

Debbie Harry ya no está cantando. Barbosa da un trago de la botella y se la pasa a R. T.

—Solamente en la guerra puede el hombre aspirar a una vida plena —dice el camarada Ogro.

Barbosa y R. T. se lo quedan mirando. Hasta la Madre Nieve parece moverse un poco. El camarada Ogro sigue hablando:

—Lo que el revisionismo no ha entendido es que el pacifismo genera podredumbre. Todas las civilizaciones menos la nuestra han entendido que la destrucción es necesaria para que continúe el ciclo de la vida. A las Furias en Grecia se las llamaba «Euménides».

—«Las que hacen el bien» —traduce Barbosa.

—En la Trinidad Hindú, a Brahmá y Visnú los acompaña Shiva. Las escrituras de los shivaístas dicen que con la mirada ardiente de su tercer ojo quema el universo y se unta sus cenizas mortuorias por todo el cuerpo. Por eso los adoradores de Shiva se cubren de cenizas. Shiva es un epíteto de Rudra, el cazador, que es otra manera de llamar a Sirio.

—Sirio, ¿eh? —dice Barbosa.

—Shiva también es el *Natarásh* —continúa el camarada Ogro—, el rey del baile del universo, donde todas las leyes naturales se complementan entre ellas y crean el equilibrio. Si se detiene el baile de Shiva, ese equilibrio se detiene.

—Alguien tiene que avisar a Carrillo de que no está dejando bailar a Shiva —dice Barbosa—. Es posible que no se haya dado cuenta.

R. T. suelta otro soplido de burla.

—Yo pensaba que el alcohol estaba prohibido en esta casa —dice el camarada Ogro.

Barbosa se encoge de hombros.

—Está prohibido —dice—. Este vino nos lo pasan de estrangis los alemanes que viven en el otro lado de la isla. Las cosas últimamente se han relajado un poco. —Eructa—. No descarto que las Euménides nos pillen pronto.

El camarada Ogro se pone de pie. Se sacude los pantalones.

—Hace una noche magnífica —dice—. Me voy a pasear.

—Buena suerte, camarada —dice Barbosa, despidiéndose con la mano.

Barbosa y R. T. esperan a que el camarada Ogro se haya alejado un poco para intercambiar una mirada divertida. Barbosa suelta un silbido. En el aparato de música, Richard Hell está cantando *Betrayal Takes Two*. La Madre Nieve sigue acostada en la playa, cargándose de energía lunar. El calor de mediados de mayo no ha conseguido que se quite la túnica blanca. Tampoco parece que la haga sudar ni la incomode de ninguna de las maneras habituales en que el calor incomoda a la gente durante los meses de canícula. Igual que en el piso franco, la Madre Nieve parece capaz de reducir al mínimo sus constantes vitales. Una criatura invernal. Un animal capaz de saltar desde su letargo y dar un zarpazo para después volver a la misma inmovilidad y al mismo desinterés aparente por todo. Sin que el hecho de estar acostada con los ojos cerrados le dé ninguna apariencia de indefensión ni reduzca su capacidad natural de amenaza.

Al cabo de un minuto, vuelve a oírse el ruido de la cortina de cuentas y Barbosa estira el cuello para mirar hacia la terraza. Blancanieve y Rojaflor bajan las escaleras, con los cuerpos envueltos en toallas. Barbosa da un codazo a R. T., que se incorpora sobre los codos. Cuando las voces de las dos chicas llegan al pie de la escalera, la Madre Nieve abre los ojos.

—Buenas noches, camaradas —les dice Barbosa en tono divertido a las chicas cuando éstas pasan correteando a su lado, dejan caer las toallas en el borde del agua y se zambullen en la laguna, desnudas.

La Madre Nieve se incorpora hasta sentarse y coge un cigarrillo del paquete que tiene a su lado. Lo enciende y se queda mirando a las dos chicas mientras expulsa una bocanada de humo. Con el ojo ciego clavado en sus torsos desnudos. La forma en que la Madre Nieve refulge bajo la luna da la impresión de que es solamente bajo el astro nocturno donde cobra plena realidad. Como esas inscripciones de ciertos templos megalíticos que solamente son visibles durante un solsticio.

—Ven aquí, camarada —murmura por fin.

Barbosa se acerca a ella gateando por los guijarros y ella le agarra del pelo largo con el puño. Le besa los labios y le muerde los labios. Le besa toda la cara y antes de que él pueda hacer nada, ella ya lo ha empujado con fuerza hacia atrás y se está sentando a horcajadas encima de él. El pelo pajizo de la Madre Nieve refulge. Su ojo ciego resplandece. La luz de la luna sobre la Madre Nieve carece de connotaciones simbólicas precisamente porque la Naturaleza es lo contrario de los símbolos. Los símbolos solamente existen en ausencia de la Naturaleza. La Madre Nieve se saca el vestido blanco por la cabeza y su cuerpo entero refulge. Sus miembros raquíticos. Las caderas huesudas que ahora baten contra las caderas huesudas de Barbosa. Los meteoritos no pueden ser símbolos de las cosas que llegan de otro mundo precisamente porque *son* cosas que llegan de otro mundo. Su misma realidad los descalifica como elementos significativos. El significado solamente se da en ausencia de lo real. Mientras monta el pene de Barbosa, la Madre Nieve muerde la boca del camarada R. T. Le araña el pecho y le besa la cara. Pronto los tres copulan en un enredo refulgente de brazos y piernas. Los brazos y las piernas de las dos chicas desnudas chapotean en la laguna. Por el risco se elevan y rebotan esas risas femeninas felices y carentes de significado que siempre se oyen cuando hay chicas jóvenes bañándose desnudas bajo la luna. En el aparato de música suena *The Modern Dance*, de Pere Ubu. El sexo carece de significado. El islote carece de significado. No simboliza ningún reducto de nada, porque *es* un reducto.

37

DOS JABALÍES

Sin apartar la vista de la carretera a oscuras, Melitón Muria gira el dial de la radio del coche oficial del CESID hasta sintonizar un parte meteorológico. La voz del locutor anuncia que las temperaturas en el área metropolitana de Barcelona han vuelto a alcanzar otro máximo histórico. Que la temperatura de este 15 de mayo corresponde a niveles que nunca se habían dado antes de julio. Incluso en esta carretera, de noche y a quinientos metros de altura al pie de las montañas del norte de Olesa de Montserrat, hace tanto calor que Muria se ha tenido que aflojar la corbata y remangarse la camisa. El sudor le adhiere mechones del tupé maltrecho a la frente. Hace cinco meses que no llueve. La última vez que Muria recuerda haber visto lluvia fue durante los diluvios del invierno pasado. El locutor del parte meteorológico pasa la palabra a un especialista para que hable de los posibles indicios de alguna clase de alteración cataclísmica del equilibrio climático. Muria frena cuando ve que el coche oficial del CESID que va por delante de él enciende las luces de freno traseras. El locutor del programa meteorológico le pregunta al especialista si el cambio climático de los últimos meses podría estar relacionado con el meteorito de Sallent. Muria apaga la radio.

El coche de delante da un golpe de volante para detenerse en la cuneta. Muria mira por el retrovisor a los ocupantes del asiento trasero.

—Parece que es aquí —dice.

Muria aparca en la cuneta y espera a que los ocupantes del coche de delante salgan. Dos agentes altos y fornidos, prestados por la Unidad Antiterrorista del centro. Uno de ellos se acerca a su ventanilla y agacha la cabeza para dirigirse a Muria:

—Estamos a doscientos metros del puente —dice el agente—. Solicitamos instrucciones.

Muria se gira hacia el asiento trasero. En el asiento trasero, Arístides Lao se gira para mirar a Sara Arta. Ojos como pantallas en blanco. No hay farolas ni ninguna vivienda cercana que pongan un poco de luz en la carretera a oscuras. Sara Arta lleva las muñecas esposadas y una camiseta negra y sin mangas, con la cara y el torso de Patti Smith serigrafiados en el pecho. El calor hace que le caiga algún que otro churretón de pintura de ojos.

—Estamos a doscientos metros del punto de intercambio —le dice Lao a Sara Arta—. Ahora escúcheme bien. Después de que se lleve a cabo el intercambio, desplegaremos un dispositivo por todo este lado de la montaña para intentar detenerlos a usted y a sus camaradas del partido.

Sara Arta se gira para mirar a Lao.

—¿Qué sentido tiene eso? —Frunce el ceño—. Me estáis soltando para que me reúna con mi partido.

—Y eso es exactamente lo que tiene que hacer usted —dice Lao.

—Tienes que reunirte con tus colegas —dice Muria desde el asiento de delante—. Pero nosotros tenemos que fingir que intentamos deteneros a todos. Para que no sospechen del intercambio. Si sospechan algo, estás lista.

—Eso sí que sería una desgracia para vosotros —dice ella, con una risilla pedregosa.

—Ellos estarán esperando que les tendamos una trampa —explica Lao—. Es esencial que no se den cuenta de que sabemos que están esperando una trampa. Tenemos que fingir que no estamos intentando que no se den cuenta. Y sobre todo, es esencial que no se den cuenta de que *no* les estamos tendiendo una trampa.

Sara Arta pone los ojos en blanco.

—¿Puedo largarme ya? —dice.

Arístides Lao se saca del bolsillo la llave de las esposas.

—Recuerde, señorita Arta —dice, introduciendo la llave en la cerradura—. A partir de ahora está sola. Averigüe el paradero del agente Barbosa y llámenos sin demora. En cuanto recibamos la llamada, la sacamos de ahí.

Sara Arta abre y cierra las manos para reactivarse la circulación.

—Disfrute usted de la libertad —le dice Lao, sin ninguna inflexión irónica ni tampoco cordial. Sin ninguna clase de inflexión.

Sara Arta le escupe en la cara. El salivazo se queda un momento reluciendo en la frente de Lao, antes de empezar a resbalarle en dirección a la ceja. Muria sale del coche y se dirige a los dos agentes de la unidad antiterrorista.

—Acompañen a la prisionera hasta el principio del puente —les instruye—. A partir de ahí déjenla que siga sola. Permanezcan a cubierto.

A continuación se gira para hacer una señal en dirección a la hilera de coches oficiales y coches patrulla que hay aparcados en la cuneta detrás de ellos.

—Teniente —le dice a un oficial que se acerca caminando por la carretera—. Coloque a los comandos uno y dos en posición.

El teniente asiente con la cabeza y se pone a organizar a sus hombres. Al cabo de un momento, los dos agentes antiterroristas echan a andar por la carretera, con Sara Arta en el medio. La luz de la luna no muestra más que los contornos de las copas de los árboles. Las linternas de los agentes no muestran más que tres o cuatro metros de carretera flanqueada de árboles. El puente todavía no es visible. Uno de los agentes se lleva su walkie-talkie a los labios.

—Cien metros para el punto de encuentro —dice—. Todo tranquilo. Cambio.

—Recibido. Cambio —le contesta su walkie talkie.

Al cabo de un momento llega a sus oídos el rumor de las aguas del río. El Llobregat, todavía un torrente espumoso a estas alturas, escuálido por la falta de lluvias. Todavía sin peces pese a los intentos de repoblarlo después de la catástrofe del meteorito. El puente es una estructura de vigas de hormigón de unos treinta metros; al otro lado, los encinares ascienden suavemente hacia el norte por la ladera de la montaña. El agente se vuelve a llevar el walkie-talkie a los labios.

—Estamos en el punto de encuentro. Todo tranquilo. Procedemos a liberar a la prisionera. Cambio.

—Procedan. Cambio —contesta el aparato.

Sara Arta se aleja caminando por el puente. Al cabo de unos segundos desaparece en la oscuridad. De pie junto a su coche oficial, Muria contempla cómo los dos agentes salen de las sombras. No sabría explicar muy bien qué es lo que le resulta inquietante de la forma en que la noche se acaba de tragar a Sara Arta: algo relacionado con la forma en que son traspasadas ciertas membranas internas de este relato. Ciertas membranas estructurales de esa realidad que es la Nueva España. No la frontera entre la ley y la ilegalidad, ni entre los dos supuestos bandos que deberían representarlas. Nada de eso. Se trata más bien de la membrana que separa la causa del efecto. Algo crucial se ha estropeado en los mecanismos de la causalidad. Igual que la muerte de la verdad ha cancelado la mentira. Una Nueva España retroactiva. Donde las cosas desaparecen sin más. O mejor dicho, desaparecen y por el hecho mismo de desaparecer, no han existido nunca.

—¿Qué hacemos ahora, señor? —le pregunta el mismo teniente de la Guardia Civil de antes.

—Esperemos un momento más —dice Muria.

Pasan tres, cuatro minutos. El nerviosismo en el lado oeste del puente se hace evidente. Una treintena de efectivos del flamante Grupo Especial de Operaciones de Suárez y Martín Villa espera junto a sus furgones blindados, con sus chalecos antibalas y sus cascos protectores y sus subfusiles de asalto. Los conductores de la ambulancia fuman frente a su vehículo. Hay guardias civiles desde aquí hasta el punto de control donde la carretera está cortada, dos kilómetros al sur. Todos esperando. Todos mirando el coche de Lao y Muria. Por fin, cuando la tensión ya parece insoportable, un resplandor blanco se refleja en todas las caras. Una bengala que sube con un ligero silbido por encima de los encinares y empieza a caer lentamente. Los agentes del CESID se miran. Los guardias civiles se miran. Y al cabo de unos segundos suena el radioteléfono del coche de Lao. Rompiendo la composición estática de la carretera.

Lao descuelga el teléfono. A través de la ventanilla, los presentes lo ven asentir un par de veces.

—Entiendo —dice, y cuelga el teléfono.

Lao baja la ventanilla y se dirige a los congregados.

—Debajo del puente —dice.

La ambulancia gira en redondo por la carretera. Los GEOs corren ladera abajo. Los efectivos de la Guardia Civil se colocan en formación defensiva a los lados del puente. Los GEOs chapotean por el agua espumosa y poco profunda en dirección a los pilares del puente. Allí, apoyado en un pilar de la orilla este, iluminado por los focos de los furgones, Muria ve un cuerpo doblado sobre sí mismo.

—¡Ambulancia! ¡Ambulancia! —gritan los primeros GEOs que llegan hasta el cuerpo.

Muria enciende otro Rex y trata de llenarse los pulmones de humo. Cuando la camilla pasa a su lado llevando a Albaiturralde, Muria le ve la cara cubierta de sangre. La escena está iluminada por las luces estroboscópicas de los vehículos policiales. Muria se reúne en la carretera con Lao y con el capitán al mando de la operación militar. Los tres examinan un mapa desplegado sobre el morro de un coche a la luz de las linternas. El capitán señala varios puntos del mapa.

—Los controles están aquí y aquí —dice—. Solamente les queda una vía de escape.

—Hay que empujarlos hacia allí —dice Lao.

Un hombre viene corriendo por la carretera.

—Capitán, la patrulla aérea ya está aquí —dice.

El mando de la operación traza varias líneas sobre el mapa, sobre las colinas situadas directamente al norte de Olesa, mientras dos helicópteros pasan volando con un estruendo ensordecedor por encima de la hilera de vehículos militares, sacudiendo las copas de los árboles y levantando los bordes del mapa y los bajos de las chaquetas y las casacas de todos los presentes. Al cabo de diez minutos suena el radioteléfono del capitán.

—Localizados un hombre y una mujer corriendo por el monte, mi capitán —dice la voz metálica del radioteléfono—. Tenemos contacto visual. Dirección norte-noroeste. Solicitamos instrucciones. Cambio.

El capitán mira a Lao. Lao asiente.

—Rompan el contacto —dice el capitán por el radioteléfono—. Repito: rompan el contacto. Parecen personas pero son dos jabalíes.

38

DIANA EN EL CULO / PATTY HEARST

No es Teo Barbosa el primero que ve el velero anclado a unos cien metros del norte de la isla y a la persona en bañador que está en su cubierta, contemplando con unos prismáticos la pantomima con armas cargadas en que se ha convertido la práctica de tiro de esta mañana en el risco del Islote de Arañas. No es el primero en verlo porque en ese preciso momento está ocupado dando volteretas por la hierba con la pistola en las manos. Barbosa lleva un trapo rojo atado en torno a la coronilla y la cara pintada con tizones, remedando ese camuflaje facial que se ve en las imágenes de la Guerra de Vietnam. El primero en ver el velero es el camarada Rey Rana, ataviado para la ocasión con gafas de sol, un bigote humorístico pintado sobre el labio y un sombrero de paja precariamente encajonado en su afro enorme. Lo primero que los demás ven es que el Rey Rana baja su pistola, boquiabierto. A continuación se quita las gafas de sol y se queda mirando algo que hay en el mar, detrás de los demás, mientras su cara se pone seria de golpe. Por fin todos los demás se giran.

El velero es una barquita de apenas dieciséis metros de eslora, con la vela mayor y el foque recogidos. En la cubierta de estribor hay un tipo en bañador mirándolos con unos prismáticos. Barbosa mira al tipo de los prismáticos y después mira a sus compañeros de prácticas de tiro, al Rey Rana y a R. T. y a Piel de Oso.

—Hostia puta —dice.

La escena en lo alto del risco permanece congelada durante un momento: los cuatro hombres con sus disfraces humorísticos de guerrilleros, con sus armas en las manos, pistolas Star M30 salvo en el caso del camarada Piel de Oso, que lleva un subfusil Z70. Las dianas antropomórficas colgadas de los árboles. El trasero de Teo Barbosa, que se ha pintado una diana en las nalgas como parte de su disfraz humorístico. Las caras de todos petrificadas en esa expresión inconfundible y universal de los niños sorprendidos en plena travesura. Por un momento parece que ninguno de los hombres del risco quiera hacer nada, como si así pudieran cancelar la realidad de lo que está sucediendo. Tal vez calculando mentalmente el coste de haber contravenido las órdenes del camarada Cuervo y haber trasladado las prácticas de tiro desde la hondonada hasta los pinares altos. Donde uno se encuentra parcialmente expuesto a cualquier embarcación que se acerque al risco por el norte.

Por fin, al cabo de lo que no deben de ser más de cinco segundos, Piel de Oso se acerca con su subfusil al borde del risco y se pone a hacerle señales con el cañón del arma al tipo del velero. El tipo baja los prismáticos y los vuelve a subir. Piel de Oso levanta el Z70 por encima de la cabeza y hace el gesto silencioso de ametrallar el velero. Esta vez el tipo del bañador sí que lo entiende. Va de un salto hasta el costado de la embarcación y se asoma por la borda. Mete el brazo en el agua y se pone a chapotear frenéticamente. Hay alguien debajo del agua. Submarinistas. El velero es una de esas embarcaciones que llevan por la costa a practicantes de pesca submarina.

—Me cago en la puta —repite Barbosa—. Corred, cabrones, corred.

Barbosa no cree haber corrido tanto en su vida. Los cuatro bajan la ladera del risco aprovechando todo el impulso de la pendiente rocosa, golpeándose las caras y los brazos con las ramas de los árboles, tropezando y cayendo los unos sobre los otros y rodando ladera abajo, perdiendo por el camino los sombreros y los demás elementos de sus disfraces. Pronto el Rey Rana se queda atrás. Tres o cuatro minutos más tarde, llegan a la hondonada y se separan sin decir palabra. R. T. tuerce hacia la playa de cantos rodados, en busca de la Paltré. Piel de Oso y Barbosa siguen recto hacia la casa, en cuya terraza el camarada Cuervo y un par más de camaradas los están mirando con caras alarmadas.

—¿Qué pasa? —les pregunta el camarada Cuervo cuando llegan a la terraza, jadeantes.

—Nos han visto —consigue decir Piel de Oso cuando recobra el aliento.

—¿*Quién* os ha visto? —dice el camarada Cuervo.

—Un velero. Dos personas o más. En la costa norte. A la altura de los pinares. Nos han visto con las armas. Haciendo prácticas de tiro.

—¿Cómo es *posible*? —dice el camarada Cuervo.

Es Barbosa quien responde:

—Nos estábamos muriendo de calor en la hondonada, camarada —explica—. No podíamos respirar. Y los mosquitos...

El camarada Cuervo levanta una mano para hacerlo callar.

—¿Un velero, decís?

—Pequeño, quince metros como mucho —Piel de Oso habla entrecortadamente—. Tiene que estar dando la vuelta. Lo podemos cazar mientras da la vuelta.

El camarada Cuervo frunce el ceño.

—Tiene que volver para el este —dice.

—¿Pero por dónde? —dice Barbosa—. Puede ir por los dos lados.

—La corriente a esta hora va al sudoeste —dice Piel de Oso—. Darán la vuelta por el risco.

Se oye el rugido del motor de la Paltré. El sol ya está en lo alto del cielo. El camarada Cuervo entra en la casa en medio de un tintineo de cuentas y sale al cabo de un momento llevando un rifle largo y provisto de mira telescópica. Se lo da a Piel de Oso. Aunque solamente dura un momento infinitesimal, y la impresión queda subsumida en la tensión del momento, por la cara de Piel de Oso pasa algo que podría ser un destello de placer. Sin decir palabra, coge el arma y echa a correr, seguido de cerca por Teo Barbosa. Los dos trepan por las rocas, bajo el sol abrasador, en dirección a la parte alta del risco meridional. Mirando por encima del hombro, Barbosa puede ver que los habitantes de la casa están todos congregados en la terraza, y que la Paltré ha desaparecido bajo el acantilado.

En lo alto del risco, el camarada Piel de Oso busca un sitio donde apostarse entre las rocas. Por fin encuentra una roca plana que sobresale un poco del borde del acantilado y se tumba en ella para escrutar la superficie del mar. Al sudeste, una sombra minúscula en el horizonte sugiere la costa de Formentera.

—Venga, cabrones, venga —murmura.

Al cabo de un minuto aparece el velero, doblando la esquina del risco. Barbosa suelta un soplido de alivio. Piel de Oso se lleva a la cara la mira telescópica del rifle y escruta la cubierta del velero. Hay tres personas a bordo: el tipo del bañador, que ahora está subido a la botavara, soltando trapo, y dos más: uno al timón y el otro todavía quitándose el traje de submarinista. No parece que se hayan dado cuenta todavía de que los persigue la lancha. Hablan entre ellos y se mueven sin urgencia, convencidos de que el peligro ya ha quedado atrás. Piel de Oso espera un minuto más, observando la cubierta del velero a través de la mira telescópica. Esperando a que el velero esté más cerca, por supuesto, pero Barbosa sabe que también está haciendo otra cosa: eligiendo a su víctima. El timonel es el objetivo más complicado, porque queda parcialmente resguardado por la entrada del camarote. De los otros dos, el del bañador es el que constituye un objetivo más claro, subido a la botavara por el lado más cercano a la isla de la vela mayor. Por fin Piel de Oso apoya el cañón del rifle en el borde un poco elevado de la roca y se coloca para disparar. El velero ya está a punto de pasar justo por debajo de ellos, a menos de cincuenta metros de la pared rocosa del acantilado. Barbosa traga saliva.

El primer disparo yerra su objetivo. Es posible que el viento se haya llevado el estampido del rifle, pero los ocupantes del velero deben de haber oído el silbido de la bala, porque los tres levantan la cabeza al unísono. Piel de Oso amartilla el rifle y se vuelve a colocar para disparar. Sin ninguna prisa. El sol sigue cayendo en vertical, abrasándolo todo.

La segunda bala le revienta la cabeza al tipo del bañador. La vela mayor queda rociada de sangre y materia encefálica. El cuerpo cae sobre la cubierta.

Piel de Oso vuelve a amartillar el rifle. Acerca el ojo a la mira y chasquea con la lengua. Los otros dos objetivos se han puesto a cubierto. En ese momento el viento les trae el ruido de un motor. La Paltré acaba de doblar también el cabo del risco.

El resto del episodio transcurre sorprendentemente deprisa. Piel de Oso alcanza a otro de los ocupantes del velero pero lo deja vivo. La Paltré tarda dos minutos en alcanzar al velero y R. T. salta a bordo con su M30 para rematar a los supervivientes. El timonel se esconde en el camarote y R. T. tiene que dispararle tres veces a través de la puerta de madera. Cuando todo termina, el silencio que se extiende por la costa sur parece casi absoluto. Las gaviotas se han marchado a otra parte. Los cuatro habitantes de la isla que esta mañana estaban haciendo prácticas de tiro todavía llevan varios elementos de sus disfraces humorísticos. Teo Barbosa todavía va completamente desnudo, con una cinta roja atada a la cabeza y una diana pintada en el culo. A bordo del velero, R. T. silba en dirección a los hombres del risco y levanta el pulgar para que lo vean. A pesar del calor, todavía lleva el mono de trabajo de cuerpo entero y la boina que se ha puesto esta mañana a modo de disfraz humorístico. Inspirado en las famosas fotografías de Patty Hearst como miembro de la SLA.

39

RAZÓN DE MÁS PARA SEGUIR BEBIENDO

Sara Arta saluda con la mano a los camaradas que se han reunido para darle la bienvenida en la nueva sede del PCA de la calle Junta de Comercio y se encoge con un sobresalto cuando alguien descorcha una botella de champán. Todos los reunidos prorrumpen en aplausos. Alguien hace un amago de cantar la Internacional. La forma en que Sara Arta se encoge de miedo cuando es descorchada la botella es esa forma en que se sobresalta la gente que acaba de salir de un contexto de violencia. De un conflicto bélico o una cárcel española. Cuando se recupera del susto, coge la copa de champán que alguien le acaba de poner en la mano y procede a dejarse abrazar por una serie aparentemente interminable de cuerpos deseosos de felicitarla y celebrar en compañía de ella su fervor revolucionario. Todo el mundo quiere abrazarla. Caras sin nombre y nombres sin cara. El camarada Blanco está en la sala, por supuesto. También el camarada Torregrasa y la gente del SEDA. También otras caras que conoce de las comisiones mixtas. De los cursos de verano. De las concentraciones del PCA y de las Jornadas Libertarias celebradas hace menos de un año en el Parque Güell. El calendario dice que hace menos de un año de las Jornadas Libertarias, pero de alguna manera Sara Arta sabe que tuvieron lugar en otra era geológica. En otra dimensión.

—Camarada —dice el camarada Blanco, envolviendo a Sara Arta en un abrazo de oso—. Volver a tenerte con nosotros es una inyección de fuerzas para todos.

Alguien saca una guitarra. Alguien saca una botella de DYC. Durante la hora siguiente, los reunidos cantan *A las barricadas*. Cantan *Si me quieres escribir* y *Compañías de acero* y *Ay, Carmela*. Cantan *Avanti popolo*. Alguien saca botellas de vino y cigarrillos de marihuana. Alguien recita «A galopar» de Alberti. Sara Arta bebe champán y DYC y vino. El camarada Torregrasa se levanta del suelo donde todos están sentados con las piernas cruzadas y hace un discurso sobre el suicidio de la izquierda orgánica. Sobre ocupar el vacío que quedará tras su colapso. Sobre aglutinar al socialismo obrero. Al socialismo rural. Los reunidos aplauden. Muestran su entusiasmo con silbidos.

—¡Que hable Blanco! —grita alguien.

Sara Arta descorcha otra botella de champán y da un trago. El camarada Blanco hace un discurso sobre el suicidio de la izquierda orgánica. Habla de la infamia de los revisionistas, de los viejos revolucionarios que traicionan a los combatientes verdaderos a cambio de altos cargos en el sistema. Habla de los compañeros que siguen encerrados en las prisiones del fascismo y del éxito de la estrategia que ha conseguido liberar a la camarada Sara. Algunos camaradas no pueden contener las lágrimas. A continuación Blanco habla de ocupar el vacío que quedará tras el colapso de la izquierda reformista.

De aglutinar al socialismo obrero. Al socialismo rural. Los reunidos se ponen de pie y aplauden. Sentada con las piernas cruzadas en el suelo, Sara Arta fuma y bebe champán de la botella.

El piso de la calle Junta de Comercio se empieza a vaciar alrededor de las once y media. Los militantes se despiden cálidamente de Sara Arta y salen del piso con cuidado de no hacer ruido. Caras sin nombre y nombres sin cara. El camarada Blanco y el camarada Torregrasa están sentados en el suelo de la sala de estar, pasándose cigarrillos de marihuana y adoctrinando a tres camaradas femeninas muy jóvenes, que los escuchan asintiendo con las cabezas y riéndoles las bromas. Sara Arta camina con pasos bamboleantes hasta el balcón y se asoma al aire cálido de la noche. La calle está desierta. A diferencia de la anterior, la nueva sede en Barcelona del legalizado PCA en la calle Junta de Comercio no tiene ningún letrero ni elemento identificativo en el exterior del edificio. La razón principal es evitar los ataques de grupos de extrema derecha. Sara mira la ciudad que sigue sin despertarse. Víctima de un hechizo que le flota sobre la cara como polvo de estrellas.

Al cabo de un momento, Sara Arta nota que no está sola en el balcón. Una mano en su brazo. El camarada Blanco está a su lado.

—¿Qué está pasando, camarada? —le pregunta ella.

—Uno de nuestros agentes robó hace una semana un dossier de un coche del CESID —le explica él.

—¿Uno de nuestros agentes? —Ella coge el cigarrillo de marihuana que Blanco le ofrece.

—Un agente doble —explica Blanco—. Espiaba para nosotros haciendo ver que espiaba para ellos. Eso es lo que me han dado a entender.

Nada es lo que parece. Nadie es quien dice ser. Sara Arta da una calada larga del cigarrillo de marihuana.

—El dossier contenía información interna que comprometía a un agente del fascismo infiltrado en nuestro partido —continúa Blanco—. Nosotros procedimos a apresar al espía. El CESID nos ofreció un canje de prisioneros, y ahí entraste tú.

Sara Arta vuelve a mirar la calle. Barcelona sigue sin despertarse. Nueve meses después del regreso de Tarradellas, nueve meses después de la bomba del Papus. Ocho meses después del impacto del Meteorito de Sallent, ocho meses después de los suicidios de la Baader-Meinhof. Ocho meses después de la acción del GSG-9 en Mogadiscio. Ocho meses después del primer álbum de los Sex Pistols. Siete meses después de que empezaran las peores lluvias que Barcelona ha sufrido desde que se tienen registros.

Otra vez dentro del piso, al cabo de quién sabe cuánto tiempo, Sara Arta está de rodillas delante del retrete, vomitando con el pelo pegado a la frente y la pintura de ojos corrida por la cara. El piso está lleno de humo de tabaco y marihuana. Por fin se apoya en el brazo de alguien para ponerse otra vez de pie y levanta dos dedos en dirección a quien sea que la está ayudando, en ese gesto universal de la gente que pide un cigarrillo. Da una calada larga y expulsa el humo lentamente. La sede del PCA en Barcelona parece haberse vaciado casi por completo.

—Creo que te tendrías que acostar ya, camarada —le dice el camarada Blanco.

Sara Arta fuma en silencio, sentada en el balcón, con el brazo colgando entre los barrotes.

—Has bebido mucho —continúa Blanco.

Ella suelta un soplido de burla.

—Yo bebo mucho, camarada —dice con voz ronca.

—Quédate a dormir aquí —dice Blanco—. ¿Tienes algún sitio adonde ir?

Ella niega con la cabeza.

—¿No tienes familia? ¿Alguna amiga que te pueda dejar un sofá?

—Tenía amigas —murmura ella—. Pero no sé dónde están.

—Quédate aquí —dice él—. Hay una cama.

De pronto Sara Arta le pone una mano en el pecho al camarada Blanco y busca su mirada. Su cara carente de rasgos memorables. Esa ausencia de rasgos memorables de cierta gente cuya ocupación nunca se comenta en voz alta. El camarada Blanco traga saliva.

—Camarada, no creo... —empieza a decir.

—Llévame a tomar una copa —dice ella.

—¿Cómo?

—Llevo cinco meses encerrada —dice Sara Arta—. Necesito salir y tomar una copa, camarada.

El camarada Blanco se la queda mirando fijamente. Ella le acaricia el pecho por encima de la camisa.

—Camarada Sara, las calles están llenas de ojos —dice él—. ¿Te crees que la policía no nos tiene vigilados?

Sara Arta sonríe. Media hora más tarde, los dos cruzan dando tumbos la Plaza Real. Ella lleva en la mano una botella que ha sobrado de su fiesta de bienvenida y se dedica a dar tragos del gollete. Con la cara y el torso de Patti Smith serigrafiados en la pechera de su camiseta sin brazos. Con una falda corta y unas botas altas. La imagen de su camiseta es la fotografía en que Patti Smith aparece mirando por encima del hombro y sosteniéndose un pecho desnudo en la portada del sencillo *Because the Night*. A su alrededor, Barcelona se agita irritada pero nunca termina de despertarse. Despojada de su conciencia y de su memoria. Jóvenes con la ropa rota y sujeta con imperdibles. Peinados de campo de concentración. Hombres que no son quienes dicen ser. Cinco meses después de que Pinochet gane el referéndum en Chile. Cuatro meses después de que Etiopía declare la guerra a Somalia. Tres meses después de que Al Fatah asesine a treinta y ocho civiles israelíes en un autobús, Barcelona sigue prisionera de esa torre y ese hechizo que se llaman España.

En medio de la plaza, el camarada Blanco se detiene y mira los pasos bamboleantes de Sara Arta

—Creo que sé adónde me estás llevando —dice—. Me estás llevando a ese bar al que ibas siempre con el camarada Barbosa.

Ella da otro trago de la botella de vino.

—Sé que tú y el camarada Barbosa teníais una relación muy íntima —dice él—. Y antes de que te equivoques, en el partido nunca nos pareció mal. Podríamos haber intervenido pero no lo hicimos.

—Sois un encanto —dice ella en tono de sorna.

—Imagino que debió de ser un golpe para ti que lo mataran —dice Blanco.

—¿Lo mataron? —Ella frunce el ceño.

—Nadie encontró nunca su cuerpo —dice él.

Los dos se miran en medio de la plaza. De la plaza que sigue hechizada. En la ciudad que no despierta. Dos meses después de que agentes desconocidos asesinen a Henri Curiel en París. Un mes después de que se encuentre a Aldo Moro ejecutado en el maletero de un coche en Roma.

—Razón de más para seguir bebiendo —se limita a decir ella.

La noche está atestada de los espectros de la Nueva España. Gente que flota, gente que solamente es visible con el rabillo del ojo. Cuando Sara Arta y el camarada Blanco se meten por la calle Euras, ninguno de los dos se fija en la figura delgada que se detiene un momento para encenderse un cigarrillo mientras ellos se están besando en medio de la calle. Con los brazos de ella entrelazados alrededor del cuello de él y las manos de él agarrando el trasero de ella. Muria se enciende el cigarrillo, suelta una bocanada de humo y sigue su camino. Con su traje de corte estrecho y sus botines de cuero. Con el mismo peinado que llevaría Carl Perkins si una mañana se hubiera tenido que peinar con resaca y sin espejo.

40

LA CAZA DE LA TINTORERA

Durante la semana que dura la búsqueda de los submarinistas desaparecidos, Barbosa y sus camaradas permanecen escondidos en el laberinto de cuevas de la costa norte del Islote de Arañas. Cuando la patrulla de Vigilancia Marítima desembarca en la punta este del islote, al día siguiente de la desaparición, solamente encuentran a un grupo de alemanes risueños, algo bebidos para ser mediodía, que les cuentan que el dueño de la isla no está; que es una importante figura de los negocios de la Alemania Federal y que ahora mismo está de viaje en su país. Les invitan a hacer llamadas de comprobación. A ponerse en contacto con el cónsul. Los dos únicos alemanes que hablan español, una pareja de aspecto bohemio, les cuentan que ellos son los administradores de la isla: los que viven allí todo el año y cuidan del lugar mientras el dueño está fuera.

Los agentes de la Vigilancia Marítima navegan todo el perímetro del Islote en busca de señales de un naufragio. Se adentran en la isla acompañados de los administradores. Visitan la casa del dueño, situada en la otra punta de la isla, una casa preciosa de estilo rural balear que según los administradores solamente está ocupada durante los meses de invierno. Los agentes de Vigilancia Marítima bromean con los alemanes. Se ofrecen para cuidar ellos la casa durante el resto del año. Por fin todos regresan al embarcadero. Los agentes de Vigilancia Marítima se disculpan por las molestias. Los alemanes les aseguran que no ha sido ninguna molestia, todo lo contrario. Que en la isla también se aburre uno, por muy bonita que sea, y que al final uno agradece cualquier visita, aunque las circunstancias no sean precisamente felices. Los alemanes salen al embarcadero a despedirse de la patrullera, agitando los brazos.

La Caza de la Tintorera tiene lugar el tercer día que los hombres y mujeres de la TOD pasan en las cuevas. No está claro en qué medida los acontecimientos que tendrán lugar más adelante en el Islote de Arañas serán consecuencia directa de la Caza de la Tintorera de principios de junio, pero ciertos elementos posteriores de la historia parecen sugerir un rastro de migas de pan narrativas que traen de vuelta a la Caza de la Tintorera. Un restablecimiento parcial de los mecanismos de la causalidad.

Mientras el camarada Cuervo y R. T. se llevan el velero de los submarinistas para hundirlo frente a la costa peninsular, Piel de Oso encabeza una prospección de las cuevas. Debe de haber una veintena de cuevas con capacidad para albergar el campamento, pero las más bajas quedan descartadas por el peligro de inundación en caso de mala mar. Por fin eligen una cueva alta, con la entrada cubierta de guano de gaviotas y escondida entre dos peñas. Instalan el camping gas para cocinar y despliegan los sacos de dormir. Reparten las armas y designan dos cuevas más pequeñas en la parte superior del risco para usarlas como puestos de vigilancia.

La primera noche transcurre en un ambiente de buen humor, jugando a las cartas a la luz del hornillo. Las cuevas son frescas y en ellas se duerme mejor que en la casa. El camarada Cuervo ha prohibido la música. Ha establecido turnos de guardia. La situación en el Islote de Arañas ha quedado gravemente comprometida.

La Caza de la Tintorera no tiene lugar en la caverna dormitorio sino más abajo, en una gruta inundada con una plataforma de roca lisa en el centro, adonde los hombres y mujeres de la TOD han empezado a bajar para pescar. La mañana en que aparece la tintorera, Barbosa baja trepando por las rocas hacia la gruta inundada, con su carrete y el sedal en una mochila a la espalda. La brisa no es fuerte pero sí lo bastante como para jugarle una mala pasada si no tiene cuidado al bajar por el lado de barlovento del acantilado. Para llegar a la gruta hay que bajar hasta quedarse a unos tres metros de la superficie del mar y entonces saltar al agua evitando los escollos. Desde allí hay que nadar hasta la boca de la gruta, venciendo la resistencia de la corriente.

Esta mañana el camarada Ogro está pescando en la plataforma del centro de la gruta. Barbosa llega nadando a la plataforma y estira un brazo para que el otro lo ayude a subir. A continuación escruta el resto de la gruta. Piel de Oso, R. T. y la Dama Raposa están en la zona seca de la gruta, donde la manga de mar termina en una playa pedregosa. Con las caras pintadas. Ya hace días que todos han empezado a pintarse las caras con tizones a todas horas, medio en broma y medio para resultar menos visibles entre los árboles de la isla. Barbosa los mira para asegurarse de que no lo pueden oír. El camarada Ogro tiene un cubo de plástico grande con un pulpo de unos siete u ocho kilos de peso todavía moviéndose dentro y una bolsa de deporte con diversos aparejos de pesca al lado. Es la primera ocasión en que están los dos a solas en la isla.

—¿Cómo has llegado aquí? —le dice Barbosa, aparentando naturalidad para no llamar la atención de la gente del otro lado de la cueva.

El camarada Ogro se lo queda mirando, sin entender.

—No robaste ningún documento, ¿verdad? —dice Barbosa—. Los documentos te los dieron ellos. Así es como has conseguido llegar hasta aquí.

El camarada Ogro se agacha para trabajar en sus aparejos.

—No te entrenas con los demás —continúa Barbosa—. No eres uno más de la tropa. No has llegado aquí igual que los demás. Simplemente te están escondiendo. Y sé que no robaste los documentos de la operación, porque si lo hubieras hecho yo estaría durmiendo con los peces, ya me entiendes.

—No robé los documentos —admite el camarada Ogro al cabo de un momento.

Barbosa sonríe.

—Te acuerdas de mí, ¿verdad? —dice, cogiendo al camarada Ogro del brazo—. Tienes que acordarte. Hicimos la instrucción juntos en Colonia. Solamente hace un par de años. Barbosa, Albaiturralde y Dorcas. Yo soy Barbosa.

El camarada Ogro se lo queda mirando.

—Me acuerdo de ti —dice por fin.

—¿Qué está pasando ahí fuera? —dice Barbosa—. Estoy un poco atrapado en esta roca. Aunque imagino que ahora tú también.

—Tengo una misión, camarada —dice el camarada Ogro.

—Por supuesto. ¿Hay coordenadas operativas nuevas?

El camarada Ogro sigue trabajando en sus aparejos. De su bolsa de deporte saca algo que parece un arpón de fabricación casera.

—¿Ellos saben que estoy aquí? —pregunta Barbosa.

El camarada Ogro lo mira.

—Nadie me dijo que estuvieras aquí, no —contesta.

—¿Pero conocen este sitio? —murmura Barbosa.

El camarada Ogro niega con la cabeza. A continuación se incorpora y mira a Barbosa a los ojos.

—Estás a tiempo de salvarte, camarada —le dice.

Barbosa todavía está asimilando esta última frase cuando se oyen gritos procedentes del otro lado de la gruta. Piel de Oso y el Rey Rana están señalando algo que se desliza por el agua de la gruta.

—¡Tiburón! ¡Tiburón! —gritan entre risas.

Barbosa y el camarada Ogro miran la aleta que se desliza por la superficie. Las piezas de esta historia sufren un desplazamiento tectónico. Un chirrido de bloques de piedra reacomodándose en el interior de una pirámide. Un rastro retroactivo aparece desde el final de la historia hasta esta gruta inundada en las entrañas del islote. El camino de las baldosas amarillas. Las migas de pan de un cuento de hadas. Piel de Oso y los demás se ponen a tirarle piedras al tiburón. Riendo. En la plataforma, el camarada Ogro monta las piezas de su arpón y le engancha la soga. El mango parece ser un palo de escoba tallado para enroscarse dentro de un trozo de tubería de plomo, en cuya punta hay soldado un garfio de vela en forma de punta de flecha. Piel de Oso y los demás lo aplauden y lo silban. Impávido, el camarada Ogro levanta el arpón por encima de la cabeza y lo lanza con todas sus fuerzas. El tiburón se hunde, pero cuando el camarada Ogro tira de la soga, el arpón regresa a su mano.

—¡Oooh! —exclaman los demás, con muecas de tristeza burlona.

—¿Qué coño es eso? —grita Barbosa.

—Una tintorera —explica R. T.—. Un tiburón del Mediterráneo. Son bastante asustadizos hasta que uno los cabrea lo bastante. Entonces te recomiendo que no te caigas al agua, camarada.

El camarada Ogro se pone a dar vueltas a la plataforma con el arpón nuevamente en alto, esperando a que la aleta vuelva a surgir. En cuando la bestia reaparece del lado de la playa, la vuelve a intentar arponear. La aleta se hunde y el arpón regresa a la mano de su dueño cuando éste tira de la soga, pero esta vez suben burbujas rojas a la superficie.

—Tocado —dice el camarada Piel de Oso, con los brazos en jarras, obviamente interesado.

El tiburón parece estar nadando en círculos alrededor de la gruta. En la plataforma, el camarada Ogro se quita la ropa.

—¿Qué estás haciendo, camarada? —le pregunta R. T.—. Ni se te ocurra.

—No es ninguna broma, camarada —dice Piel de Oso—. Haz caso al camarada R. T.

El camarada Ogro coge el arpón y se tira al agua. La Dama Raposa ahoga una exclamación. El tiburón está completando otra vuelta a la gruta. El camarada Ogro echa a nadar hacia él. Soltando palabrotas, Piel de Oso y R. T. saltan al agua. Hay un momento de confusión, durante el cual la gruta es un caos de espuma y brazos y piernas que chapotean. Por fin la aleta vuelve a aparecer, en medio de los hombres. Dando un pataleo violento, el camarada Ogro se abalanza contra la estela en forma de flecha de la tintorera. La gruta se llena de espuma roja. Algo grande y oscuro se sacude salvajemente en el epicentro de las olas rojas. Por fin, casi medio minuto más tarde, la cosa deja de moverse. Barbosa divisa una cabeza humana que emerge con el pelo largo pegado a la cara.

—¡Eh! —grita, y las paredes de la gruta le devuelven su grito amplificado.

R. T. llega nadando hasta la playa y se sienta sobre las piedras, jadeando. Al cabo de un momento se echa a reír. A continuación llegan Piel de Oso y el camarada Ogro, arrastrando el cuerpo inerte del tiburón. Con el arpón todavía clavado. Los tres se dejan caer en la playa de guijarros, con el cadáver del tiburón en medio, y se echan a reír. De vez en cuando la tintorera da un coletazo débil.

—Menudo hijo de puta —dice por fin Piel de Oso.

—Vaya cabronazo —dice R. T.

Piel de Oso señala al camarada Ogro.

—Me alegro de que no te haya matado ese bicho —le dice—, porque te voy a matar yo.

La Dama Raposa se acerca para examinar la herida que el camarada Ogro tiene en el brazo.

—¿Cómo has hecho eso? —dice R. T.—. ¿Eras marino antes de venir aquí? ¿Pescador?

El camarada Ogro niega con la cabeza.

—Politólogo —dice.

Hay un segundo de incredulidad antes de que los tres se echen a reír otra vez.

—Un momento —dice Piel de Oso, levantando un

momento la mano para hacer callar a todos—. ¿No oís eso?

—¿Qué? —dice la Dama Raposa.

—El silencio —dice Piel de Oso—. Cuando nuestro camarada Juan el Listo tendría que estar haciendo algún chiste. ¿Qué está pasando aquí?

Todos miran con caras burlonas a Barbosa, que a su vez está mirando al camarada Ogro. *Estás a tiempo de salvarte.* En ese preciso instante reverbera en la gruta un grito procedente de más arriba. Es una de las chicas, que está gritando por una chimenea de la roca que comunica la gruta con la parte alta del risco.

—¡Camarada Juan! —lo llama la chica.

—¡Estoy aquí! —contesta él.

—¡Será mejor que subas! —dice la voz procedente de arriba—. ¡La camarada Madre Nieve no se encuentra bien!

Sobre la playa de rocas, el tiburón da un último coletazo y su cuerpo entero parece relajarse.

41

EL SISTEMA INFORMÁTICO DE PIEZAS DE PUZLE

Sentado en su despacho de la Delegación de Barcelona, Melitón Muria se enciende un cigarrillo Rex con su encendedor de mesa en forma de tigre rampante y suelta una bocanada de humo mientras mira el nuevo aparato que la División de Tecnología le instaló hace dos días en su escritorio. Junto con un manual de instrucciones de manejo. Junto con advertencias por escrito acerca de la gestión correcta de la información almacenada en el aparato. Junto con un formulario para que el usuario se comprometa a tratar esa información dentro de los límites de confidencialidad impuestos por los objetivos del CESID. El aparato se llama «contestador automático», y consiste en un ingenioso sistema compuesto de un teléfono ordinario y una grabadora de casete que se activa cuando hay llamadas entrantes y luego permite reproducir las grabaciones pulsando un botón. Muria suelta otra bocanada de humo. Se lleva el auricular al oído y rebobina la cinta del casete para escuchar el mensaje por enésima vez. Pero no hace ninguna falta: no hay duda posible. Por fin cuelga el auricular de golpe, arranca el casete de la grabadora y se lo mete en el bolsillo de la chaqueta del traje. Sale del despacho dando zancadas malhumoradas.

Llama a la puerta del despacho de Arístides Lao y no espera respuesta para abrirla. Al otro lado, se encuentra a su superior trabajando en sus puzles. Le han instalado una mesa de reuniones enorme y Muria ve desperdigados por ella los contenidos de media docena de cajas de puzles de mil y dos mil piezas. Lao no levanta la vista. Está sentado con la espalda un poco encorvada, colocando piezas de puzle bajo la luz de una lámpara de foco. Lao nunca necesita levantar la vista de su trabajo para saber quién acaba de entrar en su despacho. Como de costumbre, se dedica a colocar las piezas de los puzles de esa forma completamente incorrecta e indescifrable que pone nervioso a todo el personal de la Delegación.

—Adelante —dice Lao, sin ninguna inflexión de ironía, cuando Muria ya está delante de él.

Muria tira la cinta de casete encima de los puzles. Lao levanta la vista de su trabajo.

—¿A qué debo su visita, agente? —pregunta.

Muria señala la casete.

—Ese tipo, ¿cómo se llama? Meseguer. El Subdirector de Inteligencia Interior.

—¿Qué pasa con él?

—Me ha dejado un mensaje en el cacharro ese —dice Muria—. Encargándome un menú del restaurante y una porción de pastel de almendras. Parece que se ha equivocado de extensión.

Arístides Lao se quita las gafas para limpiarlas con un pañuelo. A continuación levanta el vacío donde estaba su fisionomía y dice:

—Los equipos telefónicos son nuevos, igual que las extensiones y los buzones de voz. Es normal que al principio haya equivocaciones.

—Su *voz* —dice Muria, bajando un poco la voz—. Es la misma que oí en los archivos de referencias cruzadas. La voz suave, la que hablaba con otra voz imperiosa. Las voces que discutían sobre el atentado del Banco de Vizcaya.

Arístides Lao se vuelve a poner las gafas multifocales. Parpadea un par de veces con sus ojillos diminutos, reactivando su carita pequeña y repulsiva.

—Siéntese, agente Muria. —Lao señala una silla—. Ya hemos hablado de esto en alguna ocasión.

Muria se sienta y se palpa la pechera del traje en busca de su paquete de Rex. A continuación mira a su alrededor en busca de un cenicero. El nuevo despacho de Lao en la Delegación Regional es tan poco memorable como el resto de las instalaciones. Tubos fluorescentes en el techo. Las paredes desnudas. Como corresponde a su condición de lugar diseñado para sepultar la conciencia humana bajo una montaña de tedio, la Delegación no ha experimentado ningún cambio relevante como resultado de su transformación en la sede de la Región Militar IV del CESID. El delegado regional ahora se llama subsecretario general, pero de todas maneras Muria no lo conoce. Ahora Muria trabaja en la jerarquía de Inteligencia Interior. Por fin Lao saca un cenicero de un cajón y se lo ofrece.

—¡Meseguer es la mano derecha del comandante! —dice Muria entre dientes—. Y si el comandante Oms está negociando directamente con la TOD, ¿qué estamos haciendo *nosotros*? Removiendo el cielo y la tierra para encontrar a nuestro operativo perdido, arriesgando todo para infiltrar a Dorcas... Esto no tiene ningún sentido. ¡El comandante *ya sabe* dónde está el enemigo! ¡El comandante habla con ellos!

—Eso no lo podemos saber con seguridad... —empieza a decir Lao.

—¡Los *cojones*! Si no lo sabe, lo puede averiguar.

Lao estira un brazo para colocar una pieza en su puzle.

—No le puedo negar que exista un canal abierto de comunicación con la cúpula de la TOD —dice por fin—. No me consta directamente, pero al fin y al cabo el CESID tiene canales establecidos con la mayoría de organizaciones clandestinas del país. Para eso es el CESID.

Muria da una calada a su Rex.

—¿Pero por qué no podemos usarlo nosotros? —dice.

—Porque no es para nosotros. Es un canal que va muy por encima de nosotros. Es para la gente de arriba.

—Claro. —Muria hace un gesto exasperado—. Y a nosotros no nos compete hacer preguntas ni cuestionar las cosas.

—Exactamente.

—¿Pero *por qué*? —pregunta Muria—. ¿Para qué sirve la División de Inteligencia Interior? ¿Para qué sirve el CESID? Cuando hay una guerra, uno no se sienta a tomar una cerveza con el enemigo entre batalla y batalla para planear cómo se van a pelear.

—Es muy posible que en eso se equivoque usted.

—¿Y por qué nos tienen aquí persiguiendo sombras? —pregunta Muria—. ¿Por qué no nos enseñan las cartas?

Lao continúa añadiendo piezas a sus nodos ininteligibles de piezas de puzles mal colocadas.

—Muy sencillo —dice—. Ellos son los jugadores y nosotros las piezas. Ellos ven el todo y nosotros la parte.

—Todo es una *farsa* —escupe Muria—. Y entretanto, la gente muere. Esos tres pobres desgraciados que murieron en el atraco al Banco de Vizcaya. Y esa pobre chica a la que mandamos hace dos semanas a espiar a su gente...

Lao deja de poner piezas. Levanta la cabeza y mira a Muria.

—¿La chica? —dice—. ¿Se refiere a Sara Arta? ¿Qué tiene que ver la chica con esto?

Muria se pone de pie y empieza a pasear por el despacho.

—La acaba de llamar «esa pobre chica» —dice Lao—. Usted tiene un interés personal en Sara Arta. ¿Cuál es ese interés?

Muria se da la vuelta y se queda mirando la pared. Los parches de masilla recientes. Lao asiente de esa manera en que suele hacerlo para señalar la resolución de un problema técnico.

—Ha establecido usted contacto con Sara Arta —dice, sin ninguna inflexión interrogativa. Con el tono neutro de una constatación—. ¿Pero cómo es posible? —Piensa un segundo y por fin asiente otra vez—. Fue Albaiturralde. Fue algo que mencionó Albaiturralde cuando hablamos con él, ¿verdad? Ese lugar que Sara Arta y Barbosa frecuentaban. El bar Texas, creo que lo llamó. —Otra pausa—. Tendría que haberlo imaginado. Ahí es donde la ha encontrado usted.

—¿Qué va a pasar con ella? —pregunta Muria.

—Espere un momento —dice Lao, y se pone de pie para examinar el conjunto de la mesa de sus puzles. Una cartografía enorme de nodos de piezas organizadas según criterios invisibles. Estira un brazo y cambia una pieza de sitio, seguida de otra, y otra. Alterando la configuración de uno de los nodos.

—¿Qué acaba de hacer usted? —pregunta Muria.

—Acabo de cambiar tres piezas de sitio.

Muria señala la mesa de los puzles con el cigarrillo.

—¿Qué es todo esto? —pregunta—. Es alguna clase de esquema, ¿verdad? No entiendo cómo, pero esto que hace usted con los puzles representa nuestro trabajo contra la TOD. ¿Me equivoco?

Lao manipula algunas piezas más en la periferia de la cartografía de nodos.

—Se trata de un sistema de almacenamiento de información, elegido en base a su alta eficiencia —explica. Sostiene una pieza en alto para que Muria la vea y la hace girar con los dedos—. Cada pieza tiene cuatro lados, con lo cual su posición de entrada tiene cuatro valores posibles. A su vez, cada lado puede tener un saliente o un entrante, lo cual carga la pieza con ocho valores. Si tenemos en cuenta que la pieza tiene dos lados, el lado impreso y el dorso, lo que tenemos es un módulo hexagesimal perfecto. Y hay más. El sistema es muy maleable. Si se fija, cada pieza tiene dos lados largos y dos más cortos, lo cual añade una variable más y duplica el valor potencial de cada pieza. Ya estamos en treinta y dos valores posibles. Pero eso no es más que el principio. Lo verdaderamente interesante del sistema son sus posibilidades relacionales. Solamente con que acoplemos *dos* piezas ya aumentamos exponencialmente la capacidad de almacenamiento, a razón de treinta y dos al cuadrado: son mil veinticuatro valores posibles para cada conexión. Imagínese un archivo formado por quinientas piezas. A partir de ahí, la eficiencia del sistema no tiene techo. Imagine por ejemplo la ampliación de la capacidad de información que resulta si añadimos la variable de la orientación mutua de las piezas. Cada pieza puede estar en el mismo sentido horizontal que la siguiente, o bien horizontalmente opuesta, o bien girada en un ángulo de noventa grados a la derecha o a la izquierda. Lo cual cuatriplica la capacidad del sistema. Y así sucesivamente. —Se inclina para colocar un par de piezas más—. Se trata de una computadora, en esencia.

Melitón Muria observa los puzles de la mesa durante un momento.

—¿Por qué me vino a buscar otra vez, jefe? —dice, negando con la cabeza—. No lo entiendo. No soy un buen agente. Soy *tonto*. En el servicio militar me hicieron tres veces la novatada esa de hacerte ir a ver al general porque el general ha preguntado por ti y caí *las tres veces*. Hasta los dieciséis años estuve convencido de que las manzanas verdes eran manzanas rojas que no habían madurado. Lo mismo con las uvas. —Pone una cara desconsolada—. Podría haber elegido usted a alguien brillante. ¿Por qué no me dejó en la gasolinera?

Lao sigue colocando piezas. Al cabo de un momento levanta la vista.

—Se equivoca usted respecto a mis necesidades —dice—. Usted es exactamente la clase de operativo que necesito. —Se encoge de hombros—. Jamás hubiera imaginado que establecería usted contacto con esa mujer, por ejemplo. Soy incapaz de prever las *motivaciones* de usted.

Muria se lo queda mirando.

—¿Me necesita porque *no soy* como usted? —pregunta por fin.

Pero Lao no contesta. Sea lo que sea que está teniendo lugar en su sistema informático de piezas de puzle, ya ha vuelto a captar toda su atención.

42

TALAYOT

Son las diez de la mañana cuando Teo Barbosa y R. T. salen de la casa para cumplir con las órdenes del camarada Cuervo: ir a buscar al camarada Ogro al risco del que no quiere bajar y traerlo de vuelta con el grupo. Los dos van en bañador y están igualmente bronceados. Tienen las pieles igualmente curtidas por la brisa marina y llevan barbas largas y el pelo hasta los hombros. Vistos de lejos, ya solamente los distingue la estatura. Como suele pasar con la gente muy alta, Teo Barbosa parece todavía más alto cuando no lleva ropa. Sus brazos y sus piernas interminables le confieren cierto aire de torpeza. De insecto zancudo que intenta imitar la forma de moverse de los seres humanos.

—Si nos necesitas, grita —le dice en tono burlón Barbosa a la Madre Nieve, que está reclinada en una tumbona de la terraza, dispensada de sus tareas matinales.

—Estoy embarazada, no enferma —contesta ella,

mirándolos con su ojo ciego a través del humo de su cigarrillo.

Barbosa le está haciendo un gesto de contrición teatral a la Madre Nieve cuando la Dama Raposa sale por la cortina de cuentas de la terraza.

—Vosotros haced vuestro trabajo —les dice en tono frío—. No os preocupéis por ella.

Aunque solamente son las diez, el sol ya cae casi en vertical sobre la laguna. Por culpa de la forma del islote, el interior del risco solamente recibe sombra durante las últimas horas del día. Los dos hombres bajan por la escalera de piedra. Barbosa lleva una bolsa en bandolera y R. T. un sombrero de paja y un bastón que se ha tallado él mismo y que le dan aspecto de peregrino al que le han robado la ropa mientras se daba un baño. Pasan junto al huerto, donde el Rey Rana está desenterrando cebollas. Por fin encaran el lado sur del risco y miran hacia la cúspide, donde el camarada Ogro se ha instalado en las ruinas megalíticas.

—¿Tenemos alguna idea de qué coño le pasa? —pregunta Barbosa.

—Parece ser que necesita alguna clase de medicación —dice R. T.—. No se sabe si la ha perdido o si ha dejado de tomarla porque sí. O tal vez simplemente se le ha terminado.

Los dos echan a andar ladera arriba.

—¿Medicación? —dice Barbosa.

—¿Creías que el camarada Ogro era simplemente un excéntrico encantador? Pues resulta que es un chiflado en toda regla. Un paciente mental. Aquí, en nuestra isla. Y ha perdido la medicación.

Barbosa se encoge de hombros.

—A mí me sigue resultando encantador —dice—.

¿Y por qué no interviene personalmente el camarada Cuervo? Esto puede terminar con fuegos artificiales.

R. T. se detiene un momento y mira a su compañero.

—¿Cuántas veces has visto al camarada Cuervo en la última semana? —pregunta.

Barbosa se rasca la barba larga.

—Nuestro líder se ha entregado a la introspección, supongo —dice—. No lo veo necesariamente mal. Muchos grandes líderes fueron grandes filósofos.

R. T. reanuda la marcha.

—Tiene miedo, camarada —dice por fin—. Nuestro líder está muerto de miedo. Su posición aquí en el islote se debilita cada día más. El camarada Piel de Oso es más joven y tiene las ideas muy claras, y si hubiera una votación entre los que estamos aquí, es muy probable que saliera elegido nuevo líder. No saldrá de ahí hasta que le lleguen refuerzos.

—¿Refuerzos?

—Nos consta que les ha dado un mensaje a Oskar y Camilla antes de que se fueran —dice R. T., escalando por los riscos con ayuda de su bastón—. Un mensaje para sus superiores, pidiendo ayuda.

—Aun así —dice Barbosa mientras aparece ante ellos la pequeña altiplanicie que alberga el complejo megalítico—. No entiendo por qué no se acerca por aquí para charlar en persona con el camarada Ogro y pedirle que deponga su actitud irracional. No veo por qué le iba a tener miedo a un politólogo que caza tiburones con armas hechas por él mismo y venera a dioses de la muerte y la destrucción. —Señala con la cabeza las piedras milenarias—. O sea, ¿qué puede estar haciendo ahí? Nada demasiado terrible, seguro.

—Está escribiendo un libro.

Ahora es Barbosa quien se detiene.

—¿Un libro?

—Solamente ha bajado a la casa para buscar más papel y bolígrafos —dice R. T—. Así que esperemos que sea un libro.

El complejo megalítico se extiende ante ellos bajo el sol abrasador. El talayot, la galería hundida, las losas desplomadas. El paisaje, sin embargo, no es el mismo que la última vez que Barbosa estuvo aquí: usando tizones y alguna clase de pigmento de color mortecino, el camarada Ogro ha llenado de pinturas murales hasta la última piedra del complejo. Pinturas de su dios-perro alado protagonizando distintas escenas. Y en el dintel del talayot, un mural enorme con una bola de fuego precipitándose sobre la tierra. Barbosa echa a andar por el suelo polvoriento, con ese sigilo con que uno entra en una habitación intentando no asustar al gato. Un rastro de pisadas en el polvo lleva a la entrada de la torre.

—Oh, por favor —murmura—. No me digas que se ha metido ahí dentro.

Barbosa se asoma a la entrada del talayot, apenas lo bastante grande como para que entre un niño a gatas.

—¡Eh, camarada! —grita por el agujero—. ¡Sal de ahí! Eso debe de ser patrimonio de la UNESCO o algo parecido.

Al cabo de medio minuto, un par de pies negros asoman por la abertura, seguidos de dos espinillas mugrientas, las rodillas, los muslos y por fin un pene encogido dentro de su mata de pelo. Barbosa saca un cigarrillo de su bolsa y lo enciende mientras observa con expresión divertida las contorsiones con que el camarada Ogro emerge de la torreta. Una especie de parto de nalgas polvoriento y desastrado. El aspecto del camarada Ogro desde que llegó al islote no ha evolucionado de la misma manera que el de los miembros de la TOD. Los miembros masculinos de la TOD ya han adquirido ese aspecto de profetas del Antiguo Testamento o representaciones populares de náufragos de todos los hombres que pasan mucho tiempo en un islote sin electricidad ni agua corriente. Las mujeres parecen haber encogido y haberse endurecido, de esa manera en que las mujeres en entornos salvajes se vuelven versiones más austeras y resistentes de sí mismas. El camarada Ogro, por su parte, no está bronceado por el sol ni parece haberse asilvestrado en lo más mínimo. Cuando por fin emergen su torso, su barba larga y rizada y sus brazos, se queda un momento así, tumbado en el polvo, a la sombra de R. T. y Barbosa, mirándolos con una mano a modo de visera. Ha usado tizones para pintarse una cara de perro sobre la cara. Barbosa hace una mueca de asco.

—Tápate las vergüenzas, camarada. —Señala el pene del camarada Ogro con su cigarrillo—. Una cosa es ver a la camarada Rojaflor en pelotas y otra verte a ti. Ahora entiendo por qué te llaman Ogro.

—¿Os manda vuestro líder a llevarme de vuelta? —pregunta por fin.

Barbosa se encoge de hombros.

—No se está tan mal allá abajo —dice—. Hay comida y chicas. Y a veces se puede ver a las chicas bañarse desnudas. Es un estímulo para la imaginación. Y mientras haya pilas, tendremos música. ¿No te gusta nuestra compilación?

El camarada Ogro se incorpora para sentarse. Hace un gesto pidiendo un cigarrillo.

—Debes de pasar un hambre tremenda aquí arriba

—dice Barbosa, dándole el cigarrillo—. Necesitas comer para hacer tus sacrificios rituales.

—Ayer bajé a pescar —dice el camarada Ogro—, pero la naturaleza de esta isla no es generosa conmigo.

—El camarada Cuervo está preocupado por ti —dice R. T.—. Este sitio no es seguro. Alguien te puede ver desde el mar. Mira lo que nos pasó a nosotros hace un par de semanas.

El camarada Ogro fuma en silencio.

—Tengo una misión —dice.

—Tú no estás bien, camarada —dice R. T.—. No tendrías que estar aquí. Necesitas tus medicinas. Cuando vuelvan los alemanes, intentaremos que te lleven a algún sitio donde te pueda ver un especialista.

—Me han dicho que estás escribiendo un libro —dice Barbosa—. ¿Qué clase de libro?

El camarada Ogro se queda mirando a Barbosa con su cara de perro pintada.

—Yo también soy escritor —dice Barbosa—. Bueno, escritor en ciernes. Todavía no he escrito ningún libro. Pero publiqué un artículo en el boletín del SEDA que fue muy celebrado.

El camarada Ogro baja la vista.

—Estoy escribiendo el Libro de Sirio —dice por fin.

—¿Sirio? —Barbosa frunce el ceño—. Ése es tu dios, ¿verdad?

—Camarada, no le des cuerda —dice R. T.

—Y el Libro de Sirio, ¿qué es? —continúa Barbosa—. ¿Una especie de Biblia?

El camarada Ogro termina su cigarrillo y tira la colilla.

—Al principio me abrumó el dolor cuando vi el cuerpo muerto de Sirio —dice—. Quise morir. Me volvieron a encerrar. Quise morir de verdad. Pero luego vi la verdad de todo. Su muerte es lo que funda el sentido de las cosas. Él ha muerto por nosotros, para que podamos vivir.

—Está peor de lo que pensábamos —dice R. T.

—¿Por eso escribes su libro? —le pregunta Barbosa.

—Su cuerpo ha muerto pero su palabra está viva —explica el camarada Ogro—. Esperando a que yo la escriba. Así es como Sirio reinará por los siglos.

El camarada R. T. suelta un soplido de impaciencia. Barbosa se sienta en una roca.

—A ver, camarada —dice—. No te vas a venir con nosotros, ¿verdad?

—No —dice el camarada Ogro.

Barbosa abre su bolsa, saca un paquete de galletas y se las da. El camarada Ogro se pone a devorarlas con cara inexpresiva, como un animal hambriento. A continuación Barbosa se saca del macuto una bolsa de marihuana.

—Camarada, ¿qué coño haces? —dice R. T.—. ¿De dónde has sacado eso?

Barbosa se encoge de hombros mientras empieza a liarse un cigarrillo de marihuana.

—Sé dónde los alemanes esconden el costurero con las drogas —explica—. He ido esta mañana después de que se fueran y les he cogido un par de cosas. No lo van a notar.

R. T. niega con la cabeza.

—Camarada, estás jugando con fuego.

—¿Quieres fumar o no? —dice Barbosa.

R. T. se sienta a su lado y espera a que el otro lo encienda para dar una calada de marihuana. Los dos aspiran el humo aromático con los ojos cerrados.

—¿Qué hacemos con éste? —dice por fin R. T., señalando con la cabeza al tipo desnudo que está comiendo galletas en el suelo.

—Si el camarada Cuervo lo quiere, que venga él a buscarlo.

43

ELENA DE TROYA

La mesa del bar de carretera en el que se han sentado Melitón Muria y Sara Arta no está especialmente recogida ni apartada de las miradas de la gente que pasa. De hecho, está pegada al ventanal desde el que se domina el aparcamiento lleno de camiones de la estación de servicio. Cualquier persona que vaya caminando del aparcamiento a la puerta del bar tiene una perspectiva clara y directa de las dos personas que están sentadas a su mesa. La iluminación tampoco es especialmente tenue. Cuando la camarera viene con su bloc de notas y saluda a Muria con familiaridad, Sara Arta frunce el ceño.

—Ponme un DYC con hielo, chata —dice Muria.

—Otro —dice Sara Arta después de un momento de vacilación.

Sara Arta espera a que la camarera se haya alejado y se inclina por encima de la mesa para hablar con Muria en voz baja.

—¿Te *conocen*? —dice—. ¿Adónde coño me has traído? ¿Qué estás intentando, que nos vea el país entero?

Muria señala al otro lado del ventanal.

—Yo trabajaba ahí, mira. En esa gasolinera. Hasta hace un mes. Tiene su coña, ¿eh? —Sonríe—. Es una larga historia, como suele decirse. Pero me da igual. Estoy harto de este trabajo, chata. Lo voy a dejar. Esta vez de verdad. Solamente me quedo el tiempo justo para ayudarte.

—¿A que soy afortunada? —dice ella, en tono sarcástico—. Me ha tocado el único samaritano del Servicio Secreto español.

Muria sonríe cuando la camarera les deja los whiskys en la mesa y espera a que los vuelva a dejar solos. Sara Arta ha cambiado de aspecto desde la última vez que Muria la vio. Sigue llevando una cantidad asombrosa de sombra de ojos, pero ahora también lleva varios pendientes de aro en cada oreja y el pelo más corto y cardado de manera que se le eleva por encima de la coronilla igual que las crestas de ciertos pájaros tropicales. Lleva una camiseta blanca con las mangas cortadas y una fotografía estampada en el pecho de un hombre con camisa de fuerza a quien se le está apareciendo una mujer hermosa dentro de un espejo. Junto a la fotografía hay la inscripción: JOHN CALE — HELEN OF TROY. Muria se fija en que ella se dedica de vez en cuando a contemplar su propio reflejo en el cristal del ventanal. Parece ser un tic del que ni siquiera es consciente.

Por fin Muria enciende un Rex y expulsa una bocanada de humo.

—He encontrado la información que me pediste —dice—. Sobre el alemán ése. Felix Tunze. Cuéntame otra vez de dónde sacaste su nombre.

—De la agenda del camarada Blanco —dice ella—. Blanco se ha reunido dos veces con él en lo que va de mes.

—¿En serio? —Muria frunce el ceño—. Tunze trabaja para un hombre de negocios alemán. —Saca su cuaderno de notas—. Martin Heeg-Kohler, se llama. Un magnate de la industria aeronáutica y armamentística. Y hay más. Parece que Heeg-Kohler es una persona muy cercana al canciller Schmidt y al que hasta ahora era ministro de Defensa, un tal Leber, que acaba de dimitir por un problema relacionado con unas escuchas.

—Un problema muy en boga.

—Heeg-Kohler también estaba en la comisión que asesoró al gobierno alemán sobre la creación del GSG-9. Su grupo especial de operaciones antiterroristas. Los que asaltaron el avión de Mogadiscio.

—¿Tunze es un espía de la agencia antiterrorista alemana? —dice ella.

Muria cierra su cuaderno.

—Por lo que sabemos, Blanco podría ser un espía de la agencia antiterrorista alemana —dice—. Todo está podrido, Sarita.

—Y los Reyes Magos son los padres. —Ella se termina su DYC y hace el gesto de levantarse—. Me largo antes de que nos vea alguien. Muchas gracias, seas quien seas.

Muria la coge del brazo para que vuelva a sentarse.

—Ya te lo he dicho —le explica—. Trabajo para el CESID. Durante un tiempo llevé el expediente de Barbosa. Te voy a ayudar a que encuentres a Barbosa, coño.

—¿*Por qué* quieres ayudarme?

Muria suspira.

—Quiero salvarte de esto —dice—. Quiero sacarte de esta mierda. Eres joven. Todavía puedes rehacer tu vida en otro lugar.

—¿Quieres *salvarme*? —Ella lo mira con cara de

desprecio—. ¿Salvarme? ¡El CESID me *torturó*! Me torturasteis para que os dijera dónde estaba Barbosa. Y ahora resulta que me soltáis para que os lo encuentre, porque sois tan inútiles que ni con todo el dinero del Gobierno podéis dar con él. ¿Y cómo te crees que me siento? ¡Obligada a traicionar a mis amigos y trabajar de sicaria para la misma *escoria* que me violó y me torturó! ¿Y vas tú y me dices que me estás *salvando*?

Desde las mesas cercanas, la discusión en voz baja de Muria y Sara Arta no tiene exactamente aspecto de riña de enamorados. Tiene aspecto de lo que sería una riña de enamorados en el caso improbable de que dos personas de aspecto tan discordante pudieran estar enamorados. Muria se frota la cara con gesto exasperado.

—A mí no me gusta más que a ti, chata —dice—. Esto es *asqueroso*. Mientras nosotros estamos aquí persiguiéndonos y torturándonos, los jefes del CESID y de la TOD se dedican a reunirse y a consultar sus agendas para ver cuándo les va mejor hacer un atentado y a cuántos les va bien detener.

Sara Arta suelta una risa.

—Ah, ¿con que ahora resulta que vosotros y nosotros somos lo mismo, eh? Entonces supongo que no debería preocuparme por nada de lo que estoy haciendo. Qué bien pensado lo tenéis todo, cabrones.

Muria levanta una mano para interrumpirla.

—El alemán ese, Tunze —dice—. ¿Por qué me pediste que lo rastreara? ¿Qué te hace pensar que puede estar relacionado con el escondite de Barbosa?

Sara Arta mira por el ventanal. Aunque ya está oscureciendo, el calor hace que la mayoría de camioneros que salen de sus vehículos y caminan por el aparcamiento de cemento vayan con el pecho descubierto.

—Le he estado revisando las agendas a Blanco —dice por fin—. Todos los demás encuentros que ha tenido este mes han sido con colaboradores habituales y gente sin relevancia táctica. Además, después de cada encuentro con Tunze ha habido movimientos de dinero en el banco y más reuniones.

—Entiendo. ¿O sea, que crees que Barbosa está en Alemania? ¿Que es allí donde están los terroristas de la TOD?

—¿Terroristas? —dice ella en tono de burla.

—Hay una conexión que es posible que no conozcas, Sarita. —Muria se termina su whisky y deja el vaso vacío al lado del de ella—. Heeg-Kohler ayudó a fundar el GSG-9. Pero también fue el GSG-9 el que entrenó a Barbosa y a dos agentes más de nuestro Servicio. Los tres agentes que iban a infiltrarse en la TOD.

Sara Arta se saca un cigarrillo del bolso y lo enciende con la mano un poco temblorosa.

—No pienso necesariamente que estén en Alemania —dice por fin, soltando una bocanada de humo—. Es muy posible que tengan un sitio en España. La misma agencia contraterrorista, o el tal Heeg-Kohler.

—Lo he comprobado —dice Muria—. Heeg-Kohler no tiene propiedades en España. Tampoco Tunze. Y hay una cosa que no entiendo.

Sara Arta se queda mirando a Muria con las cejas enarcadas.

—Dices que has revisado las agendas del camarada Blanco —dice Muria—. ¿Cómo es posible que accedas a los documentos privados de vuestro líder con tanta libertad?

Ella niega con la cabeza, con cara de no entender.

—¿Qué quiere decir eso? —pregunta.

—¿Te has acostado con Blanco?

Ella parece escandalizada.

—¿Y a ti qué coño te importa? —dice.

—Eras la novia de Barbosa —empieza a decir Muria.

Sara Arta se levanta de golpe de la mesa. Varias cabezas de las mesas vecinas se giran para mirarla. Muria la agarra otra vez de la muñeca.

—Espera.

—Déjame ir o te juro que te vas a arrepentir —le dice ella entre dientes.

—Siéntate, coño. Un minuto.

Ella se sienta. Los dos esperan un momento hasta que ya no hay nadie mirándolos. Al otro lado del ventanal, los coches van y vienen por la autopista. Los camiones entran y salen del aparcamiento.

—Sé por qué estás haciendo esto —continúa Muria—. He leído el expediente de la operación. Lo estás haciendo por amor.

—Cállate, por favor —dice ella, asqueada—. No tienes ni puta idea.

—Por eso pienso que no eres como los demás —continúa Muria—. A los demás de vuestro grupo los colgaba yo del cuello mañana mismo. Una panda de indeseables y facinerosos. Un cáncer para la sociedad. Pero tú eres distinta, chata. Tú te mereces que alguien te saque de toda esta mierda. Me he dado cuenta. Yo soy listo para estas cosas. —Se toca un ojo en un gesto de astucia—. Os voy a salvar a ti y a Barbosa.

—No necesito ayuda, gracias —dice ella, aplastando su cigarrillo en el cenicero—. Y mucho menos de un mamarracho como tú.

Muria se enciende un cigarrillo

—Os sacaré de esta mierda a ti y a Barbosa y luego

desapareceré yo también —dice—. Estoy hasta los cojones de todo. Si puedo, ahorraré y me compraré una gasolinera. Y que les den a todos por el culo, a los unos y a los otros. Sara Arta se vuelve a poner de pie.

—Eso será si no te encontramos nosotros —dice, y se marcha.

Muria se queda mirando a través del ventanal cómo Sara Arta se aleja correteando por el aparcamiento. Sin mirar a los camioneros que le lanzan silbidos desde sus cabinas.

44

LAS ANTIPÁTICAS

Desde la terraza de Can Arañas, Teo Barbosa mira con sus prismáticos cómo el Rey Rana chapotea con cara de perplejidad por la laguna, con el agua cubriéndole hasta los tobillos, intentando coger puñados del agua cristalina y mirando cómo se le escurren entre los dedos. Sin dejar de mirar con los prismáticos, Barbosa se mete dos anfetaminas más en la boca y las mastica distraídamente. Entre los dos hombres no puede haber más de veinte metros de distancia, de manera que Barbosa se ve obligado a mover los prismáticos de un lado a otro para poder abarcar toda la figura del tipo gordito que está chapoteando bajo la luz blanca. El cielo vespertino se ha vuelto blanco poco después de que Barbosa y los demás empezaran a comerse los ácidos del costurero de los alemanes.

—¿Cómo me llaaamo? —pregunta R. T. detrás de su espalda, con voz cantarina de duende de cuento de hadas.

Barbosa baja los prismáticos y se gira para mirar a R. T.

—¿Eso que haces es seguro? —le pregunta.

R. T. no contesta. Se ha rodeado la cintura con una ristra de bengalas de posición y ahora se las está atando al cuerpo con una cuerda. Un poco más allá, la Madre Nieve se pasea de un lado a otro de la terraza con un cuchillo de monte en la mano y movimientos de animal enjaulado. Lleva su túnica y una corona de alcaduceas silvestres en el pelo. La extraña luz vespertina lo tiñe todo de blanco: las bengalas, el cuchillo, la laguna.

Barbosa se ha traído el costurero rojo con dibujos chinos de la Casa del Viento poco después de mediodía y todos los habitantes de la casa, con la excepción del camarada Cuervo, Blancanieve y Rojaflor, han estado tomando anfetaminas y fumando marihuana durante un par de horas, antes de que Barbosa se pusiera a repartir las tabletas de ácido. El camarada Cuervo no ha salido de su habitación ni siquiera cuando la droga ha empezado a surtir efecto y se han empezado a oír gritos y carreras por los alrededores de la laguna. En un momento dado, a la Dama Raposa le ha parecido ver una cara asomada a una de las ventanas de la casa, pero a estas alturas es muy difícil saber quién ha visto realmente qué. Ahora mismo la Dama Raposa está despatarrada boca abajo sobre las piedras de la playa, soltando alguna risita de vez en cuando, tal como se ha quedado después de la segunda o la tercera vez que el camarada Piel de Oso se la ha follado por detrás.

Barbosa contempla con los ojos muy abiertos la geografía del interior del risco.

—Esto deben de ser las Antipáticas —dice en tono de asombro.

R. T. hace una pausa en la delicada operación de

atarse las bengalas al cuerpo para mirarlo sin demasiada curiosidad.

—¡Las Antipáticas! —repite Barbosa, mirando a los demás—. «Me debo de estar acercando al centro de la Tierra» —recita de memoria—. «¡Me pregunto si saldré *por el otro lado*! ¡Qué gracioso será salir por entre la gente que camina cabeza abajo! Las Antipáticas, creo que se dice...» ¡Las Antipáticas!

R. T. lo mira con cara de no entender.

—¡El País de las Maravillas! —exclama Barbosa—. ¡Ahí es donde estamos cuando pasamos al otro lado! ¡En las *Antipáticas*!

Piel de Oso se le acerca con una botella de vino en la mano. Da un trago y lo señala con la botella.

—Calla la puta boca —dice—. Estoy harto de tus chifladuras. No vuelvas a hablar de ese país de las maravillas ni de ningún otro país. Aquí solamente se habla de España. Todo lo demás no nos incumbe. A efectos prácticos, no existe *nada* que no sea España. ¿Entendido?

—No existe nada que no sea España... —repite Barbosa en tono pensativo.

—¡*Callad*! —chilla de repente la Madre Nieve.

Todos se giran para mirarla. La Madre Nieve tiene la cara crispada y está señalando algo con la punta de su cuchillo de monte. La punta del cuchillo tiembla anfetamínicamente.

—¡He visto algo que se intenta escapar! —grita—. ¡Ahí!

Antes de que nadie pueda reaccionar, el camarada R. T. se arranca una bengala del cinturón y la enciende. La sostiene con el brazo muy extendido y una erupción de llamaradas de magnesio ilumina la terraza. Barbosa y los demás se protegen los ojos con la mano.

—¿Cómo me *llaaamo*? —chilla R. T., eufórico.

—¡Ahí! —dice Barbosa, señalando la figura que se arrastra junto al costado de la casa y que acaba de quedar iluminada por la bengala.

La Madre Nieve echa a correr. Cuando los demás la alcanzan, está sentada a horcajadas sobre la camarada Rojaflor, tirándole del pelo castaño y apretándole la hoja del cuchillo contra el cuello.

—¿Adónde te creías que ibas, eh? —le chilla a la cara—. *¿Adónde ibas?*

A punta de cuchillo y a empujones, la Madre Nieve lleva a la camarada Rojaflor de vuelta al interior de la casa. Las siguen Barbosa, Piel de Oso, R. T., la Dama Raposa y el Rey Rana. Una vez dentro, la Madre Nieve la agarra del pelo y le estampa la cara contra la puerta cerrada con llave del camarada Cuervo. Se la estampa una y otra vez, dejando una mancha cada vez más grande de sangre en la hoja de la puerta. La visión de los golpes y la sangre lleva a R. T. a un paroxismo de euforia, que lo pone a trazar arcos en el aire del pasillo con su bengala encendida, provocando una lluvia de chispas de magnesio encima de todos los presentes.

—¿CÓMO ME LLAAAAMO? —aúlla en medio del pasillo.

La Madre Nieve golpea la puerta con la cabeza de Rojaflor.

—¡RÚMPELES TÍJELES! —se responde a sí mismo.

La Madre Nieve golpea la puerta con la cabeza de Rojaflor.

—¿CÓMO ME LLAAAAMO?

La cerradura de la puerta hace clic.

—¡RÚMPELES TÍJELES!

La puerta se abre.

—¿CÓMO ME LLAAAAMO?

La Madre Nieve empuja a Rojaflor al interior de la habitación del camarada Cuervo. La chica se desploma en la alfombra, boqueando y escupiendo trozos de dientes. La camarada Blancanieve se arrodilla para atender a su amiga. La luz que entra por las ventanas sigue tiñéndolo todo de blanco. El camarada Cuervo apunta a los asaltantes con su Star M30.

—Si no llevaras una criatura dentro, camarada —le dice a la Madre Nieve—, te juro que te volaba la cabeza ahora mismo.

Ella se lo queda mirando con su ojo ciego. El camarada Cuervo se dirige a los demás:

—Tengo suficientes balas para todos, os lo advierto.

—Puedes empezar cuando quieras, *camarada* —le escupe Piel de Oso.

—No me hace falta. Sois tan idiotas que no os dais cuenta de que en cuanto vuelvan los alemanes, vais a estar de mierda hasta el cuello. —Niega con la cabeza, sin dejar de encañonarlos con la pistola—. Vais a pagar por esto, ya lo creo. Me da igual lo que os hayáis tomado. Estáis todos acabados. No encontrarán nunca vuestros cuerpos.

—Eres muy valiente, ahora que tienes la única pistola —dice Piel de Oso—. Más te vale que no encontremos dónde has escondido las demás.

El suelo de la casa ha empezado a temblar. Son unos temblores rítmicos, como los pasos de una bestia antediluviana. Cada vez más cercanos. Al temblor se le suma un retumbar. Barbosa sabe que es un efecto de los ácidos que se ha tomado, pero el hecho de saberlo no hace que le inquiete menos. Los muebles tiemblan. Los estantes se tambalean. Los vasos y los platos tintinean. Por fin todos los presentes se giran, para ver qué está pasando. Para ver de dónde viene el retumbar que ahora hace que la casa entera se tambalee. Sea lo que sea que se está acercando, debe de haber entrado en la casa, porque ahora el resplandor blanco es insoportable. Barbosa se ve obligado a taparse los ojos. Hay un momento de silencio. Por fin Barbosa se aparta la mano de la cara lo justo para echar un vistazo.

Delante de ellos, irradiando una luz blanca cegadora, está el camarada Ogro. Desnudo y con su máscara de perro pintada.

—¿Qué haces aquí, camarada? —le pregunta alguien.

El camarada Ogro los mira.

—El Libro de Sirio ya está terminado —dice.

Barbosa mira al camarada Ogro por entre los dedos de la mano.

—Mañana celebraremos el fin del mundo —continúa el camarada Ogro—. Este mundo se tiene que terminar para que empiece la Era de Sirio. Hay que empezar con los preparativos.

De repente un nuevo retumbar. Un nuevo temblor. Mucho más fuerte que los anteriores. Las paredes experimentan una sacudida violenta. Y esta vez no viene del exterior de la casa. Esta vez viene de mucho más lejos. Del fondo mismo del cielo.

45

METAMORFOSIS COMPLETA

Sara Arta baja las escaleras de la oficina del catastro, examinando la calle en ambas direcciones, y por fin echa a andar por la acera, con los ojos guiñados para protegerse del sol. Su metamorfosis ya parece completa. El pelo cardado caóticamente y la cara pálida con dos manchas oscuras alrededor de los ojos, a ese estilo en que muchos clientes del bar Texas han empezado a peinarse y pintarse para parecer personajes de tebeo a quienes les acaban de dar un sobresalto terrorífico. La ropa rota y parcialmente sujeta con imperdibles. España empieza a no ser el mismo lugar que la semana anterior. Que hace dos días. Los clientes del bar Texas tienen algo sacerdotal en su forma de intuir la manera en que el futuro de España está desapareciendo. Por supuesto, es la desaparición del pasado lo que está haciendo que desaparezca el futuro. Todo se está yendo por el mismo desagüe, al ritmo de la música del bar Texas.

Todavía no ha llegado a la esquina de la calle cuando se abren de golpe las portezuelas de un Renault 5 azul que hay aparcado junto a la acera y dos personas salen al mismo tiempo del asiento del pasajero y el asiento de atrás. A Sara no le da tiempo a reaccionar. Uno la coge del brazo y el otro le empuja el cuello hacia abajo para meterla en el Renault. Le tapan la cabeza con una capucha y la empujan hasta tumbarla en el suelo del asiento de atrás. Durante los cuatro segundos que dura toda la operación, nadie dice ni una palabra. Por fin dos pares de zapatos pisan su cuerpo y Sara oye el ruido de las portezuelas al cerrarse y de alguien que amartilla una pistola.

—Así me gusta —dice uno de sus captores, clavándole la boca del cañón de su arma en la espalda—. Limpio y rápido, camarada. Cuanto antes acabemos con esto mejor.

—Mmmm mmMmm —dice ella, con la cara aplastada contra el suelo.

—¿Cómo? —El hombre pone voz de sorna—. No se te entiende nada.

Sara Arta estira el cuello hacia atrás para hablar otra vez a través de la tela de la capucha.

—Que os den por el culo —dice, esta vez de forma inteligible.

—Ah —dice la misma voz—, tengo entendido que tú de eso sabes mucho.

El coche circula poco más de una hora, primero por arterias urbanas atascadas de tráfico; después por una autopista de alta velocidad y por fin, después de lo que Sara Arta nota que es un desvío en forma de bucle hacia la derecha, por una carretera llena de curvas en subida. Por fin el coche se detiene y, sin dejar de pisarle la espalda, uno de sus captores le agarra las manos a Sara y se las pone detrás de la espalda para esposarla.

—Qué valientes —dice ella mientras tiran de sus brazos para ponerla de pie.

Cuando la sacan del coche a empujones, Sara huele a árboles y a vegetación y oye cantos de pájaros desvaídos por la canícula y por fin se cae de bruces sobre la hierba reseca, con las manos esposadas a la espalda. Alguien le arranca la capucha. Sara escupe sangre del labio que se acaba de partir con la caída. Estira el cuello para ver a los propietarios de los tres pares de piernas que la rodean. Los mocasines indistintos que tiene delante, combinados con unos pantalones de color indeterminado y una camisa blanca sin ningún rasgo memorable, pertenecen, cómo no, al camarada Blanco. Sus dos secuaces son gente del partido. Sara Arta se echa a reír.

—Me alegra que esto te parezca divertido —dice Blanco, con la pistola en la mano.

—Por el amor de Dios —dice—. Pero si es exactamente lo mismo que le hicisteis al camarada Barbosa para meterle miedo. Seguro que hasta es el mismo bosque.

—Eso no cambia nada.

—¿De verdad me queréis hacer creer que me vais a disparar? —Ella parece genuinamente divertida—. Pero si no sois más que unos politicuchos de tres al cuarto. No podríais ni matar una mosca. A no ser que me vayáis a matar de aburrimiento, eso está claro. Como os pongáis a soltarme arengas, seré yo la que me pegue un tiro.

Blanco camina de un lado a otro por la hierba, malhumorado.

—Te dije que Barbosa estaba muerto —dice, levantando la voz—. Que te olvidaras de él. Pero no, claro. Tú tenías que seguir insistiendo. —Se detiene y la señala con la pistola—. ¿Qué clase de soldado eres? ¿Qué clase de soldado vende a los suyos por un sinvergüenza que se la llevó al catre? ¡Por una polla, a fin de cuentas! ¡Ésa es la clase de chusma que eres, camarada!

Sara Arta sigue riendo.

—Y claro —dice ella—, todo esto no tiene nada que ver con el hecho de que yo no me haya querido acostar contigo, ¿verdad, *camarada*? Eso no te ha dado ganas de darme el paseíllo, ¿*verdad*?

A Blanco se le ruboriza la cara. Esa cara sin rasgos llamativos, que a priori uno asociaría con oficinistas grises o dependientes de grandes almacenes pero que en la vida real solamente pertenece a gente cuyas ocupaciones verdaderas nunca se dicen en voz alta. Hasta el oficinista más gris tiene rasgos más memorables que el camarada Blanco del PCA. Cuando vuelve a hablar, le salen gotitas minúsculas de saliva de la boca.

—¡Estás espiando al partido! —grita—. ¡Niégalo! Has estado buscando en mis cajones, después de que tuviéramos la buena fe de dejarte dormir en la sede. Has estado consultando documentos en Hacienda. ¡Después de que te sacáramos de la *cárcel*! ¿Cómo has podido, camarada? ¡Después de lo que te *hicieron*!

Sara se retuerce en el suelo hasta quedarse tumbada de lado en el suelo. El bosque es uno de esos bosques españoles carentes de todos los rasgos de frescura, paz o de sombra que supuestamente constituyen la esencia de un bosque. La hierba reseca. Los árboles resecos. Una sensación vetusta y polvorienta y sucia que es exactamente lo contrario que la frescura y la sombra reconstituyente de los bosques. España entera es un mundo reseco y agostado por el final cataclísmico del ciclo estacional. Por fin Sara se retuerce otra vez hasta ponerse de rodillas. Levanta el torso y el pelo cardado y el labio partido hacia Blanco.

—¿Te crees que me das miedo? —le dice—. ¿Qué me vas a hacer que me pueda dar miedo *a mí*? ¿O es que no sabes lo que me hicieron? Te lo juro, camarada, te vas a tener que esmerar para superar lo que me hicieron los interrogadores de la policía. Y mucho me temo que no tenéis lo que hay que tener para hacerle eso a una mujer.

Los tres hombres del PCA se miran entre ellos.

—Estoy seguro de que los interrogadores que te torturaron te parecieron muy hombres, camarada —le dice Blanco.

—Demostradme que sois tan hombres como ellos, pues —dice ella—. Pegadme un tiro, anda, valientes.

—Camarada, estás jugando con fuego.

—«Camarada, estás jugando con fuego» —repite ella, con un sonsonete de burla.

—¿Qué quieres, que te peguemos un tiro?

—¿Para qué me habéis traído, si no?

Los hombres no dicen nada.

—¿Qué queréis, si no? —les pregunta ella— ¿Que hagamos una barbacoa? ¿Que cacemos perdices? ¿Que follemos? —Hace una mueca de consternación teatral—. Uy, me parece que esto último no va a pasar ni en vuestros sueños.

—¿Admites que has estado espiando al partido?

—Disparadme de una vez, capullos —dice ella—. O dejadme en paz.

—Camarada...

—Os debo de dar mucho miedo, ¿no? Tres hombres armados contra una mujer esposada. Qué valientes. Qué pedazo de hombres.

—Camarada, te lo digo en serio...

—Disparadme.

—¡Cállate!

—Disparadme, joder.
—Oh, por favor.
—Disparadme.

Los hombres se vuelven a mirar. Sara Arta se ríe y escupe sangre del labio.

—Disparadme —sigue repitiendo—. Disparadme. Disparadme. Disparadme.

Blanco se acerca a uno de los hombres para hablarle en el oído. El hombre asiente con la cabeza y se va al coche a buscar algo. Sara Arta se los queda mirando.

—¡No! —chilla—. ¡Ellos no, camarada! ¡Tú! ¡Hazlo tú, maricón de mierda! ¡No tienes cojones de hacerlo tú mismo! ¡Eres un maricón asqueroso!

El tipo vuelve del coche con una cachiporra. Los dos hombres del partido se acercan a ella con pasos vacilantes. Sara Arta permanece bien erguida sobre las rodillas y no hace ningún ademán de apartarse cuando le cae el primer golpe de la cachiporra. Los porrazos y las patadas se suceden en medio de un silencio sepulcral. El camarada Blanco fuma en silencio, mirando para otro lado. Ni un solo grito ni un sonido de llanto vienen del cuerpo postrado en la hierba sobre el que ahora llueven los porrazos y las patadas. Los golpes de los hombres del partido continúan durante un buen rato. Vacilantes al principio y más firmes a medida que los hombres ganan confianza, como sucede en todas las palizas. Los que golpean siempre se sienten más cómodos a medida que el cuerpo que están golpeando deja de parecerse a una persona. Al cabo de unos minutos, Blanco les hace una señal. Ellos se apartan del cuerpo de Sara Arta para contemplar su estado. Uno de ellos se agacha para sentirle el pulso.

—Está bien —dice.
—Vámonos —dice Blanco.

—¿Y la dejamos aquí? —dice el otro.

—¿Qué va a hacer? —Blanco se encoge de hombros—. ¿A quién le va a llevar lo que sabe? Si es que sabe algo. Con esa pinta, todo el mundo pensará que ha cantado. Ya lo ha hecho antes.

El tipo de la cachiporra suelta un soplido de burla. Los tres hombres se vuelven al Renault 5 y al cabo de un momento el motor arranca. Alrededor de Sara Arta, el bosque es exactamente lo contrario a esos lugares umbríos y frescos donde se aparecían los dioses en la Antigüedad. De todas maneras, en España ya hacía demasiado calor para que se manifestara ninguna divinidad, incluso antes de la canícula de los últimos meses. De acuerdo con los estudios más recientes, la ceniza y el material cósmico del Meteorito de Sallent que se han filtrado en el subsuelo han dañado la vegetación de una manera que todavía no se sabe si se podrá reparar. Hay peligro de desertización en muchas áreas próximas. El meteorito, en otras palabras, ha hecho que los bosques españoles se vuelvan todavía más españoles.

46

LA ÚLTIMA CANCIÓN DE LA CINTA

Teo Barbosa rebobina la última canción de la cinta de casete que llevan semanas oyendo una vez tras otra y busca el principio para ponerla otra vez. Ya debe de ser la madrugada del último día de la isla. Del último día del mundo, de acuerdo con el camarada Ogro. Debe de serlo porque los chotacabras graznan en los pinares y porque el agua inmóvil de la laguna ha llegado a la marca de la pleamar, pero es imposible saberlo con seguridad porque el cielo sigue estando blanco. Blanco y surcado de meteoritos. Las anfetaminas que todos cogen sin cesar del costurero tampoco ayudan precisamente a tener una noción clara de qué hora es. En cualquier caso, la cuestión es irrelevante. Las formas antiguas de medir el tiempo ya no sirven. El Nuevo Tiempo no tiene forma. La desconexión del pasado y el futuro ya se ha completado. Las causas y los efectos se han ido por el mismo desagüe. No más estaciones. No más Historia.

—¿Qué pasa con esa música? —grita Piel de Oso.

—Ya va —dice Barbosa, y pulsa la tecla PLAY del aparato de música.

La canción que empieza a sonar es *Liar* de los Sex Pistols. La última canción de la cinta. Barbosa se pone a balancear el aparato de música por encima de su cabeza, con cuidado de que no toque el agua. Los cuatro están sumergidos en la laguna hasta la cintura, Barbosa y Piel de Oso y el Rey Rana y la Dama Raposa, ejecutando un baile acuático torpe y entrecortado, con las pupilas dilatadas por los ácidos y las anfetaminas. El agua llega a la cintura de todos salvo de Barbosa, a quien solamente le llega a las caderas. De vez en cuando un destello ciega a Barbosa y la isla entera tiembla al estrellarse otro meteorito contra la Tierra. El ruido de un trueno amplificado cien veces, que obliga a Barbosa a taparse los oídos. Todos corean con gritos y palmadas los primeros compases de *Liar*. Ya hace horas que ninguno de los presentes quiere oír otra canción que no sea la última de la cinta. No podría ser de otra manera. Las demás canciones de la cinta se han vuelto estúpidas. Iggy y sus demandas incesantes de amor físico. Patti Smith y su romanticismo estúpido. Su corazón atávico.

De repente la Dama Raposa deja de bailar y se tapa los ojos con las manos.

—No quiero mirar, no quiero mirar —dice.

—Ninguno de nosotros estamos mirando —la tranquiliza Barbosa.

—Lo importante es no mirar —dice Piel de Oso—. Si no los miramos, no sabemos lo que están haciendo. No se nos puede exigir ninguna responsabilidad.

Barbosa combate el deseo mórbido de darse media vuelta y mirar. En dirección a la celda de castigo y a los chillidos que vienen de allí. Es posible que el ácido y las anfetaminas estén afectando a la forma en que los distintos sonidos se superponen: la canción de los Sex Pistols se repite a intervalos de tres minutos, ahogando todos los ruidos salvo el estruendo de los impactos de los meteoritos, pero por alguna razón no puede sofocar los chillidos de la celda. Los chillidos se imponen a todo lo demás, no porque estén sonando más fuerte, sino porque parecen sonar *dentro mismo* de las cabezas de los presentes. Ahora la Dama Raposa rompe a llorar y se tapa los oídos con las manos. Apretándose con fuerza los costados de la cabeza. De una forma que parece confirmar la intuición de Barbosa de que los chillidos procedentes de la celda están sonando en realidad desde el fondo de sus cabezas. Piel de Oso y el Rey Rana rodean a la Dama Raposa con los brazos para consolarla. Le acarician la espalda desnuda y le besan el pelo.

—No hay nada de que preocuparse, camarada —la instruye Piel de Oso—. Lo importante es que no miremos. Lo que estén haciendo ahí no es cosa nuestra. Cuando vuelvan los alemanes con los refuerzos nosotros fingiremos que no sabíamos lo que estaba pasando. Que todo pasó mientras nosotros estábamos haciendo prácticas de tiro, por ejemplo. Pasó muy deprisa, no pudimos hacer nada. —Asiente con la cabeza y le hace señas a Barbosa para que vuelva a poner la canción, que se acaba de terminar—. De todas maneras, lo que están haciendo ahí es *necesario*. El camarada Cuervo se había convertido en un enemigo. Un enemigo de la revolución, un maldito revisionista. Estaba bloqueando todas nuestras acciones. No me extrañaría que fuera un espía del CESID, o de la GSG-9. Así que vosotros limitaos a no mirar. Quedémonos aquí. Pon otra vez la puta canción, camarada, o te juro que te rompo la cabeza. Puede que lo que están haciendo ahí no sea bonito, pero alguien tenía que hacerlo, y lo que es más importante, no hemos sido nosotros. Puede que sea espantoso, pero la Revolución es así. No entiende de sentimentalismos. Así que no miréis, camaradas, no miréis.

—Entonces, ¿no nos harán nada? —pregunta el Rey Rana, esperanzado.

—¿Qué nos van a hacer? —dice Piel de Oso—. Nosotros intentamos salvar al camarada Cuervo y a las chicas, pero llegamos demasiado tarde.

El Rey Rana asiente enfáticamente, con una mezcla de alivio e incertidumbre en la cara.

La Dama Raposa suelta un hipido y se frota los ojos llorosos con la mano.

—Son tan jóvenes... —consigue decir por fin.

Se oye un clic en la laguna cuando Barbosa termina de rebobinar y vuelve a pulsar el botón de PLAY. Arrancan los primeros compases de *Liar*. El graznido de Johnny Rotten, burlándose del fin de todas las cosas. Con su risa de cabra. Meneándose como un bufón. Pero si todo es mentira, entonces la mentira ya no existe. Es una cuestión de lógica simple. La mentira solamente puede existir como contrapunto a la verdad. Ja, ja, ja. Lo que está pasando en esa celda no es cosa nuestra. Ja, ja, ja. Nosotros estábamos en la otra punta de la isla. Ja, ja, ja. Nunca lo vimos venir. Ja, ja, ja. El camarada Cuervo tenía su pistola, no sabemos cómo la perdió.

Piel de Oso abraza a la Dama Raposa y baila lentamente con ella.

—No eres tú quien llora —le dice en tono tranquilizador—. No eres tú quien sufre por esas chicas. No eres tú. Es tu viejo yo. Tu yo burgués. Tienes que matar a tu viejo yo. Ahora eres un soldado. —Estira el cuello por encima del hombro de ella y mira al Rey Rana—. Camarada —le dice—. Necesitamos más drogas. Trae el costurero. Más ácidos. Más anfetaminas. Estaremos mejor en cuanto hayamos tomado unas cuantas más.

Todos tragan píldoras y se meten cuadraditos de cartón troquelado en la boca. Los meteoritos surcan el cielo blanco. Lloviendo sobre el Mediterráneo. Al cabo de un minuto, Teo Barbosa sale del agua y deja el aparato de música sobre una roca. Se aleja por la playa de cantos rodados.

—¿Adónde te crees que vas, camarada? —le pregunta Piel de Oso.

Pero Barbosa no hace caso. Se sacude el pelo mojado y el bañador mojado y toma el camino que avanza por entre las rocas. Por entre los matorrales. Hacia la celda de castigo. No ha caminado ni un minuto cuando un silbido lo alerta de la inminencia de una colisión. Se tira al suelo en el mismo momento en que el mundo entero se ilumina con un centelleo y espera la llegada del estruendo. El trueno amplificado cien veces. El suelo se sacude violentamente como un terremoto. Caen rocas de las peñas. Barbosa espera unos segundos a que el temblor se detenga y por fin se incorpora para seguir su camino. Al otro lado de la laguna, lo primero que ve es al camarada R. T., caminando de un lado para otro con su cinturón ya vacío de bengalas. R. T. lo ve llegar y se le acerca con zancadas tambaleantes.

—¿Cómo me llamo, camarada? —le pregunta—. ¿Cómo me llamo?

Barbosa lo aparta de un empujón.

—¿Cómo me *llamo*? —le chilla R. T. desde detrás—. ¿Te queda droga, camarada?

Barbosa sigue andando. Bajo los meteoritos. Por fin

llega al claro. Una fogata ilumina la celda y lo que está pasando a su alrededor. La Madre Nieve y el camarada Ogro se giran para mirarlo. Los cuerpos ensangrentados en el suelo. Dentro de la celda, Blancanieve llora con voz ronca. De rodillas en el suelo, la Madre Nieve solamente le echa un vistazo breve a Barbosa antes de volver a aplicarse al cuerpo que tiene delante. Aplicando cortes minuciosos con su cuchillo de monte. Estirando y rasgando y hundiendo las manos ensangrentadas en las heridas. El cuerpo de Rojaflor todavía experimenta algún espasmo ocasional. La túnica de la Madre Nieve ya no es blanca. Ahora es completamente roja. La cabellera castaña de Rojaflor está ensartada en un poste, en lo alto de una roca. Al lado de la cabeza del camarada Cuervo. El camarada Ogro levanta los brazos hacia el cielo, con su arpón en una mano.

—¿Tú también los ves, verdad? —le pregunta a Barbosa, señalando con su arma los meteoritos del cielo.

Barbosa niega con la cabeza. Mira los trozos de cuerpos que hay en el suelo.

—Tú y yo no podemos ver lo mismo, camarada —dice—. No es así como funciona la droga.

El camarada Ogro sonríe.

—*Todos* lo notamos —dice—. La segunda venida. El advenimiento de Sirio. El dios muerto está con nosotros. No tardará en llegar a esta isla. Probablemente esta misma noche. Nuestros sacrificios lo harán venir.

Barbosa mira a la chica que está en la celda. Sus heridas son terribles, pero todavía podría sobrevivir si alguien la atendiera. Se acerca a la Madre Nieve y se arrodilla junto a ella.

—Camarada, escúchame —le dice—. Mira lo que estás haciendo. Es la droga la que está provocando esto. La droga y este chiflado que nos han mandado a la isla. Lo han mandado para acabar con nosotros. —Señala al camarada Ogro—. Yo *conozco* a este hombre.

La Madre Nieve se gira para mirarlo. Con su ojo ciego y la pupila del otro dilatada al máximo. Con la cara y la boca manchadas de sangre.

—No soy tu camarada —le contesta por fin—. Ya no.
—Por favor...
—Ya no soy una mujer —dice ella—. Ahora soy *todas* las mujeres. Soy la Madre Nieve. Mi padre me violó. Mi hermano me violó. Mis novios me violaron. *Todos los hombres* me han violado. Soy todas las mujeres. Soy la Revolución de las mujeres. Soy la Madre Nieve. Vivo dentro de un pozo. —Clava su cuchillo de monte en el cuerpo que tiene delante—. Y *reparto los castigos.*

Barbosa se aparta de ella.

—*Reparto los castigos* —dice, dando otro machetazo.

Desde el poste, la cabeza de camarada Cuervo los mira. Con su sombrero de ala ancha.

47

NO CERRAR NUNCA LOS OJOS

En la sala de reuniones de la Delegación Regional a la que Muria ha sido convocado con máxima urgencia hace tanto calor que se han tenido que desplegar varios ventiladores de pie en puntos de la sala elegidos estratégicamente para que el aire no haga volar los mapas que hay desplegados sobre la mesa. Además de Muria, están presentes Lao, Meseguer y el resto de operativos de Inteligencia Interior involucrados en la Operación Meteorito. Todo el mundo está en mangas de camisa y sudando. Todo el mundo se ha aflojado las corbatas. Los militares se han quitado las guerreras. Todo el mundo se seca la frente con pañuelos de tela meticulosamente planchados que se sacan de los bolsillos. Todo el mundo menos Arístides Lao. No hay nada en la apariencia de Lao que deje ver que está sufriendo los efectos del calor. Es verdad que su calva emite destellos enfermizos bajo las lámparas fluorescentes y que su piel tiene zonas decididamente irritadas, pero no se trata de unos destellos ni de unas irritaciones que estén relacionadas de ninguna manera con el calor.

Con la americana puesta y la corbata sin aflojar, Lao le transmite su informe al subdirector Meseguer:

—La señorita Arta ha ingresado en la Unidad de Cuidados Intensivos del Hospital Clínico a las doce del mediodía de hoy, hora aproximada. —Lao no está leyendo la información de ningún papel, pese a que su entonación parece indicar que sí—. Parece ser que pasó la noche a la intemperie. La han encontrado esta mañana unos excursionistas en el término municipal de San Esteban de Palautordera. Con fracturas múltiples y traumatismo craneal.

—¿Y cuál es su estado actual? —pregunta Meseguer.

—Estable —dice Lao—. Consciente pero sedada.

—¿Los suyos? —dice Meseguer.

—Podemos suponer que ha sido la gente de su partido, sí —dice Lao.

Muria carraspea.

—Estaba buscando propiedades españolas de un consorcio alemán —dice—. Relacionado de alguna manera con el PCA. Ella pensaba que ese consorcio podía tener tierras francas en territorio español.

—El agente Muria y yo hemos visitado hoy a la señorita Arta en el hospital —continúa Lao—. Aunque todavía no está en condiciones de hablar, con la supervisión de los médicos hemos hecho un breve interrogatorio preliminar y hemos conseguido que nos transmita una información que podría ser crucial.

—¿Sin hablar?

Lao mira a Muria

—Nos ha dicho una sola palabra —dice Muria—. Pero esa sola palabra nos ha puesto en la pista. Nos ha dicho «Islote».

—¿Islote? —Meseguer se rasca la nariz.

Lao se inclina sobre la mesa donde tiene desplegado un mapa de las islas Baleares.

—Hemos recabado información de la administración central y de Vigilancia de Costas sobre islotes en el territorio nacional —explica Lao—. Hay más de un millar catalogados. Hemos empezado por descartar los que forman parte de parques nacionales y de explotaciones turísticas. A continuación hemos descartado los que son de titularidad pública y nos hemos encontrado con que solamente hay una veintena de islotes privados en toda España.

—Entiendo —dice Meseguer.

—Solamente nos ha hecho falta una llamada más —continúa Lao—. Y hemos encontrado un islote en el archipiélago balear que es propiedad del consorcio que la señorita Arta estaba investigando.

—¿En serio? —dice Meseguer.

—El consorcio es una de las pantallas que usa para sus operaciones internacionales un tal Martin Heeg-Kohler —dice Muria—. Implicado en la agencia antiterrorista alemana y...

—Sé quién es Heeg-Kohler —lo interrumpe Meseguer.

—Uno de los hombres de Heeg-Kohler se ha estado reuniendo en las últimas semanas con el líder del PCA —termina de decir Muria.

—Enséñenme ese islote, por favor —dice Meseguer.

—Por supuesto.

Meseguer se saca unas gafas de leer del bolsillo y se las pone para examinar los mapas de la mesa. Aunque no aparenta más de cuarenta años, su forma de ponerse las gafas es propia de alguien mucho mayor que él: apoyándoselas en la punta de la nariz y echando la cabeza ligeramente hacia atrás. De hecho, tanto su mentón huidizo como sus gestos parecen propios de alguien mucho mayor de lo que aparenta. Y experimentando una sensación extraña, Muria se da cuenta de que lo único que transmite en realidad cierta impresión de juventud en el subdirector Meseguer es su voz suave. La misma voz suave que oyó por primera vez desde un armario del archivo de referencias cruzadas. Una voz que no se corresponde con el resto de su persona.

Lao señala la ubicación en el mapa del Islote de Arañas.

—Sesenta hectáreas de superficie, situado a ochocientos metros de la costa sudoeste de Ibiza —dice—. Y lo que es más interesante: hace un mes desapareció en sus inmediaciones un velero con tres practicantes de la pesca submarina.

—¿Qué quiere decir con que desapareció?

Lao señala otra vez el mapa.

—Fue visto por última vez frente a su costa —dice.

Meseguer asiente con la cabeza y se quita las gafas. Las dobla meticulosamente y se las vuelve a guardar en el bolsillo de la camisa.

—Caballeros —dice—. Voy a notificar todo esto de inmediato al comandante. Tengo que felicitarlos a todos. Creo que podemos dar luz verde a la Fase 2 de la Operación Meteorito.

Hay algunos aplausos y vítores en la sala. Muria siente un cansancio repentino que lo hace apoyarse en la pared. En el centro de la sala, mientras los demás fuman y hablan en tono excitado sobre las próximas maniobras, Lao se dedica a enrollar meticulosamente sus mapas y guardarlos dentro de sus cilindros de cartón. Cada cilindro con su etiqueta. En un momento dado, Muria ve que se pone a frotar nerviosamente con la yema del dedo una rayadura que hay en la madera de la mesa. El gesto que traiciona la existencia de algo herido en las simas insondables de su mente. En los cañones helados donde no vive nada humano. Pero si no es nada humano, ¿qué lleva a Lao a frotar compulsivamente la mesa? ¿Qué lo lleva a enmasillar las paredes? A través de una neblina de fatiga, Muria escucha cómo el subdirector de Inteligencia Interna los manda a todos a dormir unas horas a sus casas, en previsión del viaje que los espera por la mañana.

Sus recuerdos de la hora siguiente son igual de neblinosos. Se lava las manos y la cara en el lavabo de la segunda planta de la Delegación Regional, evitando mirarse en el espejo. Son las dos de la madrugada. Conduce en silencio por la avenida Diagonal desierta. Algún que otro borracho dando tumbos en las medianas. Banderas en los balcones. Banderas catalanas y banderas españolas. Carteles en las paredes y carteles en las persianas. Carteles que piden el sí en el referéndum de la constitución y carteles que piden el no. Banderas en los balcones que piden el sí en el referéndum de la constitución y banderas que piden el no. Gente que pega carteles a las dos y media de la madrugada en la Diagonal y que lo miran nerviosamente por encima del hombro cuando pasa a su lado con el coche. Carteles en las persianas de los bares. Carteles en los quioscos de prensa. Carteles en todas partes.

Aparca el 127 blanco a una manzana del Hospital Clínico y entra enseñando su acreditación del Servicio. Las enfermeras y ordenanzas con que se cruza en los pasillos y en el ascensor se limitan a saludarlo con la cabeza. Compra un café en la máquina expendedora que hay al otro lado de la puerta de la Unidad de Cuidados Intensivos. Contempla el cuerpo inerte de Sara Arta a través de la puerta entreabierta de su habitación. Con la cara demacrada y llena de hematomas. Con los tubos que le salen del pecho y de los brazos y de la mascarilla de oxígeno. Con el cuerpo esquelético debajo de la sábana hospitalaria. Muria se da cuenta de que el hospital es el primer lugar donde ha visto a Sara Arta sin su extraño maquillaje. Se busca el paquete de Rex que lleva en el bolsillo de la pechera y recuerda que no puede fumar en ese lugar. La enfermera lo manda a sentarse en la antesala del pasillo.

Un día más. Dos días más. Tres como mucho. En cuanto le den a Sara Arta el alta hospitalaria ya podrán admitirla en el programa de Protección de Informadores del Ministerio de Defensa. Y él podrá dimitir. Tres días como mucho. Y él podrá perderse en algún lugar remoto de la geografía nacional. De ese país extraño que está reemplazando a España como una infección. Invadiendo más y más territorio a cada día que pasa. Pero no. No como una invasión militar, ni siquiera como una infección. La forma en que la Nueva España está reemplazándolo todo es como un hechizo: como uno de esos hechizos que tienen lugar cuando uno no está mirando. Cada vez que apartas la vista, algo pasa. Si dejas de mirar un banco en el parque durante un segundo, ese banco es devorado por la Nueva España. Con lo cual está claro lo que *no hay que hacer* bajo ninguna circunstancia: no hay que apartar la vista. No hay que cerrar los ojos. Nunca cerrar los ojos. Sentado en la butaca de plástico de la antesala del pasillo, Melitón Muria considera la posibilidad de ir a buscar otro café, pero lo detiene el miedo a dejar de mirar la puerta de la habitación de Sara

Arta. Solamente dos o tres días más. Hace mucho calor. Hace tanto calor que uno podría volverse loco. Muria se quita la chaqueta. Se remanga la camisa. Aunque solamente es junio, la temperatura en Barcelona ya ha rebasado las cotas más altas jamás registradas en la ciudad. Los hospitales están recibiendo ancianos con síntomas de deshidratación. Asmáticos con problemas respiratorios. Cada vez que uno cierra los ojos, algo pasa. Pero la Unidad de Cuidados Intensivos tiene su personal de servicio durante veinticuatro horas. Tiene circuitos cerrados de televisión. ¿Qué puede pasar si Muria cierra los ojos durante unos segundos? ¿Qué puede pasar si cierra los ojos solamente diez segundos y los vuelve a abrir? Seguramente la Nueva España no puede entrar en *todas partes*.

Sueños de coches que estallan. De gente desangrándose en el suelo de sucursales bancarias. Palizas en el bosque. Islotes. Un paseante oscuro, con un sombrero negro que le tapa la cara y un abrigo en cuyo interior esconde una colección de cuchillos.

Cuando vuelve a abrir los ojos, algo ha sucedido. El silencio es demasiado intenso. Muria se restriega los ojos y se pone de pie. Tambaleándose. No hay enfermeras detrás del mostrador. Los monitores del circuito cerrado de televisión no muestran más que nieve blanca chisporroteante. Pantallas en blanco. Pantallas averiadas. No hay emisión. Muria corre por el pasillo y cuando gira la esquina todavía tiene tiempo de ver a la figura de espaldas en el ascensor mientras se cierran las puertas. El cuerpo pequeño y blando de polluelo deforme. De molusco arrancado de su concha. Las puertas del ascensor se cierran detrás de Arístides Lao.

Nunca cierres los ojos. Bajo ninguna circunstancia.

Melitón Muria entra jadeando en el cuarto de Sara Arta. Los pasillos vacíos. Las pantallas en blanco. El cuerpo de debajo de las sábanas ya es el cuerpo agarrotado de una momia. Sus ojos muertos ya miran fijamente el techo.

Nunca cierres los ojos.

48

EL ESTANQUE DE LAS LÁGRIMAS

Teo Barbosa va dando tumbos por el sendero que discurre entre los pinares, en dirección a la parte baja de la isla. La luz blanca del cielo todavía ilumina las playas y las siluetas de la Casa del Viento y del cobertizo de las embarcaciones, pero ya es un poco menos blanca. Ya apenas se ven meteoritos en el cielo. Todo lo que rodea a Barbosa parece estar experimentando el mismo agotamiento. La misma entropía. El tiempo se agota, está claro, pero no en el sentido habitual de la expresión. Lo que se está agotando es el Tiempo con mayúsculas. En el aparato de música que Barbosa todavía lleva en la mano, la canción de los Sex Pistols sigue sonando, pero ya es del todo irreconocible. Una versión lenta y pesada de *Liar*, con la voz de cabra convertida en un mugido que resuena desde el fondo de una caverna submarina. Barbosa se detiene y zarandea el aparato de música de esa forma en que cierta gente zarandea los aparatos a los que se les están acabando las pilas. La canción se ralentiza un poco más. Barbosa se encoge de hombros y tira el aparato contra unas rocas.

Barbosa entra en la Casa del Viento cruzando la cortina de cuentas. Hace menos de veinticuatro horas que vino a llevarse el costurero de las drogas, pero de alguna manera la atmósfera de la casa ha cambiado. Barbosa abre cajones y vuelca su contenido en el suelo. Abre armarios y los vacía con violencia. Si los alemanes están en contacto con los superiores del camarada Cuervo, es imposible que no tengan algún sistema para comunicarse con el mundo exterior. No un transceptor, probablemente; demasiado fácil de rastrear desde las islas. Un radioteléfono, tal vez. Cualquier cosa. Barbosa sigue volcando cajones. Cinco minutos más tarde, nota un olor que no debería estar ahí. Estira el cuello y asoma la cabeza por el pasillo de los dormitorios. No puede ser. Seguramente su imaginación le está jugando una mala pasada.

En el dormitorio de Oskar y Camilla, se tapa la nariz y la boca. Aparta las moscas con la mano. Mira a su alrededor. Los espejos en las paredes y en el techo. Los libros en alemán sobre las mesillas. Las *Gesamtausgabe* de Marx y Engels. Una pipa para fumar marihuana y una lata de galletas llena de preservativos. Por fin agarra el borde del colchón de la cama doble y tira hacia un lado. Debajo, en el espacio entre el somier y el suelo, los dos cuerpos desnudos. Amoratados. Los dos degollados.

Fuera, el viento le trae un ruido lejano del otro lado de la isla. Podrían ser gritos. Empuja los portones del cobertizo de las embarcaciones y camina por la pasarela del interior. El velero está allí. La Paltré está allí. La escapatoria, al alcance de la mano. Barbosa salta al interior de la lancha y se queda mirando el motor con el ceño fruncido. Es posible que fuera capaz de arrancar la Paltré y hasta es posible que fuera capaz de controlarla lo bastante como para llegar hasta Ibiza sin hundirse por el camino. Sentado en la lancha, se frota la cabeza con gesto exasperado. Los cuerpos despedazados sobre las piedras. La isla convertida en un matadero. Soltando palabrotas por lo bajo, vuelve a trepar a la pasarela.

En el camino de vuelta al risco, le parece ver una columna de humo elevándose desde el complejo megalítico. Nada es lo que parece. Nadie es quien dice ser. Tarda más de media hora en alcanzar el interior del risco y divisar la casa en la cornisa sobre la laguna. Las sillas y la mesa de la terraza están hechas pedazos y desperdigadas por los alrededores. En la terraza hay manchas de sangre y trozos de la cortina de cuentas que salen rodando cuando uno los pisa sin querer. Restos de platos rotos y libros rotos y algo que parece el relleno de un colchón. Barbosa se agacha para recoger un libro que hay al pie de la terraza. Su ejemplar de *Alicia en el país de las maravillas*. Lo abre al azar. El capítulo 2: El Estanque de las Lágrimas. Curiorífico y curiorífico. Se pone a leer: «Le resbaló un pie y un segundo más tarde, ¡chap!, estaba hundida hasta el cuello en agua salada. Lo primero que se le ocurrió era que se había caído en el mar. "En ese caso podré volver a casa en tren", se dijo. Pero pronto comprendió que estaba en el estanque de lágrimas que había derramado cuando medía casi tres metros de estatura.» Barbosa cierra el libro y lo vuelve a tirar en el suelo.

Encuentra a R. T. a pocos metros de la celda de castigo, en la otra orilla de la laguna. Los demás cuerpos están hechos pedazos. La camarada Blancanieve está empalada en uno de los postes. El cuerpo de R. T. tiene varias puñaladas en el pecho y el cráneo hundido a golpes. Alguien se ha debido de cansar del puñetero chiste del duendecillo. Barbosa suspira y se sienta al lado del cuerpo.

—Me has jodido, camarada —dice—. Tú me tenías que sacar de aquí.

El cadáver lo mira con sus ojos muertos.

—Los alemanes no se han ido —le explica Barbosa—. Alguien se los ha cargado. No sé quién. El camarada Ogro, o Piel de Oso. Pero vamos, que no van a venir refuerzos. —Se encoge de hombros—. Aunque a ti ya te da igual.

El cadáver lo mira. Barbosa se ríe.

—Hay que joderse —dice—. Con lo callado que fuiste en vida, al final no te podías callar.

Barbosa le palpa el bañador al cadáver y encuentra un paquete de cigarrillos más o menos seco en el bolsillo. Se enciende uno y se pone a fumar.

—Rúmpeles Tíjeles —murmura con cara pensativa.

Ahora el viento trae claramente ruido de gritos. Gritos de agonía. Barbosa levanta la vista. El cielo ya no es blanco. Ahora es azul. En vez de meteoritos, hay gaviotas. Los gritos parecen venir de la parte alta del risco, quizás de la altiplanicie donde el camarada Ogro tiene su campamento. Los efectos del ácido ya se están pasando: las cosas ya apenas tienen una ligera aura de extrañeza. Pronto llegarán el abatimiento y la fatiga. A menos que pueda encontrar la caja y tomarse las anfetaminas que quedan. Se pone trabajosamente de pie. Anfetaminas. Y tal vez encontrar la pistola del camarada Cuervo.

49

TELÉFONOS

El comandante Ponce Oms hace rodar su silla de oficina hacia atrás y contempla la media docena de teléfonos que tiene sobre la mesa de su despacho del edificio del Ministerio de Defensa en la Castellana. Un teléfono azul para las llamadas internas. Uno negro para las externas. Uno amarillo que conecta con la División de Servicios. Uno verde que conecta directamente con el chalet del CESID en Cardenal Herrera Oria. Uno rojo con línea directa a la nueva sede de la presidencia que Suárez ha trasladado a la Moncloa. Y uno blanco que conecta con el Cuartel General en el Palacio de Buenavista. Oms no se queda mirando los teléfonos con cara de estar eligiendo cuál es el que necesita, sino más bien con cara de estar considerando su mera presencia como objetos. La composición de formas y colores sobre la mesa. Por fin suspira. Hace rodar la silla de vuelta hacia la mesa y abre un cajón. Saca una botella de escocés de veinticuatro años y se sirve un vaso con parsimonia. Camina hasta el ventanal del despacho con el vaso en la mano. El océano de luces y colores de la perspectiva nocturna desde las cúspides de la Castellana. Por alguna razón difícil de precisar, la canícula no ejerce el mismo efecto en Madrid.

Todavía está mirando por el ventanal cuando llaman a su puerta. Apenas le ha dado tiempo de darse la vuelta cuando la puerta se abre y aparece en el umbral una figura corpulenta y familiar. La figura esencialmente paternal de Alberto Cassinari. Con su frente despejada y sus ojos profundos. El recién llegado levanta una mano benévola cuando Oms hace el gesto de guardar la botella en el cajón.

—Por el amor de Dios, Ponce, no se moleste —dice, con una risita—. Qué menos puede permitirse un hombre en nuestra profesión. De hecho...

—¿Sí, mi coronel?

—Si no le importa... —Cassinari señala la botella con una sonrisa.

—Por supuesto que no —dice Oms, sacando otro vaso.

Cassinello agarra una silla y se sienta al otro lado de la mesa. Coge el vaso que Oms le ofrece y se lo queda mirando con la misma expresión de padre benévolo que hace que uno quiera confiarle todos sus asuntos.

—Tiene que disculparme por presentarme de esta manera, Ponce.

—Ésta es su casa, mi coronel.

—De hecho, solamente quería felicitarlo personalmente por el éxito de su Operación Meteorito. —Cassinari da un sorbo de su escocés sin dejar de mirar a Oms por encima del borde del vaso—. Usted tenía razón, por supuesto. A menudo es la senda indirecta la que alcanza antes su objetivo. Quiero decirle que estamos muy impresionados.

—Supongo que no debo preguntar a quiénes se refiere.

Cassinari sonríe otra vez.

—Un escocés excelente —dice, y coge la botella para examinarla con los ojos guiñados.

—Déjeme que le haga una pregunta, coronel —dice Oms.

—Las que quiera.

—¿Qué fue lo que nos hizo cambiar de estrategia? Respecto a la TOD, me refiero.

—¿Cambiar de estrategia?

Oms se encoge de hombros.

—Primero quisimos elevar su perfil —dice—. Necesitábamos una tercera fuerza terrorista que mantuviera el nivel de alerta alto y asegurara la presencia militar en el ministerio y el Servicio.

Cassinari lo señala con un dedo burlonamente admonitorio, como un padre que reprende burlonamente a un niño por una travesura sin importancia.

—Eso no le impidió a usted divertirse con sus experimentos —dice—. Su Unidad de Apoyo Especial, si no recuerdo mal.

Oms se encoge de hombros otra vez.

—Quería asegurarme de que tendría una salida, en caso de que las cosas nos salieran mal —dice.

—Y no se equivocó —dice Cassinari—. Ya se lo he reconocido.

—Pero algo cambió después —continúa Oms, acariciándose el mentón con gesto pensativo—. Cuando se nos dio la orden de atacar con todo lo que tuviéramos. ¿No es verdad?

Cassinari da un sorbo de su escocés y lo paladea con tranquilidad.

—Como usted mismo ha dicho, lo que tenemos entre manos es de una importancia capital —dice, con el vaso en la mano—. Lo que nos jugamos aquí es la misma supervivencia de la inteligencia interior de este país. Y su control por parte de quienes nos preocupamos verdaderamente por este país.

—Lo entiendo.

—Como usted sabe, nosotros no creamos a la TOD —continúa el coronel—. Pero sí le aseguramos una serie de mecanismos de subsistencia. Nuestros socios en Alemania les empezaron a suministrar fondos e infraestructura. Era importante mantener la amenaza activa. Después, simplemente los alemanes se desinflaron. Imagínese sus problemas allí con el Ejército Rojo. Los sucesos del otoño pasado. Cambiaron de política. Continuaron cooperando con nosotros, pero ya no quisieron mantener sus canales de financiación. La TOD se vio en la estacada.

—Todavía les prestan apoyo logístico —dice Oms—. Y el famoso islote.

Cassinari niega con la cabeza.

—Aun así, en menos de un año el que se iba a convertir en el grupo armado más peligroso de España ha perdido su capacidad de amenaza —dice—. Han tenido que volver a atracar bancos. En otras palabras, no nos sirve.

—Pero no es así como pensamos nosotros —le sugiere Oms.

—En efecto. —Cassinari sonríe—. Nosotros nunca pensamos que algo no nos sirve. Pensamos…

—… en cómo nos puede servir.

Cassinari levanta su vaso para hacer un brindis silencioso.

—Así pues, ¿qué hacemos ahora? ¿Los capturamos?

—En absoluto. Seguimos adelante con la Operación Meteorito.

—¿Y qué ganamos con eso? —pregunta Oms, aunque algo en su entonación sugiere que no se trata de una pregunta verdadera. Que conoce perfectamente la respuesta y únicamente quiere oír la confirmación.

—Qué extraña pregunta —dice Cassinari—. Una docena de mártires garantizarán que la TOD perdure por lo menos un par de décadas. Héroes. Un ejemplo para toda la juventud revolucionaria.

Oms no dice nada.

—Una amenaza que nos acompañe —continúa Cassinari—. Que nos permita seguir teniendo las riendas a los que realmente nos preocupamos por este país.

Oms da un sorbo de su escocés.

—Seguirá muriendo gente —dice.

Cassinari hace un gesto de asombro burlón.

—¡Muere gente todos los días! —dice—. ¿Qué quiere, que abolamos la muerte? ¡No somos Dios! Mire, Ponce. Lo que estamos haciendo no es fácil. Estamos acabando con el pasado de este país. Con esa dichosa Historia que nos pesaba como una losa. Quedará alguna amenaza, pero será una amenaza útil. Que nos unirá a todos. Y a fin de cuentas, tendremos cierto control sobre ella. Ya sabe. —Suelta una risilla y señala la batería de teléfonos de colores que Oms tiene sobre la mesa—. Siempre podemos hacerles *una llamada*. Hablando se entiende la gente.

El comandante Ponce Oms hace rodar su silla en dirección a la ventana. Su mirada se pierde en algún punto del océano de luces del otro lado de la ventana y por un instante infinitesimal le parece verlo. Una impresión nítida como el cristal. Por un momento fugaz se le aparece la visión del coronel Cassinari. Un país concebido como un jardín. Sin las complicaciones que trae el pasado. Sin ideas preconcebidas. Sin heridas. Bien rastrillado y hermosamente autocontenido. Sin caminos que entren o salgan. Sin caminos al pasado ni al futuro. Un jardín colgante, desconectado de todas las cosas. La idea es extrañamente fascinante, igual que a veces lo es la idea de la muerte: destruyendo el futuro, se destruye también el pasado. Matar las cosas para que nunca hayan existido. Limpio y fascinante como un hechizo. Un país que no será un país. Será algo nuevo para lo que todavía no existe nombre. Y un segundo después, la visión se ha ido. El jardín colgante se ha esfumado con la misma rapidez que apareció.

—Lo entiendo perfectamente, mi coronel —dice Oms.

Cassinari se acerca a Oms y le da un apretón cordial en el hombro.

—No se ponga así —le dice—. Nuestro trabajo implica pensamiento indirecto. Siempre pensamiento indirecto. Y usted está demostrando tener mucho talento en ese sentido. Llegará lejos.

Y un momento más tarde Oms está solo en su despacho. Con dos vasos vacíos sobre la mesa. Con seis teléfonos de distintos colores. Con una veintena de diplomas de academias militares en las paredes. Con varias fotografías colgadas en las paredes en las que el propio Oms aparece acompañado de personalidades militares de otras épocas. De dignatarios de distintos países. Personalidades y dignatarios que ya han empezado a desaparecer. Al cabo de un momento, Oms cierra los ojos.

50

EL JARDÍN COLGANTE

Aquí solamente hablaremos de España. Todo lo demás no nos incumbe. A efectos prácticos, no existe nada que no sea España. Les recomiendo un ejercicio. Cierren los ojos. Piensen en todas las cosas de las que han oído hablar que no son España. Ahora abran los ojos. Todo lo que han pensado era un sueño y ahora se están despertando a la realidad de España. No busquen nada más. Imaginen que están en una isla desierta. Los demás lugares son sueños. Aunque llegados a este punto conviene aclarar que España no es ninguna isla desierta. España es una isla desierta *para alguien que ha nacido en esa isla desierta*. Y perdonen la aporía. España es una lamprea. Es un trilobito. Es un comedor de mierda del fondo marino que lleva millones de años existiendo, siempre igual, comiendo la mierda que cae de los peces, sin ver nunca nada y sin que nadie lo haya visto nunca. Sin que nadie sepa que existe. España es el mundo para una lamprea. Es el mundo para un bicho que no tiene ni ojos ni oídos: inexistente, sin coordenadas, sin estímulos, y por eso mismo absolutamente perfecto y total. La imagen de la totalidad más perfecta que puede existir.

La totalidad... más perfecta... que puede existir...

Las palabras se alejan de la mente de Teo Barbosa. Cayendo por un abismo. Lo que queda atrás son retales. Volutas de sangre bajo el agua turbia. «La totalidad... más perfecta... que puede existir...» Su espacio lo ocupa un borboteo subacuático. El latido de un músculo cardíaco primordial.

—¿Barbosa? —dice una voz—. ¿Teo Barbosa?

Aquí solamente hablaremos de España. Y siguiendo la estela de la voz que se aleja, España también empieza a caer vertiginosamente por el abismo. Y el pozo por el que cae debe de ser muy hondo, o bien el descenso es muy lento, porque da tiempo a mirar alrededor. Y hay gente mirando la caída. Un hombre con una máscara de perro pintada y un arpón en la mano. Una mujer con un ojo ciego que lleva en brazos a un feto ensangrentado. «¿Comen murciélagos los gatos? ¿Comen gatos los murciélagos?» El trompazo con el que termina la caída no duele nada.

Barbosa intenta abrir los ojos, pero parece que los tiene cerrados con pegamento. El latido del corazón subacuático continúa a su alrededor, acelerado, como las pulsaciones de un animal asustado. Esto deben de ser las *Antipáticas*.

—Es probable que le cueste acordarse —dice la voz—. Por supuesto, su nombre verdadero no es Teo Barbosa. Tenga. Límpiese los ojos.

Barbosa nota que le ponen algo en la mano: un trapo o un pañuelo. Se lo lleva a la cara y se la restriega. Y a medida que restriega, van surgiendo formas en su campo visual. Las figuras gelatinosas de un calidoscopio. Un destello blanco intermitente.

—Es sangre, sí —dice el hombre que tiene delante—. Pero los sanitarios dicen que no es de usted.

Barbosa prueba a girar la cabeza. Está en una de las cuevas del risco. Todavía en bañador. Traga saliva.

—¿Y los demás? —pregunta.

—No queda nadie.

—¿La mujer embarazada?

El hombre parece deducir algo de su tono de voz, porque tarda un momento en contestar. Barbosa empieza a distinguir sus rasgos: es bajito y tiene una cabeza diminuta. Parece ser al mismo tiempo pelirrojo y calvo, y lleva unas gafas absurdamente gruesas que le distorsionan los ojos, agrandándoselos o bien reduciéndoselos, según el ángulo con que uno mire.

—Lo siento —dice por fin Arístides Lao sin un asomo de consternación genuina—. No queda nadie. Hemos recogido pedazos de cuerpos por todo el islote. Hemos llenado más de cien bolsas, y el forense dice que en total no debe de haber más de quince cadáveres.

Por un momento todo se aleja de nuevo. La voz, el latido rítmico, la cueva. Todo cae por el pozo. Luego, con una sensación de vértigo, las cosas vuelven a su sitio. Dos datos sensoriales distintos colisionan y Barbosa se da cuenta de que el latido subacuático y el destello que ilumina el cobertizo son el ruido de las aspas de un helicóptero y la luz de su reflector cuando entra en la cueva.

—Ha sido Dorcas, ¿verdad? —pregunta Lao—. También hemos encontrado su cadáver, pero da la impresión de que podría haberlos matado él.

Barbosa se lo queda mirando un momento largo. Con el pañuelo goteando sangre en la mano. Con la barba apelmazada por la sangre.

—Usted es Sirio —dice por fin—. Me acuerdo de su voz. Hablamos por teléfono.

Lao se encoge de hombros.

—Tengo muchos nombres —dice—. Igual que usted.

—Usted trajo a Dorcas —dice Barbosa—. Fue usted quien lo puso aquí

Lao no dice nada.

—¿Cómo lo convenció? —sigue Barbosa— ¿Lo amenazó con un diluvio? ¿Con una lluvia de meteoritos?

El reflector del helicóptero vuelve a penetrar por la boca de la cueva. Ahora Barbosa ve más figuras que caminan en el exterior. Hombres con uniformes del ejército. Algunos llevan bolsas en las manos.

—Nos ha costado encontrarlo a usted —dice Lao—. Hemos ido reuniendo partes de cuerpos y al final, bueno... Nos faltaba usted. Hasta hemos encontrado a los tres submarinistas, enterrados cerca de la casa. —Mira a su alrededor—. ¿Cómo ha llegado usted a esta cueva? ¿Se estaba escondiendo? Parece lo más probable. Aunque eso no explica por qué está todo lleno de sangre.

Unidos por un mismo pensamiento, los dos bajan la vista hacia el suelo de roca. Hay un rastro, sí, pisoteado pero todavía visible. Las huellas de sangre entran, salen y dan vueltas por la cueva.

—¿Y qué pasa conmigo? —dice por fin Barbosa—. ¿Me van a hacer desaparecer, ahora que me han encontrado?

Lao piensa un momento.

—Eso sería imposible —dice—. Usted nunca ha existido. —Hace un gesto a su alrededor—. Todo esto no ha pasado nunca, claro. Si sale usted ahí fuera, verá que no queda prácticamente nada. Pronto llegarán las excavadoras.

—Me gustaría verla, antes de que se la lleven —dice Barbosa—. A la mujer embarazada. Por favor. Aunque después me maten a mí también.

El hombre niega con la cabeza diminuta.

—No entiende usted la dinámica de la Nueva España —dice—. Es 1978, señor Barbosa. Lo estamos borrando todo. Los crímenes del pasado. Las guerras del pasado, los nombres, las caras. Nosotros somos las excavadoras. ¿Lo entiende?

—Se lo ruego. Solamente un momento. Nunca les pedí nada.

La cara del hombrecillo no transmite nada que se parezca ni remotamente a la comprensión, pero tampoco a la contrariedad. Como mucho, cierta ligerísima extrañeza ante la incapacidad de Barbosa para entender las cosas. Igual que la extrañeza que sentiría una computadora ante una instrucción ilógica de su programador humano.

—Lo siento, señor Barbosa.

—Agente Sirio...

—Si me disculpa, tengo que irme.

—¿Cómo me llamo? —dice Barbosa.

Lao se detiene en la boca de la cueva y mira a Barbosa.

—¿Realmente no lo sabe?

Barbosa traga saliva.

—Me acuerdo de mi madre —dice—. Y me acuerdo del sitio donde nací. Yo era muy pequeño cuando me trajeron a España. —Suelta una risilla—. Creo que me pasé semanas encerrado, llorando. Lo odié todo. Odié mi vida. Quise ser otra persona.

Lao lo piensa.

—Supongo que España puede tener ese efecto —dice.

—Siempre quise ser otra persona. Pero ahora que todo se acaba, quiero ser yo.

—*Nadie* sabe quién es usted, señor Barbosa —dice Lao—. Imagino que debió de empezar siendo alguien, como todo el mundo, pero en algún momento dejó de serlo. Es el problema de pasarte la vida con la máscara puesta: que luego te la quitas y ya no hay nada debajo.

Barbosa solamente cierra los ojos un segundo, abrumado por el cansancio, pero cuando los abre Lao ya no está. Se pone de pie trabajosamente, apoyándose con la mano en la pared. Sale dando tumbos de la cueva y se asoma al borde del risco. Lao no le ha mentido. Un centenar de metros más abajo, en la orilla de la laguna, un verdadero ejército de operarios y soldados está desmantelando Can Arañas. Llevándose los muebles y las ventanas. Al este, más allá de los pinares, las excavadoras ya han borrado del mapa la Casa del Viento. El cobertizo de las embarcaciones. Amarrada frente a la playa hay una fragata de la armada.

Y todavía más allá, sobre el Estrecho de los Ahorcados, una mancha roja precede a la salida del sol.

ÍNDICE

9   *Primera parte*
    METEORITO

11   1. No hay protocolo
19   2. Comisión de fiestas
27   3. Transistor cromado y tigre rampante
32   4. Texas en la mente
39   5. Soldado y monje
47   6. Luz negra
52   7. Tínito
59   8. El fantasma en el rincón
65   9. La doncella del señor
73 10. Bombas españolas
80 11. La torre y el hechizo (un apunte
        hipnogógico)
87 12. Otro mundo verde
95 13. Kraken
102 14. Vigencia del corazón atávico
109 15. La vida sin paredes
117 16. Luz de gas

124	17.	Voz imperiosa - voz suave
130	18.	Madre Nieve
137	19.	La noche en que Muria por fin pisa terreno familiar
146	20.	Rueca
154	21.	(No) lobo que (no) salta sobre una (no) persona
161	22.	Luz blanca
167	23.	La segunda piedrecita
175	24.	El beso del príncipe
183	25.	La Nueva España
191		*Segunda parte*
		ISLOTE
193	26.	Todo vuelve a empezar
199	27.	Verde / no verde
206	28.	Una roca en medio del mar
213	29.	Hay protocolo
220	30.	Chotacabras
228	31.	El día en que Muria recibe la visita que más temía
232	32.	Costurero
238	33.	Teoría de sistemas
245	34.	*Pumpernickel*
250	35.	Algo para lo que todavía no hay nombre
258	36.	El meteorito en el islote
265	37.	Dos jabalíes
272	38.	Diana en el culo / Patty Hearst
278	39.	Razón de más para seguir bebiendo
285	40.	La caza de la tintorera
293	41.	El sistema informático de piezas de puzle
301	42.	Talayot

309	43.	Elena de Troya
316	44.	Las Antipáticas
322	45.	Metamorfosis completa
329	46.	La última canción de la cinta
336	47.	No cerrar nunca los ojos
344	48.	El estanque de las lágrimas
348	49.	Teléfonos
354	50.	El jardín colgante

Esta edición del Premio Biblioteca Breve 2012
ha sido impresa y encuadernada
en Cayfosa (Impresia Ibérica)
Ctra. de Caldes, km 3,7
Sta. Perpètua de la Mogoda
(Barcelona)